LA CASA SENZA RICORDI

失忆之家

Donato Carrisi
[意] 多纳托·卡瑞西 著
李蕴颖 译

江苏凤凰文艺出版社
JIANGSU PHOENIX LITERATURE AND ART PUBLISHING

图书在版编目（CIP）数据

失忆之家 /（意）多纳托·卡瑞西著；李蕴颖译．
南京：江苏凤凰文艺出版社，2025. 8. -- ISBN 978-7
-5594-9778-9

Ⅰ. I546.45

中国国家版本馆 CIP 数据核字第 20255M77B3 号

失忆之家

［意］多纳托·卡瑞西　著　　李蕴颖　译

责任编辑	丁小卉　白　涵
特约编辑	沈　聿　徐於璠
装帧设计	陈艳丽
责任印制	杨　丹
出版发行	江苏凤凰文艺出版社
	南京市中央路 165 号，邮编：210009
网　　址	http://www.jswenyi.com
印　　刷	三河市龙大印装有限公司
开　　本	880 毫米 ×1230 毫米 1/32
印　　张	10.5
字　　数	240 千字
版　　次	2025 年 8 月第 1 版
印　　次	2025 年 8 月第 1 次印刷
标准书号	ISBN 978-7-5594-9778-9
定　　价	69.00 元

江苏凤凰文艺版图书凡印刷、装订错误，可向出版社调换，联系电话：010-87681002。

献给安东尼奥和维托里奥，

我的儿子们，我真正的才华。

宪兵局

林区分队

巴尔贝里诺-迪穆杰洛[1]

发至托斯卡纳宪兵局

佛罗伦萨

（抄送至“波德戈拉”跨大区宪兵局）

主题：失踪通报（登记号：66263707070VR）

2020年6月7日上午6点23分，两名远足者拨打112报案，声称在“地狱谷”森林中发现一辆被遗弃的汽车。

巡逻队出动后，在477号省道16公里处发现一辆深红色“菲亚特熊猫”汽车（车牌号：CR900FR）。该车辆停在前往萨姆布卡山口的行车道上，车门和后备厢门敞开着，左后轮被戳孔。备用轮胎和伸入底盘下的千斤顶留在柏油路面上，表明司机曾尝试更换轮胎，却中途停止了。

驾驶室内发现数件个人用品，包括衣服、被子等。据推测，这些物品应为一名女子和一名男孩所有。由此看来，该车辆是二人的唯一住所。

根据过户记录，该车辆共经历四次交易，最终于2017年被米尔芭娜·朱丽叶塔·拉齐买下。该女子别名“米拉”，出生于阿

1 Barberino del Mugello，意大利托斯卡纳大区的一个中世纪古镇，距离佛罗伦萨约25公里。——译者注（本书注释如无特别说明，均为译者注）

尔巴尼亚，现年四十四岁。她定居意大利将近四年，曾在穆杰洛地区数个家庭中做护工，近日，她断断续续地做一些家政清洁的零工，还在一家比萨店做洗碗工。

该女子与儿子同住，其子十二岁，名叫尼科林，别名“尼科”。

社会救助机构已经注意到了这家人的贫困状况，因为男孩已多次中断学业。

二人最后一次被目击是在前一日下午6点左右，地点是靠近皮埃蒙特大区的一家“道达尔”加油站内，他们正在自动售货机处购买三明治。由此可以确知车内人员正是这对母子。

自那以后，再无任何这对母子的确切消息。

目前在等待消息更新，请通知辖区内各支队。

1

2021年2月23日

那个周三，养马人依旧毫无预兆地在床上醒来，突然睁开了眼睛。一如既往地，她首先转向床头柜上的上弦闹钟，确认了时间正好是凌晨3点47分。

一连几周，她一直在同一个时刻醒来，分秒不差，也许她该琢磨一下背后的原因了。她内心的一部分相信，这个数字像一种奇异的占卜那样反复出现在她的晚年，一定有其原因。但她内心的另一部分更愿意不去深究，因为她坚信，应该留下一些疑问不去解答，特别是在到了一定年纪的时候。这是出于迷信，或纯粹是出于谨慎。否则的话，她就会立即开始思索其他更加重要的事情，比如人生的意义，或者人死后究竟会发生什么。人到了八十二岁，最好还是避开某些问题。这也是因为，人至暮年时，其实已经知晓所有答案，尽管他们不愿意承认。

因此，3点47分之谜将会伴随她的余生。她确信，如果有一天她内心的钟表哪怕走错了一分钟，那将是她永远不会再醒来的那天。

由于失眠，她每晚只能睡四五个小时。她在二十岁的时候倒希望这样。而现在，她有了更多可支配的时间，却几乎没有事情可以把时间填满。每一个老人都知道，秒针轻飘飘地走动，分针却沉重如岩石。于是老年就成了一场战斗，无情流逝的时间对阵永远停滞的时间。事实上，在白天过去一半之前，她就已经完成了照料马匹的工作，剩余的时间只是在训练自己去习惯永恒的无聊。

但她别无选择。

所以，每天早晨起床后，女人都会把疲惫的双脚塞进一双靴子，穿上一件绿色长大衣，戴上一顶毛毡料子的博尔萨利诺帽，衣袋里放进一支托斯卡纳经典雪茄。在离家之前，她向黑白结婚照里的丈夫飞吻告别，照片装裱在窗间墙上的玻璃相框里，然后她点燃生铁壁炉中的火，为的是回家时能暖和一些。

她发动拉达尼瓦越野车，直至柴油发动机加热，接着去驯马场和马厩之间的围栏处接她的两条塞特犬，让它们上车，然后朝萨姆布卡山口和自然保护区开去。

她开得很慢，从二挡换到三挡，没有过快加速，因为她的蓝色拉达尼瓦越野车习惯被温柔对待。她并不需要一辆新车，因为连她自己也不“新”了，换新车肯定会让她感到可笑，正如她从未想过再找一个丈夫，哪怕是在她丈夫决定先她一步走入九泉下的幽暗之后。有些事情很难解释，比如1977年产的越野车和她生命中唯一的男人之间有何关联。但这总是关乎爱与忠诚。每当她坐上驾驶座时，都会骄傲地想起她去更新驾照时车管中心工作人员的称赞。她对视野和后视镜的掌控技能已经炉火纯青。这在某种程度上也是一段美满婚姻的秘密——永远保持专注，预备应对意外。因为，正如妈妈教给她的，最糟糕的事总会降临到所有人头上。

她来到一片山毛榉林间的空地，数条小径从这里通往罗维戈激流和以“地狱谷”之名为人所知的峡谷。停下车后，她让两条狗下车，让它们四处嗅嗅，适应环境。同时，她从衣袋里掏出随身带着的雪茄，把它分成两段，并将其中一段放进嘴里。在森林中点燃雪茄是很冒失的行为，但她喜欢嚼烟草。

她不知道为什么自己最近总是来这里。她原本可以选择其他地方——景色更美的地方。但这几乎已成了一个习惯，和在凌晨3点47分醒来一样。

她偏爱那片林子也许是因为曾经和丈夫在那儿打猎。让他们走到一起的正是打猎，以及对马匹的热爱。这位养马人从她爸爸那里继承了这种热情，她爸爸只生了女儿，便把她当作男孩养大。没人想到有一天她会结婚，但她还是结了。在丈夫去世后，她希望能继续打猎，但自从她青春期的孙子对她有了埋怨，她的双管猎枪就被铅封、被锁起来了。他们埋怨她，是因为她为圣诞午餐带去了两只漂亮的白山鹑。为了安抚他们，她原本想讲述自己在十二岁时参与的一场对野猪的“狩猎行动”，这对她而言是一场启蒙仪式。正是通过打猎，她学会了尊重自然和动物。她原本还想补充说，他们这些住在城里的人只喜爱猫猫狗狗，吃着从超市里买来的肉。但最后，她只是屈辱而沮丧地回到了家里，明白那种家庭传统将会随着她的离世而消失。

然而，塞特犬当然不能像猎枪一样被警察局铅封起来！她应当想想法子让这些可怜的生物释放天性。危险在于它们可能会出现来回绕圈的刻板行为，就像在衔回猎物的猎犬身上常常发生的那样，它们会发疯，因为不再有猎物需要它们寻找。这就是为什么养马人每天都会去某个地方，让两条塞特犬自由奔跑，至少给它们一种还有目标可追寻的幻想。在这个清晨，她也用舌头把未点燃的雪茄挪到口中的一侧，发出一声短促而果断的口哨声。

听到指令后，两条塞特犬同时跃起，消失在树丛中。

几秒钟后，狗在枝叶间奔跑的声音和山毛榉树叶的噼啪声也消失了。离日出还差一会儿，但空气开始升温，已经凝成了冷光莹莹的露水，聚成一片薄雾，仿佛大自然预感到了白日的到来。造物的某些细微之处一向令女人惊异，待她死后进入坟墓，她会想念天地万物所有微小的完美之处。于是，她深吸一口树脂与湿润泥土的芬芳，朝旁边走了一步，与此同时，她从肠道释放出一个响屁，因为人到老年的好处之一就是可以打破天地万物的完美。她享受着这片寂静，不顾停滞的时光，不管自己还剩多少像此刻一样的时间。就在这时，她突然感到一种前所未有的奇异的感觉。

她预感到自己并非独自一人。

她不只是猜测，而是相当肯定。她不知道是从何推知的。这种感觉只持续了一瞬，在她来得及解释缘由之前，她再次听见了远处的狗吠，便将目光转回到它们远去的方向上。

它们在疯狂地吠叫。

一开始，她以为它们找到了一只在黎明前离开巢穴觅食的冒失的野兔。但是，在那种情况下，她本应该看见它们衔着猎物自信满满地重新出现。

然而，奇怪的是，两条塞特犬并没有回来。

于是，为了召回它们，她把两根手指放进嘴里，发出一声有力的、拖长的哨响。但这毫无效果，它们继续不安地狂吠。很快，它们开始嚎叫。女人明白它们在试图吸引她的注意。

她也明白，树林里有什么东西阻拦了它们。

她毫不迟疑，走回到拉达尼瓦越野车旁，从置物篮里取出一支手电筒，然后走入茂密的植被中。

她用长满茧子的双手艰难地开路，一根枝条划破了她的脸颊，但她甚至没察觉到。这是因为，除了被她最心爱的猎犬的叫声引领着，她也被焦虑感牵引着——由于她不久前产生的那种感觉。她向她从未信仰过的上帝祈祷，希望自己的担心是毫无根据的，只是因为年纪大了，容易害怕，才产生了这样的幻觉。

女人用手电筒的光照向身前，她在交缠的灌木丛中认出了两条塞特犬的身影，它们正狂乱地跑动着，绕成一个圈，就好像把什么东西围困在了陷阱里。当她走到一个合适的距离时，她举起手电筒朝它们照去。

那猎物是一个男孩。

女人猛地停下，她的帽子掉了下来。她仔细看着。那男孩可能有十一岁或十二岁，面无表情。随着他的每一次呼吸，他的嘴巴前形成一团团雾气。在那层昏暗的雾气下，可以隐约看见一头长长的金发，刘海儿下露出两只蓝眼睛，显得冷漠疏离。他的皮肤像小牛皮纸一样苍白柔软，让人能感知到皮肤下的血管。他仿佛是由蜡做成的。他穿着冬装，但双臂紧抱在胸前，因寒冷而颤抖。他的双眼映出手电筒的光。她立刻就发现，有什么不对劲。

他没有眨眼睛。

女人永远不会忘记那眼神。她应当问的最合理的问题是：他一个人在深夜的树林里做什么？然而，不知何故，她害怕得到答案。于是她问道："你迷路了吗？"

蜡一般的男孩仍然注视着她，一言不发，面无表情。

"你叫什么名字？"

没有任何反应。

与此同时，两条狗继续朝着他吠叫。女人有力地吹了声口哨，想叫它们恢复秩序，但它们没有停下。她又试了一次，但它们没有理睬指令。她脑海中出现的唯一的解释是：它们害怕他。相反的情况会更合理些，然而这是个超现实的场景，因为男孩看上去完全纯良无害。

"够了！"于是她喊道，走近其中一条狗，举起一只手，轻轻地打了一下它的脸。塞特犬缩回了腿，它的同伴也这么做了。它们在颤抖。为了让它们平静下来，女人从长大衣口袋里掏出几块干肥肉，扔给它们。"我带你回我的农舍，我们在那里通知人来接你，好吗？"她提议道，因为手机在这里没有信号，所以随身携带手机并没有用。

这个提议没有得到任何回应。

“你一定饿了。”养马人推测道。这一次，她没有等待答复，而是弯腰捡起帽子，平静地掸掉上面的土，然后转身往回走。她希望这个计策有用，因为她再也想不出其他解决办法了。而且，实话实说，这件事也开始让她感到害怕了。接着，她听见身后的步伐声，心里明白男孩正跟着她。

一路上，两条狗始终很激动。

在回养马场的路上，男孩仍旧一言不发。他看起来异乎寻常地平静沉着，几乎不像是人类。毫无疑问，他来自另一个世界。片刻后，当她看着他盘腿坐在地上，面对燃烧的壁炉，安静地吃面包、喝牛奶的时候，又想起了他们第一次见面前她有过的感受：她确信自己并非独自一人。她觉得那男孩就是死亡。

是的，死亡在穆杰洛的森林里漫步，披着一个男孩的外表。

是他在最近的几周内一直在凌晨3点47分唤醒她，正是为了让她对他们的相会有所准备。也是他引诱她前往地狱谷，那是为这场约会选定的地点。

死亡正在等待她，现在她甚至把死亡带回了家。不久后，吃完茶点，他最终会开口，用纯真的声音向她宣布一件任何人都不愿意听到的事。

她的大限将至。

拨打112报警后，女人焦急地等待着有人来帮她摆脱这个令她不安的存在。她从窗间墙上的结婚照里已故丈夫的目光中寻求慰藉。如果他在，他一定知道该怎么做。就在这一刻，她灵光乍现，想起来一件事。她并不确定，但人们曾经谈论过关于那个地方的一些事。

她走到屋外的卫生间，马桶边的地面上有一叠当地的旧报纸。她开始在那堆报纸中翻找，最后找到一份去年夏初的报纸。她惊讶于自己的记忆力，因为那版报纸上正有她在找的东西。她停下来思索。那个男孩与死亡有所关联的念头，突然之间不再显得那么离奇了。

只有一个办法能验证她是否弄错了。她回到她那位沉默的客人身边，手里捏着那则新闻的剪报。

“尼科？”她叫他，语调不带感情色彩。

男孩停止了进食。然后，他转头注视着她。

2

“我脚上还沾着沙子。”拉维尼娅叫唤道，“也许我在进家门之前应该先冲洗一下，现在我会把沙子撒得到处都是的。”

“没有关系。”彼得罗·格伯对她说。

“我希望我防晒霜抹够了，因为去年我被晒得很惨。”女孩担心道。

“一切都好。”他宽慰她道。接着，他把注意力转移到别的事上，试图分散她的焦虑：“你游泳游得开心吗？”

“啊，开心。”她高兴地回应道，“游得非——常远，一直游到浮标那里。”

这就是他带她去海边的原因之一，他知道游泳能使她平静下来。

“我们为什么要来这里？”她怀疑地问。

“因为从头开始很重要……”

拉维尼娅掂量着他的话。“从头开始。”她重复道。

“在此刻之前，我从来没有进入过你的房间。”他继续道，为了不中断思路。

她环顾四周：“这个房间曾经是妈妈的，在她和我年纪一样大的时候。我让一切都保持原状，什么也没有碰。”

“你为什么要这样？”

“因为我知道她很爱惜这个房间，我担心，如果我到处贴我的海报，或者把她的东西从置物架上拿走，比如她收藏的贝壳，她会不高兴。”

“跟我讲讲这座房子的事，好吗？”

拉维尼娅思索着：“这是外祖母的别墅，她小时候也会来马尔米堡[1]……我认为这座房子是她爸爸修建的，他是造船的。”

“那么这房子年头很久远了。”

“是的，我认为有一个名词能用来定义这些画着彩色大花朵的玻璃窗和画着攀缘植物的墙壁。外祖母总是对我说那个词……”

“你想说的是自由风格[2]吧？”

“就是这个！我差点儿就说出来了！”她微笑着，露出酒窝。

“你有多久没回这里了？”儿童心理师问道。

然而，女孩转移了话题。“今天沙滩上人很多。”她说，“安妮塔浴场里挤满了大人和小孩，有个男孩在我们的阳伞旁边

1 意大利海滨度假胜地，位于托斯卡纳大区。

2 一种兴起于19世纪末意大利北方都灵地区的新艺术思潮，对后来的未来主义运动有所影响。——编者注

堆沙堡。”

格伯思忖着，也许现在还不是时候让拉维尼娅面对他们来到这里的真实原因，于是他决定依从她：“那件青绿色的比基尼泳衣很衬你。”

“真的吗？”她受到称赞很是高兴。

“真的。”他确认道。

“事实上，如果不是您坚持，我不会穿它的。我觉得有点儿难为情，因为我得减重至少两公斤。看看这儿圈赘肉。”

“其实，我觉得这件泳衣穿在你身上很完美，知道吗？”

拉维尼娅十四岁，她的母亲把她送到彼得罗·格伯那里接受治疗，因为她无法再看到自己真实的样子。她瘦得皮包骨头，勉强有三十公斤重。但是，心理师不确定治疗在起效。在无数次的治疗过程中，他在她身上辨认出了一道屏障，是拉维尼娅自己竖立起的屏障。渐渐地，格伯成功接近了这道屏障。它由假想的脂肪构成，用以抵御痛苦的侵袭，对她来说必不可少。但除此之外，它也阻塞了其余的通道，包括她生存必需的食物。去除这道屏障可能会造成灾难性的后果。格伯并不是要移除它，而是希望拉维尼娅能看到这道屏障之外的东西。

但是，在另一侧等待着她的现实不会让人愉快。

格伯医生目前的主要问题是，女孩对催眠表现得毫无反应。因此他征得她母亲的允许，带她来到这座海滨别墅里，她也承认曾在这里度过自己短暂人生中最美好的时光。

“谁睡在旁边的房间里？”治疗师问道。

“右边是妈妈的新房间。”女孩立刻回答。

“左边有什么？”

拉维尼娅脸色沉了下去。“什么也没有，什么也没有。”她赶紧说道，“那个房间是空的。”

“你确定吗？”格伯追问道，“我们为什么不去验证一下？”

女孩思索着：“我现在不想去。”

“来吧，把手给我。我陪你，我们一起去。我觉得这不是个困难的任务……”

“好吧。”她羞怯地同意道。

对格伯而言，这达到了一个重要的目标。他让她来引领他，自己仅仅跟随着她的脚步。

“房门关着。”一到门前，拉维尼娅就证实道。

“但锁孔里插着钥匙，看见了吗？”心理师鼓励她。

但是，拉维尼娅犹豫不决。

“怎么了？”他问她，尽管他知道答案。他们面前的不是一扇简单的房门，而是一道界线。禁忌的房间。如果拉维尼娅走进去，她的生活将会永远改变。而她并没有准备好进去，现在还没有准备好。

她用几近愤怒的语气对他说道：“里面会发生什么？您会像前几次那样尝试催眠我吗？但愿您会用些新的把戏……”

“我已经向你解释过那是怎么一回事了。我没有这种能力，做出决定的人是你。如果你不愿意，我就无法进入你的头脑。”

她加快了呼吸。格伯知道，她正注视着那扇关闭的门。

“我不想再待在这里了，我们走吧。”她坚决地说道。

“你迟早得打开那扇门，拉维尼娅。你也知道这一点。”

“不是今天，不是现在。”

格伯仍想坚持：“那个房间里有什么？你为什么这么害怕？”

“这次就算了，求您了。”她转成了恳求的语气。

“你不会有事的，你跟我在一起。”他试着让她安心。

又一阵短暂的沉默后，女孩问道：“人们叫您儿童哄睡师，是真的吗？”

“是真的。”催眠师承认道。

“我怎么知道您想对我做的事不会伤害到我呢？”

她在向他发出是否能够信任他的疑问。这是一个显著的进步。“我想向你透露一个秘密，好吗？”

“好的。”她说道，更加放松了些。

“今天是几月几号？”

这个问题出乎她的意料。“我不确定……”她面露困惑的神情，“但我认为是2月。”

“确实是。”他向她确认道，“你不觉得奇怪吗，在2月会这么热，你甚至还去海里游了泳？”

“的确，很奇怪。”女孩同意道。接着，她突然明白了：“我们不在马尔米堡的别墅里……我们在我的头脑里……”

格伯什么也没说。

“这不可能。”她怀疑地继续说道，“一切都这么……真实。”

“你的头脑此刻是世界上最安全的地方，拉维尼娅。相信我，在这里你不可能受到任何伤害。”

“刚才你说我们应该从头开始的时候，意思就是这个？”

“是的。”他承认道。

“我不喜欢待在这里，我不喜欢这个开头。”女孩的呼吸急促了起来，她表现出了过度换气的症状，“我想要离开，要怎么从这里出去？”

遗憾的是，这次实验没有取得预期的效果，格伯不能强迫她留下。“好吧，如你所愿。”他用平静的语气回应道，“现在你会听见一阵声音，你不用害怕。”

“我听见了。”女孩确认道。

那是一阵有规则的金属敲击声。这声音一直充当背景音，只是在某一刻，它和对现实的感知一起沉没在了拉维尼娅的无意识中。

“我们会一起倒数，从数字十开始……你准备好了吗？”

“好了。”

3

在结束倒数之前，拉维尼娅已经睁开了眼睛。她停止在摇椅上摇摆，环顾四周，显得很不自在——位于顶楼的诊所、书柜、散落着玩具的红色地毯、燃烧着的壁炉、天花板上的横梁。这是个阴雨绵绵的下午，灰暗的光线穿过拉起的窗帘透进来，从缝隙里可以隐约看见远处的领主广场[1]。

格伯把手伸向身旁的写字桌，关掉电子节拍器。像潜水员身上的绳索一样把他们拉回现实的敲击声消失了，让位给了炉火的噼啪声。“别站起来，先别站起来。”他嘱咐道，避免让她感到头晕，“你感觉怎么样？”

“很好……是的，我很好。”她重复道，也在向她自己确认这一点。接着，她仍靠在摇椅的椅背上，转头看向心理师，在片刻时间内，她仿佛想要研究他的外表——身穿龙虾红的毛衣，戴

1　意大利佛罗伦萨旧宫前的L形广场，得名于旧宫（领主宫），建于14世纪。——编者注

着眼镜，头发蓬乱。也许她想弄明白他是不是真实的。“这是怎么回事？”她问，“我甚至没有察觉到……”

这是拉维尼娅第一次完完全全地沉浸在催眠中。

“事实上，你没有察觉是很重要的。”格伯确认道，“但今天没有成功，还需要时间。你独自做到了这一切：每一次治疗都在上一级台阶。”

“现在会发生什么？”她害怕地问道。

“你已经看见了那扇门。早晚你会找到勇气把它打开。”催眠师向她保证道，他从扶手椅上起身，去拉开窗帘。因湿气而变得模糊的玻璃窗后面，佛罗伦萨玩闹一般躲藏了起来。

“如果那永远不会发生呢？”

格伯拒绝向自己提出这个问题，因为如果拉维尼娅找不到按下门把手所需的勇气，在她的余生中，栖居于门槛另一侧的邪恶事物就会一直伴随着她。“我们会想出办法的。”他让她放心，实际上是避免给出回答。

拉维尼娅看了看时间：“妈妈很快就要来接我了，也许已经在楼下等我了。我有游泳课，然后还得做作业。”

格伯注意到女孩在一瞬间恢复了惯常的情绪，温和有礼，看上去很平静。孩子们拥有一种不可思议的力量，一种“自我修复”的能力。但这种能力并不总是有效，常常只是表面上的。心理师向她伸出一只手，帮助她站起身。他牵着她的手，感觉她轻得出奇，仿佛一只将要飞走的气球。“我们周四放学后见，好吗？”

女孩点头同意，然后穿上之前挂在衣帽架上的外套，重新背起放在地上的书包，微笑着道别离开：“再见，格伯医生。”

他看见她进入走廊，从对面房间的门前一闪而过。拉维尼娅不知道她的治疗师生命中也有一个关闭的房间。格伯避免进入B先生的办公室，并且，在过去的五年里，他甚至没有勇气清空这个房间或者把它安排给其他人。格伯不承认他的父亲，但在父亲死后，他还是让一切都保持原状。

“从篮子里拿颗苹果吧。”看着她朝出口跑去，他在她身后喊道。前厅里总是放着新鲜水果，供小病人们取用。

“好的。”她回应道。

当寂静让他明白自己已是独自一人时，催眠师回到了他的伊姆斯躺椅上。躺椅是黑色皮革和红木制成的，已经印下了他身体的形状，结果就是，其他人坐在上面都不舒服。他拿起自来水笔和用于记录拉维尼娅病况的笔记本，开始写起来。

2021年2月23日的治疗笔记

经过三个月的治疗，拉维尼娅取得了一个进步：她允许我带领她进入一个让她觉得安全的、熟悉的环境。

然而，她看起来还没有准备好。她内心的一部分坚持要消除一小段重要的过去。避免回忆不再是她为了继续前行而与自己妥协的结果，而变成了一种真真正正的生存训练。

在这个时候，不管她脆弱的精神要冒多大风险，都必须沿着这条路前行，并且把事件提前。

或早或晚，栖居在她内心的幽灵总会让她感觉到它的存在。

格伯合上笔记本，但仍然坐在扶手椅上。他本能地将目光转向天花板上的红色小灯，那盏灯正位于他身前，和前厅墙上的一个同色按钮相连接。他和病人们的约定是，当他们觉得自己准备好的时候，只需要按下按钮，格伯就会去接待他们。

但拉维尼娅是今天的最后一位病人。

为了给一本心理学杂志写篇文章，催眠师把空闲时间记录在日程里，但他发现自己并不想写作。他只想回家，捧着带给西尔维娅的鲜花出现，晚上和他三岁半的儿子马可一起玩恐龙大战。他脚下的地毯上也散布着玩具、铅笔和填色书，但这些东西是用来制造幻觉的，即这个办公室对小孩子来说是个安全的地方的幻觉。但是，这里常常并不安全。

正是在这个办公室里，他们之中的很多人会遇见自己的心魔。

他下定决心离开，从扶手椅上站起身，打开一道书柜门，柜门后整整齐齐地排列着一排没有标题的黑色笔记本，他在这些笔记本里记录了病人的治疗情况。

他把拉维尼娅的记录本也放在了那里。

不久之后，他就会确认顶楼的所有灯都已关掉，但在重新关上书柜门后，他立刻熄灭了壁炉里的火。房间里有很多木质横梁，让火烧着太不谨慎。有很多次，他因为心不在焉而忘记了把火灭掉。性情反复无常——西尔维娅会这么说他。当他用拨火棍拨散燃烧着的木柴时，格伯想起来曾经有很多次，妻子的劝诫让他避免了麻烦。他似乎再次听见了门打开又关上的声音。

“拉维尼娅？”他问道，以为女孩落下了东西，所以回来取。

没人回应他。

是风吹的，他想。他继续忙着熄灭壁炉，想起街角正好有位卖花人，还想着吃完晚餐，把马可送上床睡觉后，他和西尔维娅可以一起舒舒服服地窝在沙发里看一部老电影。但他被那盏沉默的红色小灯分了心，那灯在他的视野里闪现了一瞬。

他转头看向天花板上的小灯。它没有再次亮起。但这一次不可能是因为风。

他站起身，擦干净手，想去核查一下。

他进入走廊，走廊里空无一人。于是他走向前厅，决心解开这个谜。他转过拐角处，没发现任何人。为病人准备的红色按钮注视着他，犹如一只从墙上凸出的一动不动的眼睛。他向门口走去，打开门，查探门外，但楼梯平台上只有他一个人。他意识到，他的本能在期待着至少听见上楼的脚步声。然而什么也没有。他把身体探到栏杆外，但在下方的黑暗中什么也看不见。

“谁在那儿？”他向那一片寂静发问，语气谨慎，就好像真的有一名侵入者迫切地等待着回应他。他的声音在空无一人的四周回响，格伯意识到自己陷入了一种幼稚的焦虑中，为此他感到些许羞愧。

他回到顶楼，重新关上门，确保这一次关好了。他摇摇头，感到好笑。他告诉自己，这是他的头脑开的一个玩笑。有多少次，他不得不嘱咐他的小病人不要总是相信他们看见的东西。这是对拉维尼娅的治疗留下的痕迹，因为催眠师在某种程度上也常常进入恍惚状态。但是，当他正准备回到办公室时，他的目光偶然落在了前厅的果篮上。他走近篮子，想弄明白眼前的东西是否也是他想象的产物。当他拿起苹果堆最上面的那颗苹果时，他意识到这是真实的。

有人在苹果里插进了一根缝纫针，针上挂着一根长长的蓝色棉线。

4

尽管才下午5点，冬季的黑夜已经降临了佛罗伦萨，像一根闪亮的黑色蚕丝，在历史中心区的大街小巷中蔓延着。

彼得罗·格伯冒着细雨走在卡尔查依欧利路上，用旧博柏利风衣裹紧身体，手里捧着一束黄色郁金香，他不由得重新想起插在苹果里的那根带着蓝色棉线的针。作为一个理性的人，他固执地否认那个不负责任的危险举动与似乎有人快速进入又离开顶楼而带来的奇怪声响有着关联。

不，那一定和别的事有关。

苹果很新鲜，是他这天早上从一家小果蔬店买来，再亲自放进篮子里的。那上面没有针，他很肯定。唯一的解释是，这是一个小病人开的玩笑，或者更糟，是一个陪孩子前来的成年人有意为之的举动。他开始研究在这一天相继来到诊所的访客的情况。他迅速排除了菲利波，因为他只有五岁，而且他性情温顺，没有能力计划一个类似的行动。他的父亲是个可能的嫌疑人，他不久前刚失业，压力非常大。但格伯想起来，这个男人把儿子交给他后就立刻离开了，他甚至没有进来，而是利用治疗的时间去办事。卡米拉没有时间在前厅里逗留，格伯在楼梯平台上接她进来，过后又陪着她下楼，她的祖母因为关节病上楼困难，所以在楼下等她。十岁的马丁是独自来的，也许是他，但格伯认为不能把他纳入嫌疑人之列，因为他仍未走出丧亲之痛——他的双亲在一场车祸中去世了。最后是拉维尼娅，但在这种情况下，他拒绝考虑她，因为比起伤害其他人，这个女孩更倾向于伤害自己。

这些孩子来找他是为了克服心理创伤、进食障碍、行为或情绪障碍。生活已经给他们带来了严峻的考验，他们尚不具备应对生存陷阱的手段。彼得罗·格伯清楚，对绝望的父母或亲属来说，催眠治疗常常是他们寻求帮助的最后办法。所以现在他感到有些不自在，因为他不得不用新的眼光去看待他那些脆弱而不幸的病人。

目前，他唯一的慰藉是，感谢上天，没有人在离开诊所的时候从果篮里拿走那颗插了针的苹果。催眠师并没有扔掉那根针，而是把它别在了风衣的翻领上。他想拿给西尔维娅看，寻求她的意见。他会把针留在那儿，提醒自己，直到解开这个谜团。不过，他想清楚了一点：当他在诊所内的时候，必须用钥匙把顶楼的大门锁上。

格伯一边试图缓解自己的焦虑，一边拐进鹅路。在这条路上，因为城市规划的怪异效果，他似乎仍然能从回声中听见鹅拍打翅膀的声音。这条街得名于这种动物，因为这里曾经在万圣节那天举办卖鹅的集市。他沿着一座14世纪的贵族府邸和属于维斯多米尼[1]家族的中世纪塔楼前行，走进斯图迪奥路，佩尼亚美食店从1860年起就开在这里。最初它是一家化工厂，不知怎的，随着时间的流逝，它也开始向自己的客户推销食品。于是，在售卖胶水和油漆的商店旁边，很快又开了一家出售各式美食的著名食品店。彼得罗·格伯小时候常和B先生来这里，有时候，父亲来买一罐用来抛光画框的蜡，回家时也会带着一小袋精美的露酒酒心糖。

经过这家店的时候，格伯想到，店里一定有某样东西能让西尔维娅连着鲜花一起欣然收下。

片刻后，他让店员包装了一盘锡耶纳火腿和一份在稻草里发酵过的羊奶奶酪。他比往常提前回家，还带了她意想不到的礼物，这对妻子来说会是个惊喜。他们会一起开一瓶布鲁奈罗红酒。

这将会是个完美的夜晚。

格伯认为，为了让一场已经过检验的婚姻保持活力，像这样别出心裁的举动是必要的。像所有的夫妻一样，在将近五年的时间里，他和西尔维娅经历过高峰和低谷，但没有出现过无法弥补的裂痕，直到“霍尔案”出现。他们这么叫它，就好像想要和那些让他们的关系陷入危机的事件保持一段安全距离。在那个时候，格伯远离了妻子和儿子，只是为了保护他们不受一名神秘女病人的打扰，她是他治疗过的唯一的成年人。但西尔维娅表现得比他更成熟、更负责，她利用她的远见和意志力掌控住了那场危

1　Visdomini，佛罗伦萨中世纪贵族家族。

机，阻止了他们的关系破裂。

这天晚上，当他怀着美好的意愿，兴高采烈地跨过自家的门槛时，彼得罗·格伯发现自己面对着一个意料之外的场景。

在玄关处有一只花瓶，里面插着和他怀里抱着的一模一样的黄色郁金香。

正当他疑惑着这是怎么一回事时，他被屋里的寒冷和密不透风的寂静击中了。一阵突然袭来的空虚感包围了他。一连串疑问纠缠着他，让他踌躇不定。为什么没人在家？人都去哪儿了？发生了什么？接着，从黑暗中，伴着一声沉默的呐喊，苦涩现实的幽灵朝他迎面而来。

自从他把他们送走之后，西尔维娅和马可就再也没有回来。

5

强制消除记忆是一种非常危险的自我催眠法。首先是因为，实际上，这只是一种暂时的疗法。

每天早晨，在走出家门之前，彼得罗·格伯会进行一些自我分离的练习：通过呼吸训练头脑远离痛苦的来源，并把痛苦限制在精神世界中一个遥远的角落里。这个方法并不能一直奏效，但这是格伯所知的唯一能让他避免求助于精神病药物和抗抑郁药物的方法，这些药物会妨碍他对病人有效地进行治疗。

是我昨晚带回了这些花，是昨晚发生的——他回忆着，对自己说道。

接着，他走进公寓。这套公寓位于历史中心区的一座旧建筑内，天花板上画了壁画。当他在黑暗里走过空荡荡的房间时，剩余的真相一点儿一点儿地从他的心中浮现出来。西尔维娅搬到了利沃尔诺，她向法院申请离婚并获得了批准，和新男友在一起生活。现在他们维持着体面的关系，但已经没有什么联系了。法院判决格伯每个月有两个周末的时间可以把儿子留在身边。但是，在男孩两次表现出和他一起待在佛罗伦萨的老房子里很不自在之后，做父亲的和前妻达成协议，决定仅仅在周末时去看望儿子。

这一切的缘由都是汉娜·霍尔。

随着她的出现，彼得罗·格伯的生活变得支离破碎。这是一场真真正正的爆炸，只不过是缓慢进行的，让他能够目不暇接地看到自己周围发生的事，却无法让一切停止。而且，更糟的是，在格伯来得及从她那里得到他想要的所有答案之前，汉娜·霍尔就凭空消失了。现在，催眠师只剩下一连串未解决的疑问纠缠着他。

与这场毁灭相伴的残渣是一种阴郁的孤独。

格伯清除了那些郁金香，把它们扔进垃圾桶，开了一瓶葡萄酒。他端着装了火腿和奶酪的小盘子，筋疲力尽地窝进客厅的沙发里，打开录像机。

西尔维娅在二手市场买了一台旧录像机，有段时间，她想要记录下他们的家庭记忆，让这些回忆拥有20世纪90年代她与彼得罗小时候那样的光影和颗粒质感。录像带原本是要给马可的，最后却留给了格伯，作为那段仿佛一场伟大爱情的关系留下的唯一的纪念珍品。

他每晚都会看这盘录像带。他没开声音，因为这样会让他不那么难过。

这是一部时长不足四十五分钟的影片。录像带上记录了两次生日、几次周末远足、海滨假日，还有一次圣诞节。在录像机如其他事物一样遭受无法修复的破坏之前，这些时刻从流逝的时间中被抽取了出来。

也许有人会认为观看这段录像是一种可以避免的折磨。观看的时候，格伯不再执着于让一切恢复原样的渴望。在这些影像中，催眠师一直在寻找一个遗落的细节，一个显示出不对劲的迹象，一个错误，一个预示着崩溃的裂缝，就好像这些事情可以被纠正过来，但只能在过去被纠正，就好像他知晓让时间倒流的魔咒。

彼得罗·格伯明白他婚姻结束的缘由。这缘由不在那盘录像带里，他很清楚，但他不愿意承认。

所以最后，他会满足于提醒屏幕上微笑着的人。他想要警告自己、西尔维娅和马可将要发生什么，这样至少他们三人可以渡过难关，可以在录像里继续幸福下去。

从头开始。他不是一向对他的小病人这么说吗？不久之前，他也对拉维尼娅这么说过，强调回到过去的必要性。但他自己没有这么做的勇气，当他像缠绕录像带一般用自我催眠把自己的记忆包裹起来时，他总是在一切开始崩塌的前一瞬停下。

因为他想要无数次重温的不是过去，而是那个确切的时刻：一切都完美的时刻。

他的目光迷失在电视屏幕上。吃完这一餐，他任由酒精慢慢消解焦虑，让视线变得模糊不清。他想起来，曾经有很多次，他坐在同样的位置上，等着西尔维娅把马可哄睡后，从儿子的小房间出来。她在半明半暗中靠近的脚步声。她出现在门槛上的模样。他常常会用一个借口吸引她来到自己身边，然后他们就在那里做爱，在靠垫之间，动作匆忙，担心儿子会醒来打断他们。在这一刻，他想象着自己拨开她脖子上的头发，把脸埋进她的胸怀，久久地亲吻她。他看见妻子朝后仰头，同时半闭起眼，沉浸在他的爱抚中。他想象着自己解开她的衬衫扣子，抚摩她的一只乳房，然后感觉到她的手伸进他的裤腰，开始抚弄他，她的呼吸与他的气息混杂在一起。但在幻想中，当西尔维娅转头寻找他的双唇时，她便不再是她了。

是汉娜。

时至今日，那个来自另一个世界、另一段时间的陌生女人仍然能够侵入他的私人空间。而他对此无能为力，只能听任那种魔法摆布，它已经夺走了他的大部分生活。但也许是他想要有这种感觉，想要在那个有着两个头、两个身份的诡异生物的怀抱中被击垮。西尔维娅的样子会从汉娜的面容中浮现出来，反之亦然：在那个白日梦中，两个女人不断地互相转换，就像一场失败的克隆实验。

这个令人着迷的梦魇被内部通话机的尖锐铃声打断了。

突然之间，格伯从酒精和性欲中清醒过来。晚上10点刚过。这个时候会是谁?

他关掉录像机，走过去打开家门，手里还拿着酒杯。他面前站着两个穿着深色西服的男人。他只需看上一眼就明白他们是便衣宪兵。事实上，只有他们才会像穿制服一样打上领带。

“有什么能为两位效劳的？”当他们向他出示证件的时候，心理师问道。

“您得跟我们走一趟，格伯医生。”

“如果你们不告诉我原因，我哪儿也不去。”

“是巴尔迪法官派我们来的，她想要见您。”

这位老法官朋友过去常常叫他在未成年人法庭中进行专业鉴定。但在“霍尔案”之后，格伯就与她断了联系。此外，法官从来没有在这么晚的时候传召过他，更别提派人来接他。

一定发生了严重的事。

“这只是个单纯的例行程序。”其中一名宪兵显然在说谎，为的是打消他的疑虑，“法官需要一名顾问。”

格伯知道坚持是没用的，但他打了个寒战，回想起“霍尔案”也开始于一通无比平常的电话。“我去拿上风衣和新笔记本。”然而，他还是同意了跟他们走。

一切都是为了逃离那场与幽灵和痛苦回忆的重逢。

6

便衣宪兵走在他前面，在城市历史中心区像脏腑一样交叉错杂的空无一人的街巷中，他们的脚步声整齐划一地回响着。他们沉默地走完这段短短的路，走过斯卡拉大街上那些14世纪的华美建筑，抵达那唯一的无名大楼。

未成年人法院所在地在几个世纪的时间里经历过数次新生。

最初，这里是一所收容孤儿、私生子和弃婴的庇护所。管理它的修会除了好心地收养儿童，还要将他们藏起来避开某些人的目光，那些人认为他们的出世是上帝的失误。人们说这里的围墙很厚，为的是不让人听见里面发生了什么。尽管这个地方如今以未成年人的尺度主持着某种正义，人们依旧能感觉到这里存在着过去的不安痕迹，还会听见一声低声的哀叹。有人认为这声音是大楼被寒冷的北风吹刮而产生的效果，其他人则认为这是那些仍然被石墙看管着的孩子们的哭泣声。

彼得罗·格伯从未在日落之后来过这里。

两名宪兵护送着他走到通往楼上的大理石楼梯口。阿妮塔·巴尔迪在阶梯中部的位置等待着他。她穿着女式西服，昂首挺胸，白发挽成一个发髻。尽管已经到了退休的年纪，她仍不断要求延长任期。再说，她的上级们也很高兴她能长久留任。

应对儿童方面的问题，她不仅是最在行的，也是最出色的。

从她忧虑的表情中，催眠师直觉地意识到，这绝不像宪兵向他保证的那样仅仅是个单纯的例行程序，他今晚的任务也不仅是做顾问这么简单。

片刻后，法官把他带进她二楼的办公室。在巴尔迪的办公桌后面，有一幅延伸至天花板的怪异壁画。画中是一幅地狱的景象。在中世纪晚期，妓女和未婚先孕的少女在这个房间里分娩。孕妇在产下罪孽之子的时候不得不注视着这幅画面，以此赎罪。但现在，这幅出自佚名作者之手的作品几乎完全被一幅巨大的拼贴画覆盖了，那画是来过这里的孩子们送给法官的。它总是会让格伯想到信徒们留在教堂里象征所受神恩的还愿物。事实上，尽管这个勇敢的女人不是圣人，她的确也拯救了很多人。

巴尔迪对他的家庭情况、他的个人生活，以及他为何显出如此疲态，都没有任何客套或评论。然而他们已经至少一年半没见过面了。

法官仅仅问了一个问题："你怎么样？"

"很好。"

他仓促的肯定回答对她来说已经足够，也许是因为除了相信他，她没有别的选择。法官向他大致解释了事情的来龙去脉。

他们发现了一个男孩。

是这天早晨在穆杰洛的森林里发现的，多亏了在那里遛狗的一位年迈的养马人。这个男孩名叫尼科林，他和母亲自从被房东驱逐后就居住在汽车里。八个月前，在一只车胎被戳孔之后，两人就一起失踪了。事件发生在穿过自然公园的柏油路上，大路在那个位置中断，分岔成路基和崎岖小道。

“我们至今也不知道他们在那个荒僻的地方做什么。”巴尔迪总结道。

格伯勉强回忆起报纸上的那张照片——那辆旧汽车里堆满东西，被抛弃在路边，一只车胎从轮轴上取下了，车门开着。那是在6月初。“在那个小小的麻烦之后，能发生什么事呢？”

“经过调查人员的仔细筛查，存在两种推论，都很可信。第一种更具戏剧性，说这对母子轻率地冒险去四周寻求帮助，最后在森林里迷了路……沿着柏油路往回走要更合理些，但也许是因为天突然黑了，他们迷失了方向——谁知道呢。”

“但是，如果是这样的话，在数月之后，两人都应该死了。”格伯总结道，“第二种说法呢？”

“更让人安心一些：路过的司机让他们搭了车。某个好心人把他们载上车，不知道在哪里让他们下了车。实际上，这对母子习惯了过一天算一天，所以他们经常从社会救助机构的雷达中消失。可以想见，他们也许会突然在意大利的另一个地方再次出现。或者，在流浪一段时间后，他们可能仅仅是回到了阿尔巴尼亚。毕竟，这个女人在这里没有未来了，她只能找到薪资微薄的工作。”

“这个推论有什么地方不能让人信服吗？”

“事实是，尽管这条新闻没有后续，当地还是有不少人在谈论……”

“……而接下来的几个月里，没有任何好心人站出来声明是自己让大家正在寻找的女人和男孩搭了车。”心理师替她补充道，“而这个男孩再次出现，推翻了有关这件事的所有猜想。所以，今晚有了第三种推论，对吗？”他终于明白了巴尔迪焦虑的原因。

“正是如此。我们把它称为‘神秘推论’，我想要你来验证它。”

“怎么验证？”他问道，感到好奇。

“这个男孩不说话。”法官解释道，她自己坐到一张胡桃木办公桌后面，留格伯站着，“一个字也不吐，尽管他在人们叫他名字的时候会做出反应。他身上没有带证件，但他的身份是毫无疑问的，因为他符合两位社会工作者给出的描述。在这对母子失踪之前，这两位社会工作者曾留意过他们。但是如果我们想要弄明白事情的经过，就必须询问他，因为现在悬而未决的疑问太多了。”她接着列举道：“6月的那天究竟发生了什么？他母亲去了哪里？尤其是，他在这么长的时间里都在哪里？”

“而我应该让他开口？”格伯以前也做过这样的工作。他想起一个五岁小女孩的案例，有一天她毫无缘由地把自己封闭在缄默中，在催眠中才透露出，是保姆在她父母没注意到的情况下虐待了她。

“事实是，除了头发有点儿长，尼科林看上去并没有衣衫褴褛或者营养不良。尽管他是在夏天失踪的，现在却穿着冬装，那位遛狗的老太太遇见他的地方离他和他母亲一起失去行踪的地方不远。”

但是，格伯不明白：“法官，您究竟在试图告诉我什么？”

“这个故事里全是黑洞，彼得罗。到了最后，揭露的真相可能会比我们所能想象的更简单，也更惊人。只有那个男孩知道真相。”除了这样，巴尔迪无法更好地表达那个令她担忧的想法，“那么，你建议怎么做？”

催眠师从风衣的衣袋里掏出那个黑色笔记本，里面的纸页尚未写上字：“我们重新打开游戏室。”

7

“游戏室”实际上是一个摆放了各种玩具的房间。只不过这些玩具的功能变了。

它们用于探索孩子们的头脑。

尽管里面没有床，它看上去却完完全全像一个孩子的房间。地板上铺着彩虹色的机织割绒地毯。墙壁是稻草黄色，根据临时接待的孩子的年龄和性别贴满不同的海报。海报可能是动画片人物，这是为年纪更小的孩子们准备的，或者，也可能是青少年喜爱的歌手、摇滚乐队和运动员。里面的玩具也会改变，从小火车、洋娃娃到拼图和电子游戏等。

这些是为了让未成年人从他们目睹或遭遇的事件造成的创伤中分散注意力，以便收集他们的证词。得益于游戏，他们在叙述时才不会产生法院办公室和审判厅可能引发的焦虑。

这个房间是儿童心理师们准备的，每一件物品都经过评估，发挥着特定的作用。如果一个小男孩或小女孩执着于摆弄一个玩偶或洋娃娃，那么他或她可能遭受过某种暴力。庭审一向由专业人士进行，藏在墙里的微型摄像机拍摄下发生的事，目的是录下证词。此外，墙上有一面经过伪装的镜子，镜子后面通常是一位法官、一位书记员，有时候还有一个陪审团，以及法警、被告和他们的辩护律师。

在游戏室里，催眠手段不属于常规程序。这一手段存在着实际的风险，一名精通业务的律师可能会反驳对自己的当事人不利的证词，因为证词是通过诱导的方式获得的，可能使证词的真实性失效。但是，在最棘手的案子中，巴尔迪法官会与B先生合作，在他去世之后，她便与他的儿子彼得罗合作。

这常常是还原复杂真相的唯一方式。

巴尔迪向宪兵发出指令，要求准备一场庭审，便陪着格伯走到游戏室。在走廊里，心理师注意到了一位穿着靴子和绿色长大衣的老人。他背靠着墙，目光低垂，长满茧子的双手揉着一顶博尔萨利诺帽，嚼着一支没有点燃的托斯卡纳雪茄。在他们经过的时候，他的头抬起了一瞬，朝他们点头致意。格伯这时才意识到，那是一个外表像男人的女人。

“她是谁？”催眠师问道。

“在森林里发现尼科林的那位养马人。”法官回答道。

“她为什么还在这里？”

她耸了耸肩：“已经告诉过她可以回家了，但她坚持说不愿意留下那男孩独自一人。”

格伯对这个女人肃然起敬——她对一个完完全全的陌生人产生了不合时宜的责任感。他甚至可以读到她的想法：既然是她发现了尼科林，就像什么东西或什么人把他托付给她照料一样。

催眠师走进游戏室。他几乎不记得自己有多久没有踏入这里了。他有一瞬间产生了幽闭恐惧症的感觉，他歇了会儿来抑制住敏感情绪，但又清楚地意识到，他已经不是从前的自己了。

我们开工吧，他对自己说。

他脱下风衣，把它放在机织割绒地毯上的一个角落里，接着挽起毛衣袖口，把格子衬衫卷到肘部。在等待病人的时候，他开始准备每样东西。他从墙上撕下海报，把玩具收拾到抽屉里。需要一个中性的环境。他只在房间中央的矮桌上留下彩色铅笔和散开的白纸：男孩是阿尔巴尼亚人，意大利语可能还说得很勉强，格伯认为他可以利用绘画来帮助表达。

他用墙上的开关调整了光线。房内有一个旧电子节拍器，和他在顶楼诊所里的那个相同。他调到一个四四拍的节奏，重音在第一拍。

片刻后，他示意宪兵把小尼科林带进来。

8

午夜12点刚过的时候，男孩跨过了门槛。他首先环顾四周，也许在疑惑他为什么会在背景音中听见一个持续的声音，但他没有显露出任何反应。他穿着一件菱形格纹的薄毛衣，里面是一件浅色衬衫，法兰绒长裤，还有一双旧阿迪达斯运动鞋。金色的刘海儿从他的前额上垂下来，几乎遮住了那双蓝眼睛，他的面部线条很柔和，几乎有些女孩子气，也许是因为他白里透红的肤色。尽管处在青春期的门槛上，他身上却没有发育的痕迹。

“上前来，尼科。”格伯邀请道，用的这个昵称据说是他母亲叫他时用的。接着，格伯把写字桌周围的矮凳指给他看，让他挑选自己喜欢的一把。“我是彼得罗。”格伯自我介绍道，“欢迎你。”

和预料中一样，男孩什么也没有说。但他走过去坐下了。

为了让男孩适应环境，格伯不慌不忙地关上门，他朝装着镜子的墙壁看了一眼，像是要告知另一边的人，他们准备好开始了。当他再次转向男孩的时候，尼科林已经把彩色铅笔排成了一排，把刚才散落在桌面上的纸张堆成了一叠。没有明确的目的，也没有人要求他这么做。

格伯走过去坐在男孩身边，等待着他在细心整理完后开始画些什么东西。然而尼科仍然靠在桌面上，低着头，双臂交叉，目光朝向左臂毛衣袖子里冒出来的衬衫袖口。

格伯察觉到一粒纽扣几乎脱线了，挂在一根棉线上。男孩用手指摆弄着它，仿佛与外界的一切隔绝。

但是，在这么做的时候，他没有眨眼睛。

格伯立刻感到诧异。他开始计算男孩在这种情况下可以多长时间不眨眼。四十秒。看似不久，但其实无比漫长，因为人正常情况下每五秒就要眨一次眼。尽管无法解释原因，格伯还是必须考虑这个反常之处。

“现在我们做个实验，好吗？”心理师没有期待得到回答，继续说道，“你听见这个声音了吗？我想要你集中注意力，试着在你觉得节拍声变得更强的准确时刻吸气和呼气。”他解释道。

尼科林的呼吸很规律，但没有合上节拍。

格伯不确定男孩听明白了，于是试着重复要求，为了让他安心，又补充道：“这能让你感到非常放松，会很愉快，试试看。”

但男孩只是继续折腾那粒衬衫纽扣。

于是格伯朝电子节拍器伸出一只手，转动旋钮，让节拍合上尼科的呼吸节奏。但他察觉到男孩仍然没有配合。他决定插入一个时隐时现的短暂音符。

毫无办法，病人坚持抗拒。就好像对他来说，除了那粒该死的挂在线上的纽扣，其他的一切都不存在。想要穿透他的注意力是不可能的。

强迫症，心理师对自己说道。

与此同时，他有了一种直觉。过度激动是没用的，他很快就会发现自己是对是错。催眠师从自己的座位上起身，走过去取他放在地上的风衣。

衣领上插着他在诊所的苹果上发现的那根带着蓝色棉线的缝纫针。

他抽出针，带着它回到桌旁。接着，他亲热地抓过男孩的手臂，连着挂在上面的线扯下那粒衬衫纽扣。巧合的是，那根线也是蓝色的。尼科林观察着他的动作，没有抗拒。于是格伯开始平静地用新线重新把纽扣缝到袖口上。他可以想象镜子另一端的巴尔迪在想些什么。法官肯定在疑惑究竟发生了什么。但他确信这是一个正确的行动。

果然，在纽扣回到原来的位置上，一切都恢复秩序后，男孩集中了全部注意力。片刻之后，他的呼吸也减慢了，标志着他正在滑入一个平静的状态。格伯趁此机会修正了节拍器的节奏。

多亏了这个计策，尼科陷入了一种轻微的恍惚中。他迷失的眼神和垂在身侧的双臂证实了这一点。

“你能听见我说话吗？”催眠师问道。

他原本只期待看到男孩简单地点点头，却在听见他那声“是”的时候吃了一惊。

心理师被这个意外的进步激励了：“你知道你在哪里吗？”

一阵短暂的沉默：“不。”

“你至少知道你是怎么到这儿的吧？”

“不。”

第二个否定的回答不是一个好迹象：这意味着男孩可能处于一种精神错乱的状态，一种类似于创伤后受惊的状态。“你知道你是谁吗？”

“是。”这一次他仍然是在机械地说话。

格伯原以为会听到一个不得不学习意大利语的外国人的典型语调，却惊讶地发现他的口音竟如此纯正。“你还记得你的名字吗？”

男孩没有回答，但他的呼吸加速了：这个无比平常的问题使他变得不安。

格伯决定不再坚持，男孩所处的不安状态非常脆弱，随时都可能破碎。“你最后的记忆是什么？”

“森林。”

森林仿佛突然出现在他们周围，像是被临时招引来似的。“森林里有什么？”

男孩开始激动起来：“首先是三个条件，然后是问题。”

格伯没听明白。这句话很费解，但更让他感到有违常理的，是男孩说话时的专断语气。确切地说，这种语气出自一个小孩子之口很不协调，但心理师不知道为什么。他决定把注意力转移到另一个话题上：“你记得你和你母亲的汽车轮胎被戳孔的事吗？”

尼科点头承认。

“关于那个时候，你记得什么？”

“是我。”

这个回答让格伯不知所措："在什么意义上是你？你想说是你给车胎戳了孔吗？"

"是。"他生硬地承认道。

男孩没有犹豫，催眠师想道。这在他看来也很奇怪。"为什么？"于是他大胆问道。

男孩看似在思考。接着，他一口气说道："……阿尔诺比其他人先知道结果会怎么样，但是他对此无能为力……"

这句话毫无意义："阿尔诺是谁？"

尼科林沉默了。

催眠师把这些话归因于某种干扰，就像一段不知从何而来的记忆被无缘无故地插入对事件的还原中。"你愿意谈谈你的母亲吗？"他问道。

"阿尔诺比其他人先知道结果会怎么样，但是他对此无能为力。"男孩却像念经一样重复道。

他在试图转移话题吗？只有一种方式可以验证：坚持问下去。"尼科，你的母亲发生什么了？"格伯直截了当地问道。

沉默。

"她出什么事了吗？"

"是。"

"是这个阿尔诺的错吗？"

"不。"

"那么是谁的错？"

"是我。"

和刚才同样的句子，同样的干脆。彼得罗·格伯感到一阵不自在。突然间，他后悔自己这天晚上没有留在家里了。他不想再待在这里。“你想说什么？能请你解释清楚些吗？”他努力问道。

这一次，男孩慢慢地朝他抬起了头。他注视着心理师，用冰冷的语气重申道：“是我。”

9

第一次治疗：2021年2月24日

病人：尼科林（十二岁）

笔记

我把他袖口上的小纽扣重新扯下来，让他恢复了原来的状态。不需要倒数。这就像一个“断开连接”的举动。在这之后，男孩重新把自己封闭在了不受干扰的沉默中。

治疗结束的时候，尼科林对他刚才向我坦白的事情，以及这些事将会给他带来的后果，都没有清楚的感知。醒来之后，他仅仅用他那双天真的眼睛观察着我，那眼神就像是在第一次探索世界。

于是，彼得罗·格伯后悔自己曾对这个怪物一般的男孩产生过强烈的同情。

心理师从黑色笔记本上抬起目光，环顾几乎空无一人的法院走廊，他意识到自己被卷入得很深。在他身上从未发生过这种事，这是无法接受的。尤其是在对尼科林的治疗的最后时刻，这种反常的情绪严重影响了他本应不偏不倚的心态。

巴尔迪法官已经把尼科林所说的最后一句话认定为清楚地承认罪责。宪兵们与她看法一致。检察院立刻得知了这件事的戏剧性发展。尽管在催眠状态下做出的声明并不具有和认罪同等的法律效力，但他们将寻找证据以使之有效。

黎明时，他们将在男孩被发现的森林中巡逻，带上用于寻找尸体的警犬。

格伯不由得想到，在这对母子失踪的时间里，当他们两人可能都还活着时，并没有人耗费这么大努力去寻找他们。也许是因为他们是穷人，尤其是因为他们不是意大利人。连公众舆论都很少提及他们。但也许现在，伴随着这个出人意料的进展，足以满足社交网络胃口的刺激爆料将会出现。

到了最后，揭露的真相可能会比我们所能想象的更简单，也更惊人。

当阿妮塔·巴尔迪向格伯解释为什么需要他介入时，她正是这么说的。从游戏室里发生的事情来看，法官的话不仅仅是一个预感。

那个男孩藏匿着一个比他自己更大的秘密。

即便上千次催眠治疗也不足以查探和弄清真正发生的事情，因此儿童心理师的作用可以说已经到头了。在宣誓声明上签过字后，他就可以回家了。他再也不必关心那个故事，也不会再见到尼科林了。在今晚发生过的一切后，这个念头使他轻松了些。

然而，他却情不自禁地不断在笔记本中记录下他对此案的种种感受。

也许是因为，在他等待所有手续办妥的过程中，从法院办公室开着的门里，他偶然听到了调查人员们普遍接受的假说，即尼科林用一个借口引诱母亲来到一个偏僻的地区后，故意制造了车胎戳孔的小插曲，利用这个机会，他杀死了母亲，在清理掉尸体后，他冒险走入森林，试图抹除自己的行踪。

暂且不谈一个十二岁的男孩是否有能力构想出一个类似的计划，对调查人员来说，他的确能够藏在森林里独自生活几个月，这似乎不成问题。森林里有好几处可以寻得庇护的废墟。至于食物，他可以不时冒险走出树林，在临近的农舍和村镇中弄到，通过偷窃，或者更糟，通过翻找垃圾。

不过，格伯并没有完全被这种推论所说服。

他不由得想到，男孩营养状况良好，而且据巴尔迪所说，他完全算不上外表不整——无论是他的衣着，还是他的个人卫生状况。这肯定存在一种解释，但调查人员有时会试图歪曲事实，心理师会批评他们这么做仅仅是为了让一切都与对他们而言最方便的说法相吻合。

然而，唯一一个仍然拒绝相信这个说法的是那位在森林里找到尼科林的年迈的养马人。在得知男孩将会被带去一所未成年人拘留机构后，她自己就明白了这件事的转折，不需要别人告诉她男孩是如何承认罪责的。女人表示抗议，要求和法官谈话。她得到的回应是请她离开。

离开的时候，她低着头从格伯面前走过，他为他们对待她的方式感到难过。

与此同时，等待的时间越来越长，超过了限度。在这个关头，催眠师回忆起了在游戏室里发生的事。他重新分析起这次治疗和男孩的话，意识到一些说不通的地方，他无法把它们放进一个符合逻辑的框架中。

是些小事，但他越是思索，越是想竭力在其中寻得一个意义。他决定记录下来。

当我问他是否记得自己名叫什么的时候，尼科林很不安。

接着，他提到了一个名叫“阿尔诺”的人。

然后是他说话不带外国人口音的问题：这个孩子有可能在四年时间里把意大利语学得这么好吗？

最后，是那句不协调的话。

“首先是三个条件，然后是问题。”

格伯意识到他的这个思辨练习几乎完全无用，因为事实上，除了尼科林年纪轻轻就做出这种可怕的事，他也设想不出其他的可能。也许他应该索性不再想象有其他的可能，因为那都只是些可悲的权宜之计，为的是让人们不必被迫接受事实——有一种无法察觉的力量控制着世界，正因如此，孩子们才可能沾染上让人难以启齿的罪恶。执着于寻找不一致的细节肯定不能改变这些事，那些细节只会让思绪重新开始盘旋生长。

但是仍然有些东西阻碍着逻辑过程。

那粒衬衫纽扣脱了线，而我身上恰巧带着针和同样的蓝色棉线，这种巧合在我看来实在过于……巧合。

正当他写笔记的时候，他意识到最后一条记录与男孩的治疗并不相关，而他作为法院的顾问——尽管这件事与他切身相关——也应该摆脱这样的想法。又一次，他似乎在寻找一种与官方版本不同的真相。但无论如何，这是调查人员的任务，不是他的。

快到凌晨3点的时候，终于有一名宪兵将他传唤到一间办公室里，让他在他总结自己专业意见的宣誓声明上签字。这是事关有罪判决的确认，格伯犹豫了一瞬。由于年纪太小，尼科林不会受到控告和起诉，但他的意见对这个男孩的未来仍旧会有重要影响。曾经很多次，心理师都处于一种类似的处境，面对着一个未成年人：这是一份巨大的责任。但他从来没有像这次一样感到在页底签字是那么费力。

结束之后，他不愿意再逗留或者再见到巴尔迪。他猜想这位法官正忙于解决这件案子涉及的其他问题。几小时后，将召开一场新闻发布会，格伯很清楚将会发生什么。

佛罗伦萨将会诞生一个新的怪物，这一次它披着一个男孩的外衣。

在一开始的嘈杂和混乱之后，会出现一种不太光彩的情感，就是窥私欲。人们将近乎癫狂地搜寻细节，恐惧会和怜悯一同蒸发，让位给一场由流言蜚语构成的无比乏味的礼拜仪式。事实上，公众面对一场血案的第一反应就是在社交网络上寻找凶手的账号主页，下一刻他们会开始寻找受害者的主页，就好像在未来怪物的脸谱网和照片墙主页中明显正常的内容里可能隐藏着某种罪恶或疯狂的痕迹。

但邪恶并不总是可以解释的。

格伯真想让那些人体验他在游戏室里产生的感觉——在尼科林回到单纯的孩童状态前，他产生的那种恐惧和惊慌的感觉。因为他体内仿佛存在着两个人格。

纯良无害的十二岁男孩和冷血的杀人凶手。

离开法院的时候，心理师快速走下大理石楼梯，一只手插在衣袋里，捏着那个他只写了前两页的黑色笔记本。然而，剩余的部分将不会被翻开，这个本子会被放进他的档案柜，被他的职业保密原则永远保护着。这种保密原则让他既不能传播本子里的内容，也不能销毁它。

儿童哄睡师本想把它扔进自己遇到的第一个垃圾箱里。但他不能。

一走到街上，一阵凛冽的狂风扑面而来，风仿佛要把他推回到建筑里。在继续前行之前，他用风衣裹紧身体，迎击风暴。一种超现实的氛围笼罩在历史中心区之上，湿气沉重地浸透了空气。

就像下雨一样，但并没有下雨。

四周还见不到人影。只能听见莱昂内钟的钟鸣声，这座钟与耸立在维琪奥宫上的阿诺尔福塔的钟表连接在一起。格伯认为他应该回家睡觉，这也是因为他这天的第一个预约定在9点，他在应对另一次治疗之前需要休息，尤其是在昨晚那样的夜晚之后。

当他朝家的方向走去时，清楚地听见了自己身后的脚步声。他感到不自在，于是加快了步伐。但跟在他身后的陌生人也加快了速度。

这一致的步伐让他产生了警惕。

如果是在其他时候，他不会太在意这件事。但那爱好戏弄人的记忆让他回想起，在他发现苹果里的缝纫针前不久，顶楼办公室的那扇门自己打开又关上，那盏通知病人到来的小红灯亮起，前厅里却没有任何人。

彼得罗·格伯知道心理暗示的力量，他很清楚，任由头脑随意想象也意味着对自己的行为失去控制。他打算遏制自己旺盛的想象，于是突然停下来，回过头，开始等待。

他会看见跟在身后的人，会明白自己犯了蠢。但是跟随着他的影子仿佛被他突然的决定吓到，放慢了步子，这也让格伯感到惊讶。

出现了片刻绝对的寂静。然后，那个身份不明的人继续朝他走来。

10

“我无意吓着您。”在森林里找到尼科林的那位养马人表示歉意，为了亮明身份，她也摘下了帽子。

格伯觉得，在她看来他应该突然脸色发白了，否则无法解释她这句道歉的话。

“很抱歉，但我什么也不能告诉您，我得遵守职业保密原则。”他抢先开口道，为了让她理解得更明白，他又开始往前走。

“那个男孩不眨眼睛。”

他没有忘记这个反常之处，女人的话使他的记忆重新鲜活起来。他再次转向她。

“我不是想问您问题。”终于引起了他的注意，她受到鼓励，继续说道，“只是我没办法把这件事藏在心里，我需要讲给别人听。”她几乎在恳求他。

她说的是什么“事”？

“我不明白，您不是已经把一切都告诉宪兵了吗？”

“我回答了他们的所有问题。”养马人为自己辩解道。但显而易见，还有别的事。

“如果您遗漏了什么重要的事，您应该马上回去找他们，补全您的声明。”

“我刚才要求面见法官，但她不愿意接待我……”

格伯叹了口气：“您有因为妨碍司法公正而受到控告的风险，您知道吗？”

“我认为我想说的话不会让事情有多大改变，又或者会改变……我不知道。”

这个女人究竟想要说什么？

“这是一件发生了的事，但我不知道它是不是真正发生了。出现了一些奇怪的……巧合。”她断言道，“这就是为什么我之前没有说。但是在我明白也许你们在指控那个男孩伤害了他的母亲后，我对自己说，这也许很重要。”

她支支吾吾，看上去很困惑。但是，格伯还是决定给她几分钟时间：“我知道一家通宵营业的咖啡馆。请跟我来，这样您可以向我解释清楚。”

片刻后，他们坐在了咖啡馆里的唯一一张桌子旁。这是一家提供外卖服务的小咖啡店，位于离圣十字大教堂两步远的一间阴暗小室里，在将近五十年的时间里，这里售卖佛罗伦萨最美味的浓缩咖啡。

伴着铜制咖啡机冒蒸汽的背景音，两人被包裹在刚刚被店员端来的热牛角面包的香气里。格伯试图理解这位年迈的养马人方才想说的话。“那么，请您从头跟我讲，不要害怕……”他鼓励她道。

“事实是，几个星期以来，我每天凌晨都会在同一个时刻醒来：3点47分。”女人一边讲述，一边端起热咖啡靠近嘴边，她用双手端着杯子，就像捧着一个小鸟巢，“我不知道为什么会这样，但我转头看闹钟时，它一直显示这个时刻。”

心理师知道这种现象：“您有失眠的困扰？”

“是的。”她回答道。

“那么这是正常的。这是大脑制造的一种幻觉，是快速眼动阶段留下的痕迹，也被称作‘有意识的梦’。您以为自己一直在同一个准确的时刻醒来，但实际上，当您看闹钟的时候，您仍然在做梦。”

但养马人看上去没有被完全说服。“还有一件事，”她补充道，“由于我不得不这么早起床，我每天都会借此机会带我的狗去森林里，在我的孙子们把我看作猎杀动物的凶手之前，我和我丈夫经常去那里打猎。”她特别说明道：“但我总是去同一个地方——地狱谷。”

格伯不明白：“为什么不换地方？”

“我不知道。每当我发动汽车的时候，我都对自己说要去别的地方，但最后总是去了那里。”

心理师不知道该如何答复。他感到这事很荒谬，但不希望女人因为他的评论受到冒犯，于是任由她讲完。

“我的两条塞特犬疯狂地跑上半小时，然后我再带它们回到农舍里。”

格伯知道，前一天清晨，她正是在那样的情况下遇见了尼科林。“您的狗发现了那个男孩。”

“是的，但不仅如此……”放下咖啡杯后，养马人绞着自己因为握缰绳而长满茧子的双手，陷入一种怪异的不安中，“我总是把我的拉达尼瓦越野车停在小径开始的那片空地上。昨天早晨我也在那里，当时太阳还没出来，所以我什么都看不见，但是……”

“但是？”格伯突然来了兴趣，催促她道。

“我感觉到自己并非独自一人。”

“什么意思？”

“就好像我知道那个男孩在森林里……就在我的狗开始叫的前一刻。”

“您有听到某个声响或者注意到某样不寻常的东西吗？”

她摇摇头，咬着嘴唇。她既害怕又尴尬。

格伯不想让她丢脸，说这也许只是心理暗示。在他看来，这是老年人因为发生的事受到震惊之后产生的幻想。但是，不知怎的，这些幻想显出了有用之处，因为它们迫使他考虑到，他在试图与尼科林交谈的时候也产生了一种怪异的感觉。

一种有人在场的感觉。

是的，就像有其他人和他们一起在游戏室里一样。但催眠师不知道怎么把这件事解释清楚，甚至不知道怎么对自己解释。接着是侵入者闯进他的诊所，把带着线的针插入苹果的事。现在格伯不再那么确定插针人的意图是伤害他人了。

插针的人只是想让我发现它，并把它随身带着，他突然对自己说道。

因为只有把挂在尼科衬衫袖口的那粒纽扣重新缝上去，男孩才会开始说话。但也许这个十二岁男孩的自我封闭不是因为强迫症。现在，听着养马人这个不连贯的故事，催眠师意识到也许是那个行为把他……激活了。

“和您在一起的时候，尼科做过什么事吗？”

“没有，他只是一声不吭地跟着我回家，然后坐在火炉旁吃面包，喝牛奶……但实话实说，这段时间里我觉得他像是迷失了。”

格伯思索着：“迷失了”是用来形容这种状态的最合适的词。“他对您说过‘首先是三个条件，然后是问题’吗？”他问道，在一定程度上违反了自己的保密义务。但在此刻，他并不打算拘泥于细节，他必须弄明白为什么这些话在他听来很不协调。

女人耸了耸肩，显得很惊讶，接着问道：“这话是尼科说的吗？”

她没有肯定，但也没有否认。他原本不想透露，男孩坦白自己对母亲的遭遇负有罪责，但在这一刻，他决定对她坦诚到底。他回想起尼科林突然说出的那句貌似不合语境、没有意义的话。“阿尔诺比其他人先知道结果会怎么样，但是他对此无能为力。”他重复道。

老太太感到震惊，坐直了身体。显然，她知道某些格伯不知道的事。

“您听说过这个名字？您知道阿尔诺是谁？”他追问她。

养马人试着整理思路，就像她不知道应该从哪里开始解释一样。但她接着说道：“全佛罗伦萨的人都知道阿尔诺是谁。”

11

大部分人没有想过自己至少百分之十的生命是在黑暗中度过的，甚至是在白天。因为，把人一生中眨眼睛的时间加起来，得出的正好是这个数。

我们每分钟至少有四秒的时间沉浸在黑暗里，格伯想道。这一切都是在我们没有察觉时发生的，即使是在我们完成一个要求高度集中精力的动作时，比如使用一把锋利的刀或者开车的时候。

众所周知，这个简单的无意识行为的作用是保持眼睛湿润，清除眼中可能出现的杂质，比如空气里的尘埃。但很少有人知道，它还有一个无比重要的功能，就是让大脑“休息”。事实上，在眼睑睁开与合上那不到一秒的时间里，大脑会休息片刻，但不会让它正在进行的任务受到任何影响——具体而言，我们不会切着自己，也不会撞车，因为我们的大脑以某种方式“继续在看”。但这个基本过程的一次中断或者延迟会严重地影响我们对时空的感知。佛罗伦萨中世纪的宗教裁判所的审讯官偏爱的一种刑罚就是“目盲刑”，即把异端者的眼睑割下来，以此强迫他们认罪。事实上，在一段时间后，这些人就会看见魔鬼和恶灵，宗教裁判所认为，是这些人的异端邪说让他们失去了对周围世界的认知。

我觉得他像是迷失了。

养马人的话很好地描述了尼科林的迷惘状态。因此，男孩迟缓的眨眼动作在格伯脑中像警铃一样作响。现在，催眠师开始严肃地怀疑，这个反常之处不取决于尼科自己，而是由其他人造成的。为了弄明白原因，他认为自己必须打探到底。

为此，心理师立刻回到诊所，现在他正坐在一台电脑的屏幕前。他刚刚在YouTube视频网站上输入了“阿尔诺”这个名字。

老太太断言全佛罗伦萨的人都认识阿尔诺，也许是夸张了。比如，格伯就从来没听说过他，巴尔迪也没听说过。但从屏幕上显示的视频和评论数量来看，让阿尔诺被佛罗伦萨记住的那件事确实引起过一阵轰动。

那要追溯到二十多年前。

1999年11月2日，佛罗伦萨队和巴塞罗那队之间的欧洲冠军联赛比赛正在弗兰基球场举行。在场上的数名冠军球员中，有一位中场球员，直到那一刻，他的职业生涯虽然还算顺利，但也平平无奇。他的名字叫毛罗·布雷桑，在上半场的第十三分钟前，没人想象得到他能够被写入佛罗伦萨城的历史，他自己也想象不到。

看着那段让他的举动被人铭记的录像，读着那段字幕，格伯不禁大为惊异。

在那段电视录像中，当布雷桑看见一个高空球朝他飞来时，他离对手的禁区还有相当远的距离。他这时背对着球门，本应当仅仅停下球，尝试传给某个比他更有才能的队友。至少，这本应当是他作为配角的本能。

然而他却做出了疯狂的举动，或是天才的举动。

布雷桑一跃而起，踢了一记倒勾球。足球画出了一段不可能的轨迹，从红蓝军团[1]的守门员弗朗塞斯克·阿尔诺身后落入了球网。正如尼科林所言，阿尔诺第一个意识到足球的轨迹将会结束于他把守的球门中，在他的队友之前，在观众之前，当然也在毛罗·布雷桑之前。但他唯一能做的事，就是无能为力地看着那个绝妙的进球在他的眼前发生。

格伯一遍又一遍地观看那段视频，试图弄明白这个体育事件与尼科和他母亲的故事有什么关联。他唯一能想到的事情是，那个男孩在1999年还没有出生。

那么他从哪里得来了这段记忆？

也许他知道这件事是因为他是佛罗伦萨队的球迷，但格伯觉得这个细节太不符合年代了。一个来到托斯卡纳仅仅四年的阿尔巴尼亚男孩不会知道这些事，格伯对自己说。

这条信息是通过其他方式进入他头脑的，格伯很确定。

他产生了一个可怕的怀疑，也产生了一股抑制不住的恐惧。别再干涉这件事了——一个低哑的声音对他说——你的任务结

1　原文为加泰罗尼亚语blaugrana，是巴塞罗那队的绰号。

束了。他非常清楚，自己不想听从那声音，他应该先证实自己弄错了。

他不眨眼睛。

他在笔记上增添了这一条，因为他坚信，他在男孩身上注意到的这个身体上的反常之处和一场二十多年前的足球比赛之间有着联系。他在与尼科林交谈时那种有人在场的感觉并不仅是他想象的结果。他不知道该如何定义它。在此之前，他不会相信这些事情。但是，在这一晚后，他不再确定自己真正相信什么了。

因为这就像男孩被附身了一样。

12

“为什么？”巴尔迪在电话里冷淡地问道。

打通她的电话用了二十分钟，格伯担心她会仅仅因为他在关键时刻打扰她就断然拒绝他的提议，因为在这时候，她的办公室正准备宣布一个未成年弑母凶手的存在。

“为了尝试一切方法。”格伯的回答一半是真实的，他试图让她平静下来，同时也试着解释他想要和尼科林再次见面的理由。他已经朝着男孩被拘留的那所机构走去了。

“我们不会有风险吗，让他回到混乱中，或者类似的事？”

心理师明白法官想要信任他。他已经让她头脑中闪过了一个念头，认为对男孩的杀母指控并不那么可靠。也许的确如此，但是现在他不想向她解释自己的怀疑。这也是因为法官会很难相信附身一事。

尼科的头脑里有别的东西。格伯在催眠时没能成功让这种东西浮现出来。或者也许它浮现出来了，而他不知道怎么去解读。

他试着向她解释眼睑的故事，又补充道："我只需要对他的意识做一个测试。如果我再试着跟他聊两句，会造成什么损害呢？事实上，你们已经把有用的东西都录作口供了。"他们已经有了一份口供，这份口供可能很快就会因为找到尸体而得到证实。所以巴尔迪什么也不用担心。"我并不想催眠他。"他向她保证，好让她感到更安心。

"不做催眠？"

"不做催眠。"他承诺道，也是因为他确信并不需要催眠。

"好吧。"巴尔迪让步道。"我会通知他们你要来，但结束后你得立刻向我报告。"她告诫他。

他们结束通话的时候，格伯几乎要到目的地了。刚到早上7点，心理师计算着，如果他弄错了，还来得及在今天的第一个预约开始前回到诊所。

他渴望发现自己错了，胜过渴望其他的一切。

尼科林在离圣十字大教堂和同名的火车站不远的一座大楼里。这所无名的机构是那些因为年纪太小而无法被起诉和定罪的未成年人最后的归宿。他们会在这里待上一段不确定的时间，直到法官裁定他们已经准备好回到正常生活中。这里没有铁栅窗，这座大楼因其建筑史上的价值而受到保护。B先生过去总说，佛罗伦萨的每一件东西都因为历史而变得珍贵。甚至连为孩子们准备的监狱都无法避开这条规则。还有两个原因让这里不至于和监狱相似——为了保护里面的孩子，也为了保护外界，不能让外界想到存在着有能力杀人的孩子。事实上，每当有人来问他是否真的存在这种地方的时候，格伯总是回答说不存在。

心理师过去来过这里，来完成他作为法院顾问的工作。所以他知道，这里收容的孩子们常常犯有令人毛骨悚然的罪行。这些孩子的犯罪能力完全和成年人相同，其残酷程度也一样。但他们多了一个优势：他们的年龄是骗人的伪装。得益于此，他们当中的许多人能够欺骗自己的受害者，在凶狠地攻击他们之前，让他们感到安全。

格伯在大门口受到了一名工作人员的接待，她大约四十岁，深色头发扎成一束，戴着眼镜。巴尔迪已经告知了她一切。“尼科林被托付给我了。”她明确道，亲切地自我介绍着。

一名未成年人，一名工作人员，这就是规则。工作人员的首要任务是监督孩子们的行为，特别要注意他们的攻击性和突然的情绪变化。他们的评价对孩子们在监狱中的表现记录有重要影响，主要目的是判断他们犯下的罪行是否可能在成年阶段重演。

陪着他经过走廊的时候，女人特意告知他：目前孩子们都已经起床了，正在吃早餐，教学活动一向定在8点整，即将准时开始。尼科林不必上课，因为这是他在这儿的第一天。

“他两个小时前才被带到这里，所以没怎么休息。”穿过几条被警卫看守着的安全通道时，工作人员说道，“他是年纪最小的，所以我们安排他独自住一个房间，但我们会评估是否要让他搬去和别的孩子同住。”

女人所说的房间实际上是个真真正正的牢房。格伯透过一扇关闭的门上的小窗认出了尼科林。他坐在床头，弓着背，双手紧贴在两腿之间。他不再穿着在森林里被发现时穿的那身衣服。和其他同伴一样，他必须穿上一套白色的囚服。他朝高处看去，看向那唯一的小窗，清晨的第一束光从那里透进来。

“你好吗？”心理师向他打招呼，“你记得我吗？”但他已经知道他不会得到任何回答。

“他这个样子有一会儿了。”女人解释道，“什么也不说，什么也不做，但很平静。”

于是格伯走过去坐在他身边，一只手伸到他的金发间，亲切地抚摩着他的头：“我来看你，你高兴吗？”

尼科林甚至没有移动目光，就像患了紧张症一样。

“他当然高兴。”工作人员代替他答道，用了同情的语气，很多人在对待孩子时都会错用这种语气。

但格伯不能肯定尼科林因再见到他而感到高兴。他自己并不高兴。他还不确定自己面对着什么奇怪的现象，也不确定尼科林是否像看上去那样纯良无害。寒暄的问题和友好的态度只是在工作人员面前演戏，好在她很快就告辞了。

“我半小时之后回来。”她愉快地告知他们，“可能还会给你们带点早餐来。”

“太好了。”格伯评论道。但工作人员一走远，他的笑容就消失了。

他向巴尔迪承诺过不会催眠尼科，但这只是因为他坚信不需要重复节拍器和倒数的惯常程序。他没有再耽误时间，从衣袋里掏出手机。因为要经过安检，他无法带着一根缝纫针进入监狱。但他也确定，有人会预见到这个阻碍，同时会向他提供解决方法。

如果他的推测是对的，他知道如何再次激活这个男孩。

他在手机上寻找布雷桑在佛罗伦萨队和巴塞罗那队的那场比赛中的进球视频，然后把屏幕放在尼科林面前，开始重播。

在满怀希望地等待这个举动见效的时候，他感觉到强烈的不安。他回想起拉维尼娅，想起她无法打开内心的那道门。当她的治疗师也无能为力的时候，怎么能奢望她能够做到呢？只是彼得罗·格伯准备跨过的那道门槛处于未知的深渊上。他不知道怎么做更好，是求助于上帝还是求助于他自己的科学？

视频快播完了，格伯察觉到尼科林已经放松了手臂和双肩。这就是信号。他头脑中的门开启了，让催眠师得以进来。

他拿开了手机。“你看到了，我找出了阿尔诺是谁。”他开口道，重新转向男孩，“也许我明白你为什么觉得需要向我提供这条信息了……我认为这是一种测试，你想要考验我。我弄错了吗？”

“你没错。”男孩回答道，毫不慌张。

“你利用过去的一段往事让我明白，我不是在和一个十二岁的男孩说话，而是在和一个成年人交谈……因为此刻你并不是尼科林，对吗？”

男孩沉默。这种沉默同样有着让格伯战栗的力量。

接着，像他们第一次见面时那样，病人用单调的声音重复道：“首先是三个条件，然后是问题。”

心理师感到心神不宁。尽管受了惊吓，他还是努力保持冷静：“好吧。我们来听听这些条件……”

男孩开始机械地列举道：“第一，你不能和任何人谈到我。第二，你要把我将要说的话……听到底。”他强调了最后半句。

格伯考虑着这些要求的不同含义。他无法在想和尼科林见面的时候随时见他，也不能把他们的会面保密。他不确定自己能否订立这样的协议，但他还是问道："第三个条件是什么？"

"你不能在外面寻找我。"

最后一句话证实了心理师从一开始就仔细考虑过的猜想。这就是说，借男孩之口说话的人就是拐走了男孩并将他监禁了八个月之久的人。因此，当尼科林在游戏室里说"是我"的时候，是那个人在坦白。

"尼科林的母亲到底怎么样了？"他担心地大胆问道。

但他的问题没有得到任何回应，就好像男孩没有被设定去提供某些答案。

格伯越来越惊恐了："如果我接受你的条件，作为回报我能得到什么？"

没有任何回答。

"是你昨天下午来到了我的诊所，是你在苹果里留下了那根针……"他的控诉没有得到证实，但格伯确信事实如此。那次造访有着双重目的：向格伯提供一个激活男孩讲出故事的工具，并让格伯明白他就在附近，比格伯所能想象的更近。"如果你再靠近我的病人们，你得过我这一关。"他威胁道，他知道这完全无用，因为真正在说话的人不可能听见他。

尼科林就像一种录音机，播放出像刻录在磁带上一样录进他头脑里的东西。这就是为什么他的发音不带外国口音。

但是，正因如此，格伯意识到在这一刻他可以承诺任何事。任何协议都只会给他争取宝贵的时间，用来弄清楚正在发生什么，以及是否真正存在危险。“好吧。”于是他说道，“我会按你要求的做。”

尼科林镇定自若，继续有规律地吸气和呼气，他在平静状态中起伏着，像玻璃瓶中的一条金鱼。

格伯还有一个问题，但他害怕自己这次可能听到的回答。然而他没有选择，自相矛盾的是，推动着他的不是好奇心，而是恐惧，正是这恐惧在阻止他提问。最终，他鼓起勇气问道：“你是谁？”

男孩微微一笑：“你知道我是谁……”

是的，确实，他知道：“你是一个催眠师。”

13

彼得罗·格伯没有想到自己会这么快回到未成年人法院令人压抑的走廊里，但他中断了与尼科林的会面，想把这件事报告给巴尔迪。再说，他保证过会向她汇报。但这个时候，法官正忙于这个案件的新闻发布会，他等着接见。

“我不明白你在说什么，我们可以晚些再通话吗？”旧大楼的墙壁很厚，手机信号不好。因此，格伯紧张地前后徘徊，试图找到一个正确的地点，让他能够继续通话。

“不行，我们必须现在就解决问题。”西尔维娅坚定地反驳道。

他的前妻选择了一个最不合适的时间给他打电话，但格伯决定任由她发脾气。反正他已经知道她要说的话题了。在信号断了又恢复的时候，他思索着要怎么对巴尔迪开口。要总结他发现的事并不容易，尤其是，要让外行听来觉得可信。他想到了一种解释，就站在那里，手机夹在耳朵和肩膀之间，取出自来水笔，开始在黑色笔记本上打草稿。

尼科林看上去不受影响，因为他的意识处于暂停状态，处于一种持续的恍惚状态中，就像拐走他的人让他陷入了永久的催眠状态。

格伯相信自己能让他解脱出来，但对他做出这件事的无论是谁，都应该受到惩罚。因此，心理师不在乎那个疯子提出的三个条件。如果插在苹果里的那根针也是一种恐吓他的手段，那个家伙就大错特错了——格伯不会任由自己受到影响。

“你从不打电话来。”西尔维娅责备他。她的声音时不时地浮现出来，然后又再次沉下去：“如果我不给你发信息，你甚至不知道你儿子怎么样了。”

格伯眼前浮现出那些黄色郁金香的画面，他前一天晚上为她买来这些花，现在它们正在垃圾堆里腐烂。他本想告诉她，他从不打电话，是因为在他的头脑里，她与马可仍然在他们位于佛罗伦萨的家里，他每天都被迫进行分离训练，抹去他们已经离开他的生活这一事实。他本想把事实甩到她面前，说他只剩下一盘仅有四十分钟的该死的录像带，里面全是痛苦的回忆，他把它当作美沙酮[1]来戒掉过去。但他一言不发，任由西尔维娅继续列举他作为前夫和父亲的失职之处。

与此同时，万千思绪在他脑中盘旋着。

1 一种镇痛剂，也用于毒品成瘾患者的替代治疗。

他应该向巴尔迪解释，那个好心人的推论，即有第三个人介入了那对母子的失踪事件，这并不是完全错误的。但那人不是一名过路的司机，也不是一位好心人。因为在游戏室里，那个神秘的催眠师用尼科林的声音坦白是自己造成了轮胎的漏气。

那句多次重复的“是我”让人联想到一个错综复杂的计划。

也许那个陌生人把女人和男孩从道路上引入了森林里。又或者，他们习惯于去那儿，那人利用了这一点。事实证明，轮胎漏气的插曲和那个荒僻的地方非常适合伪造踪迹给调查人员看。

还有一件事是肯定的：那人选中了这对母子。

两个没有固定住所的流浪者，都是外国人。没有人会为寻找他们过多地奔波。但绑架他们的人只需要那个男孩，格伯对自己说。在这个计划中，那个母亲是多余的，有可能会被除掉。这使得那个陌生人变成了杀人凶手，格伯不应该忘记这一点。

“而且，容我提醒你，我重新开始了自己的生活。”西尔维娅强势地再次吸引了他的注意。

这一次，这个特别说明惹恼了他，它毫无必要。“关于你的新男友，我从来没有说过什么。”他反驳道。

“不仅仅是男友。”她生气地更正道，“是我的未婚夫。”

接着，她的声音再次消失了，格伯祈祷电话快点挂断，让他可以关掉手机。“关掉”这个词让他想起了尼科林，因为在男孩身上发生的事就是这样。绑架他的人精心选中了这个不合群的男孩，为的是能够任意操纵他。格伯思考着进入男孩头脑的各种方法。他清楚那些方法。它们是某种强制灌输行为的一部分，这种行为一般被称为“洗脑”。

第一个阶段是隔离。

如果你想要某个人相信某样与他的经验不相符的东西，或者，比如说，与他接受的家庭教育相抵触的东西，那么你必须带他离开外界，让他远离自己了解的一切。这是那些千禧年主义教派[1]的典型做法，这样他们可以保证追随者完全沉浸于宗教戒律的学习中。

男孩的监牢必须设在一个与世隔绝的地方，格伯这样想道。他决定，这也将是他提供给巴尔迪和宪兵的第一条建议，以便他们追捕绑架男孩的人。

第二个阶段是控制。

防止受害者接触到与想灌输给他的念头相抵触的思想。显然，完全不能让他接触电话、电视和互联网。最重要的是，不能让他接触任何人。

他是独自完成这一切的，格伯对自己说。尼科林的催眠师没有同谋者。

第三个阶段是不安全感。

让受害者相信外界不需要他，拒绝他，甚至让他相信外界因为一场灾害或大屠杀而天翻地覆。许多操纵者成功地说服了他们的受害者，让他们以为自己是地球上仅存的人类。

第四个阶段是重复。

无休止地重复一个概念，直到它完全扎根，或者以顽念的形式变得根深蒂固。通过这种方式，受害者如果要怀疑或改变他获

1　千禧年主义是某些基督教教派提出的信仰，认为在最后的审判和“未来世界”的永恒状态之前，地球上将出现一个黄金时代或天堂。

得的哪怕最简单的信念，都会感到身体上的痛苦和精神上的迷惘。这就是所谓的“不经思考的服从”，得到的结果是毫无独立性的行动，不存在任何批判的可能，比如机械性地转述他从别人那里学到的事情，正如尼科林身上发生的这样。

第五个也是最后一个阶段是情感再教育，或者叫“新母亲”。

操纵者会让受害者完全依附于自己，就像在亲子关系中一样。

所以，对格伯来说，对尼科林进行心理戒断治疗将是一个困难的任务。这一点，他也应该在巴尔迪接见他的时候立刻告诉她。

非同寻常而又令人不安的是，为了得到一个类似的结果，不需要强迫或暴力。为了做这件事，只需要安排一个适宜于驯服受害者的环境，然后花些时间。

八个月是一段完美的间隔，心理师想道，病人成了小白鼠。

自然，必要的前提是，施害者拥有强大的能力。格伯担心，他们的对手不仅肆无忌惮，而且非常内行。

对那些使用侵略性心理技术时毫不顾忌被催眠者的健康幸福的人，有一个名词用来称呼他们。

“故事叙述者”。

“确实，我不理解你。”走近一扇大窗户的时候，他听见电话那头的人说。他找到了一个信号不错的地方，但他不确定这是件好事。西尔维娅继续道：“如果我们想要保持正常的关系，就必须学会尊重彼此。你不能想做什么就做什么。”

“我没有想做什么就做什么。”他抗议道。

“那你为什么要继续这么做？”

她究竟在说什么？她指的是什么？

就在这时，巴尔迪法官的办公室门开了。格伯撞上了一小群从办公室里出来的新闻记者、电视台工作人员和摄影师。接着，法官出现在门槛上。“抱歉，让你久等了，彼得罗。来吧，但我得告诉你我很忙。”她说着，请他到她的办公室里去。

但是，格伯做了一个手势，示意再等一会儿。“请你说清楚些。”他催促西尔维娅，试着不让她更加生气。他确实没有听明白。

“得了吧，你知道我在说什么……”她指责他，“我们的儿子很困惑，我的未婚夫也觉得你这样不合适。”

“我什么也没做。”他再次为自己辩解道。但突然间，他明白了她打电话来不是为了像往常那样发脾气，而是有原因的。“我不会待在这里听你的含沙射影。”他假装发火，为了促使她说出原因，同时又不吓着她。

“那些花。”她厌烦地说。

格伯身子一僵：“什么花？”

“你今天早晨给我送来的黄色郁金香。”

14

维持一段美满婚姻的诀窍之一，是了解对方的一些无人知晓的事。西尔维娅总这么说。在她那些只有彼得罗知道的爱好中，其中一个与鲜花有关。她对外宣称自己喜爱兰花。但是，只有他知道真相。

她真正喜欢的是黄色郁金香。

这不是什么大秘密，只是他们订婚时一起决定的一件小事。他们也互相承诺，无论如何都会把这个秘密永远保守在他们二人之间。

这样一来，只有彼得罗能送给她她最喜欢的花。

正因如此，格伯和前妻打完电话后走进巴尔迪的办公室时，察觉到自己突然口中发干，因为他紧张。

“所以，情况怎么样？”法官一边问他，一边打开窗户让房间通风，她焦急地想要得知他在拘留机构和尼科林的再次谈话产生了什么结果。

然而，格伯一动不动地站着，无法开口说话，舌头发黏，就像吃进了一把沙子。不过，他知道自己应该在几秒之内找些话说，否则法官就会明白有些事不对劲。他不能告诉她真相。

第一，你不能和任何人谈到我。

“这很难解释。”他开口道，但只是为了争取时间。他仍在思考“故事叙述者”给他的微妙警告，也就是送给西尔维娅的黄色郁金香。

关于他妻子最爱的鲜花的浪漫秘密。

正在他找话说的时候，他心头涌上一个可怕的猜测。那个人知道很多关于我和我的过去的事，他惊恐地对自己说。对手掌控着其他人都不该了解的信息，而格伯对他一无所知。

“所以呢？”阿妮塔·巴尔迪催促他。这时，一阵风从敞开的窗户刮进来，吹落了法官办公桌后的拼贴画上的几张纸。孩子们送给她的绘画在屋里四处飞舞，女人俯身把它们从地板上捡起来。“看看，这儿乱七八糟的。”她感叹道。

这个让人分心的插曲为格伯争取了更多时间，让他能思考出一个计策。那个人很危险，他对自己说。他已经杀死了尼科林的母亲。他肆无忌惮，因为他有一个明确的计划，会不惜一切来实现它。“我决定撤销昨晚我在鉴定报告上的签字。”他一口气说道，“我不会认可从游戏室里催眠状态下的男孩那里取得的口供。”他重申道，以免表达得不够清晰。

他的话让巴尔迪感到迷惑。她手里拿着纸张，从地上站起身。她的脸上显出惊讶和不满的神色：“你为什么要做这种事？能请你解释一下你为什么改变主意吗？”

他感到惋惜，他不得不这么对待这位老朋友："今天早晨，在拘留机构里，我有机会重新考虑我对尼科林的治疗手段，我认为需要更多时间来对他进行评估。"

他提出的要求是一种冒险。男孩在催眠状态下坦白的话不具有法律效力，所以巴尔迪不必费力争取，也可以放心地摆脱掉格伯。事实上，尼科林的话仅有的作用是让他们开始搜寻母亲的尸体，并拘留儿子，不让他逃跑或者重复他所供认的罪行。

"好吧，你撤销鉴定报告吧。"法官果然这样说道，毫不慌乱，但从她的语气听来，她既失望又愤怒。

"我会发布一项公告。"他再次开口。为了增强气势，格伯往前走了一步："我会告诉媒体，我认为男孩应该重新接受检查。"

巴尔迪凝视着他，想弄清楚他是不是认真的："你会让我陷入困境，也会彻底毁掉你自己的名声。"

确实如此，他会因为违反义务法则而受到心理师协会的纪律审查，因为义务法则规定他不能向媒体透露他与病人之间的治疗细节。最严重的后果是，如果他在公众面前撤销了他白纸黑字写下的话，就没有人会再信任他了。他将不得不告别自己的工作，那是儿童哄睡师最珍爱的东西。然而，他的家庭可能会有危险，而他此刻没有别的选择。

"我知道。"他肯定道，试图表现得可信。如果巴尔迪不受他威胁，那就完了。

"我们来听听你的要求……"巴尔迪暂时答应道。

格伯希望她已经感知到了，他不得不这样做是有原因的，而他不能解释这个原因。也许这位老朋友真心想要帮助他。“我请求您让我再进行几次催眠治疗，从今天开始。”

“持续多久？”她问道。

第二，你要把我将要说的话……听到底。

“持续到我认为必要的时候。”他强调道，希望尼科林母亲的尸体被发现得越迟越好，否则到那时他对巴尔迪的威胁就不再有效了。

法官走向办公桌，放下捡起来的图画，拿起电话听筒：“我会通知拘留机构的主管，让他们把男孩带到这里来。我们会把游戏室交给你，并提供你需要的一切支持。”

“不。”格伯拦住了她，“必须在我的诊所里进行。”

巴尔迪瞪了他一眼，警告他这个要求有些太过分了：“治疗必须进行录像和笔录，否则没的谈。”

“我需要一个对尼科林而言完全陌生的环境，我必须和他的头脑建立一个新的协议，否则他的头脑不会再打开。”他的话只有一半是真的，但法官亲眼看见了第一次让尼科开口有多难，他相信她会理解他。

巴尔迪沉默了很长一阵子。格伯祈祷着他得到的答复是同意。

“我不知道你为什么要这么做，彼得罗。”她肯定地说，她通常不会任由自己被哄骗，“但我真心实意地希望你真的有一个合理的理由，因为从此以后，你就得完全靠自己了。”

“我知道。”他迎着她的目光回应道，没有再补充别的。

第三，你不能在外面寻找我。

他必须去追捕一个“故事叙述者”。独自一人。

15

我们的内心有一个地方，遥远而陌生。催眠师们称之为“迷失的房间”。没有人知道它在哪里，如何去那里。那是一个贮藏室，我们经年累月地把身上自己不喜欢的东西或者无意识的残余储存在里面，通常是那些最隐秘的东西，我们有时甚至不知道它们的存在，或者拒绝看到它们。不洁的本能，难解的想法，未经探索的恐惧，极其失常的欲望。

尼科林就在那里。他被“故事叙述者”关在那个监牢里。他只能用最基本的方式与其他人和周围的环境互动。

“迷失的房间”是一个没有出口的地方。他独自一人。

男孩穿着拘留机构的白色制服，格伯之前已经见过的那位工作人员和两名警卫护送着他。当他们取下他的手铐时，心理师靠在走廊的墙上，双臂交叉，观察着他。

一个戴着手铐的男孩是一幅超现实的画面。

尼科林胆怯地任由他们给自己取下手铐。同时，他注视着B先生的房间——通往房间的那扇门一关就是几年——就好像他知道门的另一侧有一片用纸浆做的树林一样。同样的事发生在所有第一次到这里的孩子们身上：他们不约而同地带着同样的神情在门前停下，被那个小小的奇妙世界发出的召唤所吸引，那个世界就在这道薄薄的障碍之后，是第一位格伯医生多年前专为他们创造的。

“您确定不想要我们留在这里吗？”一名警卫问道，他是个外表可靠的大个子。

“谢谢，但我更希望你们在楼下等候。我们一结束，我就来叫你们。”催眠师请他们离开。

两名警卫接到命令要依从格伯的要求，于是没有反驳，朝出口走去。

戴眼镜的工作人员没有动。和上次相比，她的态度不同了。如果说她还不至于表现出对彼得罗·格伯的公开敌意，也能从她的神情和言行方式中感觉到她不再那么亲切。但在两人互相瞪了一眼之后，她也跟随警卫离开了。

儿童催眠师带领尼科林走进他的办公室。“你可以坐在那里。”他说着，把那张摇椅指给他看。“坐上去很舒服的。”他向男孩保证。

男孩服从了。心理师不知道男孩的行动有多少是取决于他自己的。尽管听上去有些不可思议，但有人把他关在了“迷失的房间”里，强制他用特定的方式行动，让他的意志只能决定很少的几件事。

尼科林可以自由进食，睡觉，走路，遵循特定的习惯，或者完成一系列小动作，比如刷牙，或是在觉得痒时挠鼻子。

正写着笔记的时候，格伯想起了“树林教派”。在菲律宾，人们曾经在森林里发现，有将近三百个信徒在一个假圣人的命令下整齐划一地重复着同样的动作，就像一套荒唐的编舞。这种巫术用了几个月才被打破，但他们中的许多人再也无法从那种状态中清醒过来。

他们就像迷失在自己的头脑中一样，被迫留在那里，永远流浪。

催眠师走近男孩。他温柔地用手托起他的脸，寻找着他的目光：“在开始之前，我想告诉你一件事，尼科……我知道你在某个地方，你能听见我。”

男孩没有显出不安，那双毫不眨动地注视着格伯的眼睛是空虚的。

迷失了。

描述他在炉火边吃面包，喝牛奶的样子时，养马人这样形容他。

“也许你害怕，因为你也不知道自己在哪儿。”催眠师继续道，“但你应该鼓起勇气，应该信任我。因为我会找到你，会带你离开。”他总结道：“我们会一起回家，我向你承诺。”

他希望尼科林能听见这些话，无论他在哪里。

格伯有信心，假以时日，他会得到他要寻找的答案，一切都会变得越来越清楚。现在他准备好进行下一步行动了。

和游戏室一样，格伯的办公室里也藏着微型摄像机，它们被掩藏在画框后，或者安装在书架上的某些玩具里。通常，催眠师会在治疗时录像。但是，为了不违反“故事叙述者”的三个条件，他不得不破一次例。

即将发生的事情，只有他和男孩知道。

于是他拉上了窗帘。白日的光线减弱了，带上了一种微红的色调，仿佛一场永久的日落。接着，心理师走过去坐在他自己的扶手椅上，伸手轻轻推了一下摇椅。男孩身体僵硬，手指紧抓着扶手。格伯伸出一只手，从脚下的红地毯上拾起一样东西。

一枝黄色郁金香。他把它放在男孩膝上。

他意识到，那个同是催眠师的人在尼科林的头脑里分了几个层级。为了到达那里，需要使用特定的触发器。第一次是缝纫针和纽扣。第二次是一场老球赛的进球画面。现在，他推测轮到西尔维娅最喜欢的花了。

你要把我将要说的话……听到底。

格伯准备好去听那个故事了。

郁金香的香气很浓郁。对嗅觉的刺激发生作用了，因为男孩的呼吸开始加快了。接着，催眠师看见病人的目光里浮现出了什么东西——一道黑色的光。他明白是建立联系的时候了。他宣告道：“我在这里。”

“有的人内心有着持续流血的无形伤口，或者无法填满的空洞，里面回荡着绝望的叫喊。”神秘的叙述者开始说道，“我所经历的一切把我带到了这里，因为我必须把它展示给人看。现在你将和我一起看到。”

最后一句话似是邀请，又似是威胁。在这一刻，尼科林就像一座无线电广播站，接收着从另一个深远而不可见的空间传来的信号。

“你在疑惑，为什么我选择了一个孩子而不是成人，对吗，医生？”

因为孩子们的精神可塑性更强，格伯想道，但他什么也没说。

“那件事发生的时候，我和他年纪一样大……”

那广播播报来自过去。看起来，“故事叙述者”指的是他童年时期的一个私人故事。

“小时候，你晚上会害怕独自睡觉。但到了十二岁，你已经大了，不能再跑到你父母的床上，无论如何，你明白了衣橱里不可能有怪物。但恰恰是在你不再相信有怪物的时候，那个怪物出现了……你曾经遇见过怪物吗，医生？一个你以为只存在于童话和恐怖电影里的怪物？一个肮脏的生物，上帝造物时的失误？为了明白它就在你眼前，你必须说服自己这是可能的。这是最困难的部分。因为从来没人教过你识别它。从来没人向你解释过，当你见到它时，你会觉得它完全像是你每天见到的普通人：一个头、两条腿、两只手臂；头发、眼睛、指甲、手指和脚趾。完全一样。”

格伯感到心烦意乱，因为这个开头像是胡言乱语，但他觉得它表现出了一种真实的痛苦。那种伤痛来自远方，从未愈合。心理师不知道自己是否该说些什么，更不知道自己能说些什么。

“你确实准备好了要听完这一切吗，医生？”那人用痛苦的语气问道，填满了他的沉默。

“继续说。”催眠师冷静地敦促道，“我准备好了……”

“好吧。”“故事叙述者”用尼科林的声音肯定道，“尽管现在你会觉得难以置信，但在十二岁的时候，我遇见了一个食人怪。”

16

6月7日。我十二岁，今天是学期的最后一天。

早晨既清爽又炎热。日光是崭新的，金光灿灿。空气也不同。我从空气的味道中感觉到春天正在离开，正在让位给夏天。课程结束，假期开始。于是你感到幸福。

在这样的一天里，你不可能出什么事。

下午1点20分的时候，像往常一样，校车在离农舍一百米处把我放下车，就在山丘脚下。我得越过这座山丘，然后就能到家。我漫不经心地看着校车沿着柏油路驶离，消失在波浪般起伏的风景中。后来，我常常想起这个确切的时刻——我还有机会拯救自己的时刻。但当时，我甚至没有想到，我正眼看着离开的，是避免一切发生的最后一次机会。假如我有预感的话，我本可以请求我的同学和校车司机不要留下我独自一人，带上我和他们一起。

带我尽可能地远离我最爱和我一直被爱的地方——我的家。

我认为，正在沉没的船上或正在坠落的飞机上的人会和我有同样的感受。我坚信，所有人都会想到在上船或登机的时候警告他们转身离开的那个细微声音。可惜他们没有听从那个声音。

然而，我心中满怀的快乐也成了帮凶，让我对即将发生的事没有产生任何预感。

我像往常一样动身沿着小路上山，走到半路的时候，我已经汗流浃背了。我感觉到我的毛衣粘在背上，温热的汗珠从额头上滚落，痒痒的。当我舔湿嘴唇的时候，我感觉到嘴唇是咸的。今天书包不那么重，我想要脱下鞋子。

我们住的地方离大路不远，但农舍被山丘掩藏着。走到山顶，我看见那座旧农舍从山谷里的老树林中冒出来。一条湍流穿过山谷，像一道透明的伤疤，河上架着一座石桥。那座农舍曾经属于我的外祖父母，妈妈八年前继承了它。我记得，它比一片废墟好不了多少，但妈妈和爸爸一点儿一点儿地把一切都修复得井井有条，花光了他们攒下的所有积蓄。八年来，我们每周都会从城里来到这里，检查修复工作进行得如何。一开始，我们睡在露营车里，那是一辆1985年产的菲亚特杜卡托房车，爸爸把它稳稳地停在大门口。这车空间不大，尤其在冬天。不过，一家人挤在铁皮盒子里很有趣。实际上，在我们住进那座房子之前，我就是在这里长大的。搬家差不多是在去年的这个时候，我离开了公寓大楼，住进了田野中央。

其实，从四岁开始，我的每一个夏天都是在那座农舍里度过的。因此，搬家之后，妈妈决定今年我们要去旅游。

爸爸立刻接受了这个提议，把露营车修理一新，并重新修整了八年没有开动过的发动机。我们将去北欧做一次长途自驾旅行。在最近的几周里，我和爸爸妈妈一起，每晚都会在地图上标出要去游览的地方、休息地点和路线。昨天我们已经装载好了行李和食品箱。今天早上，爸爸会去加满油。我们预计今天下午出发。

我快速吃完午餐，然后立刻上路，跋山涉水。我简直迫不及待。

那辆露营车通常被停在山丘后，不会被看见。当我走近农舍时，我想象着我的爸爸妈妈在后面忙着做最后的整理。爸爸或许正哼着他年轻时爱听的歌，我知道他在路上会放唱片给我们听。我的金毛寻回犬贝拉没有像往常一样吠叫着摇着尾巴来迎接我，我甚至不觉得奇怪。当妈妈在大理石餐桌上做香肠三明治的时候，贝拉或许正忙着咀嚼口中的食物。

难以置信，我竟能想象出这一切，而没有想到可能有其他事情在等待着我。

我走进家里，从书包里取出成绩单，然后把书包扔到一个角落里。我知道至少在三个月后，我才会再次背起它。我手里拿着成绩单，立刻朝厨房走去，因为我想参与到准备工作中，也因为我很口渴。代数一直是我的噩梦，要是爸爸得知我的数学竟然得了高分，真不知道他会露出什么表情。

他和妈妈一定会为我感到骄傲。

房子里一片寂静，但我告诉自己，我的爸爸妈妈一定在外面。但是，在穿过房间和走廊的时候，我听见了一些声音。我仿佛已经看见妈妈在冰箱旁训斥贝拉了。也许我会给她一个吻，因为她总是抱怨说，我长大之后，她每次试着爱抚我时，我都会躲开，就好像她试图用刀刺我一样。

然而，在跨过厨房的门槛时，我愣住了。

那里有一个我从未见过的男人。我无法估计他的年龄，他既不年轻也不老。他头发乌黑，脸颊围了一圈没有修剪的胡子，身着一件机械技师或工人穿的蓝色工装，里面是白色T恤衫，敞开的领口中露出体毛，还穿着一双肥大的工作鞋。他坐在桌子旁。不知为何，他的双手让我印象深刻，他的指甲很脏。他正在用刀削一颗苹果。

看见我时，他毫不慌乱。相反，我觉得他正在等我。

“您好。”我立刻向他打招呼，因为人们教过我，遇到一个大人的时候，我应该这么做。到目前为止，我身边没有亮起任何红灯，我脑海中没有响起任何警铃。相反，我比较平静。这一切只是很奇怪而已。

“你好。”他热情地回应道，说话时嘴里塞满东西。

我环顾四周，寻找着我的爸爸妈妈，但我惊讶地发现家里只有我和这个男人。我瞥了一眼敞开的落地窗，没看见任何人。他注意到了我的动作，但并没有开口说话的意思。我疑惑他是怎么来到农舍的，因为空地上没有任何车辆。我注意到他的脚边有一只水手包。我猜想，他也许是从一艘集装箱船或油船上下来的。我还不知道此刻的一切可能会带来什么变化。也许我的大脑只是在试图逃避一些别的东西，一个让人害怕的想法。

“妈妈！”我喊道，因为这个男人嚼苹果的样子使我厌烦。然而，让我不自在的是他的在场，但我仍然不愿意承认这一点。

“妈妈！”我重复道，朝着落地窗走去。

“他们离开了。”在我的脚踏到外面之前，陌生人的话使我僵住了。

这句胡说八道的话让我放慢了脚步，但没有让我停下，我朝外面望去。“这不可……”这句话消失在我的喉咙里，因为实际上，门廊下也少了某样东西——露营车。只剩下那辆旧沃尔沃汽车，在它旁边有一块空地，像拔牙之后留下的洞。我再次转向陌生人。

“他们离开了是什么意思？”我听见自己用破碎的声音问道，我对他们感到愤怒，就好像他们确实不带上我就走了。我脑中甚至还没有掠过这个念头——他们不可能对我做出这种事，仅仅想象这样的事都是荒唐可笑的。但在那个紧要关头，我相信了，我想要相信。因为其他的任何可能都更加糟糕。

“一小时前走的。”那人平静地向我确认道，继续专心吃着他的水果，“他们把狗也一起带走了。”

我第一次意识到，到家的时候，我没有听见贝拉吠叫。它通常非常不信任陌生人，需要用链子拴住它，直到它习惯了新客人的存在。

“我得给他们打电话。”我立刻说道。

“照你想的去做吧。”他回答道，好像这对他而言毫无区别。

接着我想起来，我们家没有座机，并且——尽管我坚持想要——我的爸爸妈妈还没有给我配备手机。“请问我可以用您的手机吗？”我问道，在我看来，这个要求和我的处境一样怪异。

“我从来没有过手机。”陌生人说道，“很抱歉，孩子。”

现在我确实觉得想哭了。“我应该怎么办？”我问道，就好像这个我从未见过的人真的能够帮助我理出头绪。

“你将和我待在一起。”他断言道，好像这是世界上最不言而喻的事。

“和您在一起？”我问。我的双臂和双腿仿佛有千斤重，我突然感到虚弱，几乎要瘫倒。“直到什么时候？”我问，就跟这段对话是认真的似的。

“直到你的父母回来。”他回答，仿佛这是显而易见的事。

随着时间的流逝，我越来越确信我的希望——这一切只是个恶作剧——将会可悲地破灭。但我仍然觉得自己没有准备好面对新的现实。于是我大着胆子问道：“您是谁？”

“你可以叫我……叔叔。”

就我所知，妈妈和爸爸是独生子女。那么这个叔叔是从哪儿来的？“但您是有名字的，不是吗？”

“叫我叔叔就够了，我觉得很好。”他回复道，用手背擦去从下巴上滴落的苹果汁。

我察觉到，除了他，我甚至也从未见过他握着的那把刀。那不是我们家的。吃完之后，他把刀放回桌上，从衣袋里掏出一张红手帕，揉成一团，用来擦干净嘴，并擦去脖子上的汗。接着，他朝我伸出一只手臂，指向某样东西。

“我可以看一下吗？”

我花了几秒钟才明白，他想要我手里仍然捏着的成绩单。我犹豫了，但我不知道怎么反对他提出的任何要求，所以最后还是把成绩单递给了他。

那人小心地接过成绩单，用两根手指夹着它，留心不把它弄脏。他把它放在面前，想要读得更清楚。他不慌不忙地研究着它。“天哪！”读完之后他喊道，看上去的确十分赞赏，“真是一份极好的成绩单，毫无疑问。”他一边评论道，一边把成绩单还给我。

“我的数学进步了。”我承认道，甚至不知道为什么要这么说。也许是因为，我鲁莽地希望能赢得奖励：但愿这个噩梦会立刻停止。

“你知道关于不配对的袜子的那个谜题吗？”那人问我。

“不知道。”

“也就是说……你有二十六只白袜子、十八只黑袜子和十六只红袜子，散乱地放在一间黑屋子的一个抽屉里。为了穿上一双同样颜色的袜子，你至少应该从抽屉里取出几只袜子？”

“三只。”我立即回答，“如果前两只袜子不配对，只需要把它们和第三只配在一起。”

他似乎在思索这个回答。显然，他早已知道答案，也许是惊讶于我会这么快得出结果。我立刻产生了一种感觉，这道基本的计算题好像保护了我不受某样东西的伤害。这个念头让我不安，因为我感到数学刚刚把我从一个更加可怕的命运中拯救了出来。事实上，一个问题刺痛了我。

如果我答错了，会发生什么？

“你真是一个聪明的孩子。”那人称赞道。但他看上去并不十分满意。我并不傻——这一点对他来说也许是个麻烦。

我不敢询问现在会发生什么，但他试图消除我的所有疑问。

“让我给你解释一下我们要做什么。”他开口道，语气坚定而令人安心，“我要小睡一会儿，你父母允许我在他们外出的时候使用他们的床。我应该会睡到晚餐时间。”

且不论那床又是怎么回事，我疑惑着在这段时间里自己该做什么。但是，在我来得及开口前，我看见他从椅子上站起身，朝落地窗走去。

“你会乖乖待在这里的，对吧？”他一边问，一边看向外面。

我没有回答，暗示他我也可能试图逃跑。

“外面有一大堆不怀好意的人，我不希望其中的某个人伤害你。”他平静地向我解释，“你父母特别嘱咐我在他们不在时照顾你。”

于是我明白了，危险不在外面，恰恰在家里。逃跑是不行的。

“你当然哪儿也不会去。”陌生人自己回答道，他很相信自己，看起来也很相信我，“你那么聪明。”

他的眼睛里掩藏着比任何刀刃都要危险的东西——他的目的。那不是平常的恶意，而是一种天才的东西。我隐隐有种感觉——我面前的人拥有一种独一无二的才能。上帝造出他，专门来完成一个血腥痛苦的任务。无论他有何目的，我父母的轨迹碰巧与他的路交会了。我不知道他们怎么样了，因为我不认为他们真的动身去了北欧，像这个侵入者声称的那样。然而，在这个危急时刻，真正困扰着我的问题是，为什么这个从容地披着人类外表的怪物想要把我留在他身边？

“你说得对，叔叔。”于是我顺从了他，语气突然亲切起来，“我会待在这里。”我希望，如果我表现出温顺的样子，也许就能尽可能晚地发现我在他的计划里扮演怎样的角色。此外，我也需要时间弄明白正在发生什么，并采取相应的对策。我唯一知晓的事情是，我毫无准备，因为我从来没有过类似的经历。我到现在才意识到自己一直以来很幸福。但是，迄今为止一直默默守护着我的善意突然不再保护我了。

陌生人点头同意。也许他相信我了，也许他太狡猾了。但是，幸运的是，他对我的回答感到满意。他离开了。当他上楼的时候，我留在原地听着他踏在台阶上缓慢而沉重的脚步声。我不知道等待着我的是什么，惊慌失措，但也奇怪地感到宽慰，因为我觉得一切坏事都被推迟了。我甚至不知道会推迟多久，但目前这样就够了。恰恰在这时，从楼梯顶端，他若无其事地抛下了一句话。

“如果我是你，我不会到地下室去。”

17

突然间，尼科林停止了说话。

格伯没有料到。“你能听见我吗？”他问道，希望能让尼科林重新开始叙述。

但男孩仍旧在摇椅上摇晃着，一声不吭，就像突然耗尽了言辞一般。背景音里只有持续的嘎吱声，纠缠不休。

心理师不知所措又难以置信。发生什么了？他坚信“故事叙述者”想要对他讲完这个故事。

你要把我将要说的话……听到底。

他从扶手椅上站起来，走近尼科林，想弄明白他为什么中断了讲述。男孩仅仅把目光移到他身上。于是格伯从衣袋里取出一支笔形小手电筒打开，检查男孩眼睛的反应，想弄清楚他是否醒过来了。男孩任由他这么做。即使在强光下，他也没有合上眼睑。催眠师意识到，事实上，病人仍然停滞在一种轻微的麻木状态中。他的双眼能见到东西，但并没有聚焦。

他回到了“迷失的房间”中。

格伯关掉手电，后退一步，感到心神不宁。他明白了。尼科林表现得像一个发条走完了的木偶，或者一辆游乐园里的小车——那种小车会突然中断表演，直到有人再投进一个代币，才会重新开动。

你要把我将要说的话……

“……听到底。”他小声地补充完了句子。“故事叙述者”把那个故事分割开，埋藏在意识的各个层级里，他对自己说。就像地狱里的各个圈层一样，每一层都包含了一段故事。这是对他作为催眠师的能力的进一步考验。没有人能说清，为了弄清楚整件事，彼得罗·格伯不得不去往什么样的境地。

也没人能说清，这段下降至深处的旅途尽头藏匿着什么。

儿童哄睡师立刻明白，要重新激活尼科林不会很简单。像针线、足球比赛和鲜花一样，这一次他需要新的触发器，才能到达另一个层级。他从中看不出任何必要之处，这在他看来是故意为难。这就像一场该死的寻宝活动。

但为这件疯狂的事付出代价的将是尼科林。

格伯牵起尼科林的手，再次违反了与病人在一起时他一向要求自己遵守的规则，即与病人保持一段安全距离。“非常好，尼科。”他鼓励道。

男孩没有任何反应，但看上去很平静。

这时，心理师让摇椅停止晃动，重新拉开窗帘，阴沉的天气再次占领了房间。然后，他通过电话通知在楼下等候的工作人员和两名警卫，让他们来接尼科林回拘留机构。

他再一次观看了给男孩戴上手铐的荒唐仪式。

在离开之前，他靠近男孩。“明天会更好的。”他对他耳语道。但事实上，他不知道这个承诺在多大程度上是真的。这次治疗足以让他最初的乐观破灭。接着，他转向那名工作人员：“我想继续推迟安排尼科林和其他男孩一起居住的时间。”他建议道：“我认为他应该保持隔离状态，甚至，我会要求你们把他关在禁闭室里。”

“我看不出这么做的理由。”她生气地反驳道，“相反，我觉得他甚至过于平静了。”她指了指男孩，补充道，因为禁闭室是为那些不安分的，或是突然发怒的孩子准备的。

“理由很简单。”格伯试着向她解释，同时又不想激怒她，“那种环境里有微型摄像机。通过持续的录像监控，我们能够知道他的情绪是否发生了重大的变化。”

女人似乎在琢磨这件事，好像这是一个实在的建议。心理师理解她因为丧失权威而感到沮丧，但要是提醒她这不由她决定，会更恼人。

最终，她恼怒地叹了口气。“好吧。”她同意道。

格伯目送男孩和陪同人员离开。他们一走，他立刻看了看时间。现在是下午4点，他已经筋疲力尽。他前一晚没有睡觉，但还不打算休战。这时，他的手机响了，是西尔维娅。他本想拒绝通话，因为他没心情再应付另一个愤怒的女人。但他还是接了。

“巴尔迪今天来找我了。”她发动攻势，甚至没打招呼。

格伯能够想象他的前妻和他们家的老朋友之间的谈话内容。法官肯定会把他那件头脑发昏的事告诉她。“巴尔迪正在生我的气。”他立刻澄清道，“我们在一个案件里有了重大分歧。”

“她没有谈细节，但她告诉我，因为不可理喻的固执，你正在拿你的名誉冒险。”她接着补充道，“她请我让你讲讲理。”

“以婚姻咨询师的身份？”格伯生气地反讽道，“对了，关于你没能挽救自己的婚姻这件事，你的客户们怎么想？在你的世界里，这可不是什么值得援引的好事。”他刚说出这句气话就后悔了，但已经没有补救的方法。

“你没有陷入另一桩‘霍尔案’里，对吧？”前妻回击道，同样含沙射影。

尽管她和马可已经住得很远了，西尔维娅还是担心他像一年半以前那样再次让他们落入一个噩梦中，这也情有可原。回想起“故事叙述者”给她送去的黄色郁金香，他不能指责她。通过这个行动，那个神秘的催眠师表明他不会被任何事阻拦，也表明他被一个难以捉摸的目标推动着。而彼得罗·格伯正是用来达成那个目标的工具。他会不惜一切代价。

“我……”他开口道，却没能想出足以说服她的任何理由，他掌控着局势，最终一切都会被安顿好。他什么也不能向她保证，只好结束通话：“替我给马可一个吻。”

他本想告诉她一切，在她那里找到依靠，就像曾经那样。但在分开的这几年里，他适应了没有西尔维娅的生活。这并不容易，但他做到了。他咒骂自己。在短短几小时内，他的生活再一次毁掉了。他的日常惯例也被打乱了，他曾经坚持不懈地做那些事，是为了不迷失在悲伤的思绪里。事实上，为了专注于尼科林一案，他把其他病人的治疗都推到了下周。他不得不为延期编造借口，希望空出的这段时间是足够的。事实证明，说谎是一个艰难的任务，尤其是对拉维尼娅的母亲说谎。对她的女儿来说，在催眠状态中造访马尔米堡的别墅是一个重大的进步，但现在可能会功亏一篑。那个女孩已经来到了她必须打开的那扇门的门槛上，格伯担心她会再一次远离那里。

然而，现在的首要任务是让尼科林从“迷失的房间”里出来。

但首先，他必须找到开启“故事叙述者”的下一个章节的钥匙。他明白那可能是一个物件或一种感官刺激，就像视频和郁金香的香气。

也许答案就在他在漫长的治疗期写下的笔记里。

18

他准备了纸张和胶带。他站在办公室中央，手里拿着那些东西，眼镜靠在前额，自来水笔别在耳后。他不时低下头，重新阅读身前的写字桌上摊开的笔记本里记下的内容。每当他找到某样重要的东西，或者某样值得深入研究的东西时，他都会记录在一张小纸片上，然后把纸片贴在办公室里的某个地方，为的是更加专注地研究它。这种方法可以帮助他得到对事物的全面看法。

十二岁。

他把第一张纸片贴在壁炉上。他没有忘记，在“故事叙述者”遭遇那些他想强迫格伯了解的事时，他正好十二岁，和尼科林同龄。

6月7日。

他的叙述开始时，学期的最后一天正是6月7日，这个日期与米拉和她儿子在森林道路上被绑架的时间相符，尽管后者发生于许多年以后。具体是多少年？他问自己。也许答案在于佛罗伦萨队和巴塞罗那队之间的那场比赛，可追溯至1999年。

二十二年前。

根据这些时间参照点，他也计算出了“故事叙述者”现在大致的年龄。

三十四岁。

他把写着这个年龄的纸片在另外三张纸片旁边。他没有向任何人透露过，他正在描画对手的侧影。尽管那人威胁过他不能去找他，也许那人也清楚他会得到类似的结论，谁知道呢，也许那些信息是被特意安置在尼科林记住的故事里的，目的是把格伯引入歧路。他对任何事都不再确定了。也许只有一件事是确定的，即事情的开头要追溯至二十二年前的那个夏天，那是个令人痛苦的开头。

对一个男孩而言，学期的最后一天不同于其他日子，他对自己说。在某个地方藏着一个仅仅等待着被揭示的承诺。那一天是时间的一个通道口：当你穿过它之后，通道就立刻在你身后关闭了。等到夏天结束，当你再次见到你的同学时，你已经变了，他们也都已经变了。但当时你还不知道。当放学铃声响起时，就不再有任何规则和限制。一切都可能发生。从来没有人告诉过你，长大之后，你就再也不会体验到像这一天一样欢乐的自由，再也不会体验到面对未知时莽撞的无忧无虑。但是，对那个没有名字的男孩而言，那段记忆被一个食人怪夺走了。

如果我是你，我不会到地下室去。

他与尼科林之间还有一个相似之处——两人在同样的年纪被囚禁了起来。尼科林的囚牢不是他们刚刚带他去的拘留机构，他被关在了自己的头脑里。

但他还能在那种情况下坚持多久呢？在那种情况下，感到需要眨眼的时候，他也无法眨眼。

下午消逝，夜晚到来，顶楼壁炉里的火慢慢地燃尽了。格伯任由阴影包裹着他。从窗户透进来的那一丝微弱光线对他来说足够了，那道光像金色的河水流淌在佛罗伦萨的屋顶上。心理师不想打开扶手椅旁的斜窗板，因为他很早就发现了他对黑暗并不感到厌烦。事实上，黑暗就像一个平静的气泡，能帮助他思考。

为了保持客观公正，他努力忘记“故事叙述者”和尼科林那个可怕故事里的小主人公是同一个人的事实：建造一座共情的桥梁有助于让他彻底相信那个故事。对那个男孩来说，在家里发现一个从未见过的侵入者，一定会很震惊。

叔叔。

食人怪选择了一个模棱两可而令人不安的称呼。格伯把这个称呼写下来，贴到书柜上。他写下了一连串问题，把它们分散在房间里。

那个“叔叔”的真实身份是什么？他是从哪儿冒出来的？

男孩的父母最终如何了？他们仅仅是消失了，还是遭遇了什么事？他们是一场意外的受害者，还是陌生人让他们“消失”了？

而在最后一种情况下，就必须进一步问一个问题：

他们的儿子是怎么逃脱的？

但首先，为什么格伯从来没有听人提起过那个故事？他思索着最后一个问题。报纸本应该报道这个故事。人们也本应该记得它，就像人们通常会记得那些完完全全像是恐怖电影的社会新闻。

他把纸片和胶带放到一边，立刻在衣袋里翻找，寻找他的手机。他一找到手机，就立刻上网。他先输入了一个新闻档案网站的网址。时间应该追溯到1999年夏天，他输入了一个用作参考的时间段——从6月7日到9月。搜索结果中没有任何相关的文章。他试着拉长时间段，但仍然什么也没有。

这无法解释，但他没有泄气，而是改变了策略。

他想出了一个主意，在搜索引擎中输入了一些关键词。他试着输入了“十二岁男孩＋农舍＋托斯卡纳＋父母＋失踪＋陌生男人”。这个公式没有起效。于是他继续加入一些新的元素，比如“蓝色工装”“露营车”“水手包”，又尝试变换这些词的各种组合。

但这个网站没有保存那起事件的痕迹。

他心下生疑。也许这些关键词过于模糊了，但愿他接下来会拥有一些更加明确的线索，以限定这件事的范围。但是，信息的匮乏确实会让人起疑，让人对故事的真实性产生合理的疑问。

没有任何关于这起事件的报道。

格伯也把这条细节补充进了其他信息之中。但现在，他决定不让自己受此影响。他希望能让尼科林摆脱“故事叙述者”的魔咒，因此他需要完整地听完那个故事。

你是谁？他朝黑暗问道。

他抬起视线，看向天花板，透过黑暗，隐约可以看见那盏红色小灯，病人们通常用它来通知格伯他们已经到达。心理师想起来，之前那次它亮起来，是为了提醒他苹果里插了缝纫针。一切都是从那里开始的，就发生在前一天。

你肯定就在外面，你一定在观察着我。你在继续考验我。

这样想着，他想起了那个关于不配对的袜子的谜题，是那个“叔叔”在看过男孩的成绩单之后出给对方的。格伯把这个问题记录下来。

> 你有二十六只白袜子、十八只黑袜子和十六只红袜子，散乱地放在一间黑屋子的一个抽屉里。为了穿上一双同样颜色的袜子，你至少应该从抽屉里取出几只袜子？

男孩回答说“三只”，他认为，如果前两只袜子不配对，第三只无论如何都能和其中一只搭上。格伯从来不是数学天才，他现在才意识到，这个回答后半部分的推理是正确的，得出的结果却不对。正确答案是“四只袜子”。按照统计学的原理，是三只不同颜色的袜子再加上一只。看起来，喜欢谜题的不只是那个食人怪，长大成人的“故事叙述者”也爱玩谜题。

格伯感到一阵战栗，心里暗想：他是故意答错的，他把错误的答案插入了尼科林的记忆里。他这么做是为了把我的注意力吸引到那个数字上。

就在这时，他决定再尝试一次，也是因为他没有什么可失去的了。于是他重新拿起手机，在已经输进网站搜索引擎的那串线索中，他加入了整个故事中似乎最为重要的那个细节。

“三只不配对的袜子”。

这一次，这个关键词组合取得了效果，因为他手里的手机屏幕突然变黑了。面对这堵黑色的墙，彼得罗·格伯疑惑这是不是个技术故障。正当他疑惑发生了什么时，他听见了背景音里的一些细小声响。他的手机运行状况良好。手机被劫持到了一个包含一段视频的网站，现在他面前的仅仅是黑暗。

但是，在这片黑暗里藏着某样东西。

19

他立刻想起了莉萨，她只有十岁，在他收治她之前，她曾多次尝试自杀。他也想起了莉萨在网上找到的视频，那些视频影响了她的选择，直到引导她做出极端行为。那些视频属于蠕动意面[1]现象，在年轻人间流行的社交网络上广泛传播，比如在TikTok和4chan[2]上。一切都以无害的方式开始：某人，通常是受害者的同龄人，建议他永远不要在网上搜索某串特殊的词语，或是不要访问某个特定的网站，给出的理由是搜索结果可能会令人震惊。显然，好奇心总会占上风，孩子们会立刻去核实那是什么东西。大部分时候，一切不过是一个玩笑，总之没有恶意。孩子们常常会发现，眼前出现一张十分恶心或者乍一看让人毛骨悚然的图片，

1 creepypasta，是一种互联网恐怖文学，以都市传说、超自然或灵异现象等作为题材，有时会辅以与故事内容相关的图片、音频和视频。

2 4chan是一个完全匿名的实时消息论坛，设有签名、头像等一般论坛功能，言论自由度很高。——编者注

那都是些捏造出来的恐怖图片——关于幽灵、怪物、连环杀手、幻象和不明飞行物的图片。

但有时，在这些都市传说和乏味的恐怖故事之后，还藏着一个诱饵。

施虐狂或恋童癖会策划缜密的心理游戏或心理虐待，主谋很多时候年纪不大，因此很长时间内都不会受到怀疑。一切都在网上进行，所以施暴者可以不受干扰地隔着安全距离行动。以性为目的的时候，施暴者会诱使受害者发送姿势色情的照片或视频，这些照片和视频常常也构成了接下来对受害者勒索赎金的基础。

但在某些情况下，施暴者的目的更加邪恶。

比如，莉萨落入了四个年轻人的陷阱。他们利用她的不成熟，迫使她接受了一系列越来越极端的考验。他们对她施压，变本加厉地制约和操控她，最终让她相信，尽管她周围的现实看上去和她的真实生活一模一样，但那是虚假的。他们向她解释说，就因为她访问了他们曾劝她不要浏览的网站，她无意间进入了一个平行时空。最重要的是，他们告诉她，唯一能够让她离开这里，回去拥抱她真正的父母和妹妹的方法，就是结束她自己的生命。

格伯及时把她从那种妄想中解救了出来，但花费了很多时间说服她那仅仅是一个被人故意虚构出来的幻想，虚构它的人实际上只想伤害她。但是，他一直在问自己，当那个女孩经历那种分裂状态时，她产生了怎样的感受，尤其是，她怎么会落入那样的圈套里。

我们的头脑比我们的意识强大得多。

B先生过去总这么说，为的是让格伯提高警惕——头脑控制着我们，我们无法察觉，也无法阻止。

因此，在网上冲浪时，彼得罗·格伯有了一种不安的感觉。面对着手机上的视频，那种感觉重新产生了，并被过去二十四小时内连续发生的、无法解决的一切放大了。因为只需短短的一段时间，就足以把一切投射进一个疑惑和痛苦的旋涡。

他把注意力集中在手机屏幕上流逝的黑暗影像上，试图从背景音的声响里分辨出视频是在哪里拍摄的。某人急促的呼吸声让他立刻想到了录像的人；嘎吱的脚步声表明那里有枯叶。我们在室外，他对自己说。他想象那是在一片森林里。

无论是谁，那人正在走路，在用一部手机录像。

与此同时，场景开始变得清晰。毫无疑问，黎明正在到来。拍摄视频的人在一个确切的时刻停了下来。然后他把镜头转向一丛交缠的树枝。在取景框对焦的时候，在灌木丛的屏障外，格伯辨别出了一座金属建筑，像一座高压电铁塔。接着，他更加仔细地观察起这座塔。

一座用于瞭望火情的小塔，塔身用白色油漆标着数字“68”，部分油漆已经脱落。

当拍摄者走到塔的近旁时，视频中断了。

格伯放下举着手机的双臂，在顶楼的黑暗中，他试图厘清自己刚刚看到的怪异视频有何意义。那个地方有什么？“故事叙述者”为什么向他展示那个地方？为什么恰恰在黎明时分？

他很快便明白了，惊恐得几乎停止了呼吸。这是一个邀请。

20

在巴尔迪和检察院一起召开的新闻发布会之后，失踪八个月的尼科林于前一天早晨在穆杰洛的森林里被发现的消息已经在媒体上广泛传播。直到晚上，国内报纸的头条才提出一种令人不寒而栗的猜测，即男孩杀死了母亲米拉，并且藏匿了尸体。不出所料，人们对尼科林的态度在几小时内就突然发生了转变，先是对他的归来感到宽慰，对他不幸的经历表示同情，随后又立刻不容辩解地谴责他。

晚上开车的时候，格伯听着新闻广播对此事的回应，认为这种态度很典型，无须太过惊讶。但心理师想要恢复男孩的清白。因此，在长时间考虑“故事叙述者”的邀请之后，他最终选择了前往那片森林。

他不知道等待着自己的会是什么。

他从车库中开出了那辆路虎卫士，B先生一生中大部分时间都满含爱意地保管着它。这辆越野车非常适合在路基上行驶。格伯往前行驶着，在黑暗中开出一条道，划破一层冰冷的雨幕，雨滴一接触到风挡玻璃就立刻晕开，被雨刷扫走。为了看得更清楚应该往哪儿走，他俯在方向盘上，随时准备好用风衣的袖子擦干凝结在玻璃上的水雾。

他正在前往穆杰洛地区的路上。

这片地区是尼科林和他的母亲失踪的地方，也是八个月后男孩孤身一人重新出现的地方。那里有着古老而骇人的名字，比如“地狱谷”“女巫渠”“吊死者草地”。但让格伯感到不安的不是这个，而是这些道路从来没有被探索者查点过，甚至在谷歌地图上都找不到。在电子设备的屏幕上，这个地区像一个黑洞，一种通往虚无的通道。当广播信号也开始受到干扰的时候，格伯明白他正在落进那个黑洞。

尽管这只是一种幻觉，这个想法也同样令人不安。

为了找到方向，他需要打开一张旧地图。参照点是那座用来瞭望火情的小塔。不需花费太多时间就能发现，护林人会涉足的那些建筑都按顺序用简单的数字标在地图上了。

早晨5点刚过，路虎卫士的车灯照在金属支架顶部的那座小屋上，上面的数字“68”清晰可见。

格伯停下车，打开手机内置的小手电，下车去检查。驾驶室里很暖和，但在外面，一阵湿冷的劲风向他袭来。博柏利风衣的屏障是不够的，几秒之内，在尚未察觉的时候，心理师已经被雨水浸透了。尽管如此，他还是向小塔走去，鞋子陷在泥泞里。他沉重的脚步声与夜晚的声音混在了一起。

枝叶相互击打着，发出窸窸窣窣的声音。一阵狂风席卷而来，然后又销声匿迹。

正好走到小屋下面的时候，格伯用手电照亮四周：他勘测着树林，将乔木和灌木从黑暗的牢笼中一点点解救出来，就像在探索一个不习惯有人类存在的秘密世界。接着，他把手机举向高处，想看清楚小屋里有什么。那座建筑有六米多高，从他所在的地方什么也发现不了。那么唯一的方法就是亲自去检查。

进入小屋得登上一架木梯。

他把手机装进衣袋，开始爬梯子。他的其乐皮鞋光滑的鞋底老是打滑，因此他必须用双手紧紧地抓握梯子。他时不时地转头往下方看去：如果从这个高度掉下去，他会摔断脖子，他的尸体可能会在别人找到之前被野猪吞食。

爬到顶端并不容易，但他做到了。顶部有一道活板门，格伯用手心去推它。门很重，但他成功把它打开了。门板落到另一边，发出低沉的碰撞声。心理师从打开的门口探进身，用双臂做支撑，爬了进去。他一站起来，就立刻从风衣的衣袋里取出手机，再次打开手电筒，巡查这个仅有几平方米的环境。

这里空荡荡的。

雨水打在波状的顶棚上，发出一阵接连不断的声响。除了围绕小屋四周的栏杆，只能隐约看见被第一道晨曦唤醒的树丛，树林绵延不绝地延伸了几公里。格伯看了看时间，马上就要6点了。他来到这里的时间，和他通过不配对袜子的谜题在网上找到的那段视频的拍摄时间，差不多在同一时刻。为什么这里什么也没为他准备？他本以为会找到一样东西，也许是一张便条或一封信。然而，什么也没有。这场约会有什么意义？就在他以为自己理解错了视频传递的信息时，他发现眼前的风景很熟悉。

尽管他此前从未见过。

位于古老树林间的小山谷，一条湍流像透明的伤疤一样穿过它，还有跨在河上的石桥。格伯意识到，多亏了尼科林讲的那个故事，他已经来过这里。但那段描述属于“故事叙述者”的童年记忆。这个场景中只缺少一个元素。

那座农舍。

取而代之的是一小片荒草丛生的废墟。

心理师明白了，他的对手引导他来这里，为的是向他展示二十二年前的那些事件发生的地点，那些事是通过那个阿尔巴尼亚男孩讲述出来的。但为什么要让他看一片被弃的废墟？那座农舍在这期间发生了什么？也许这正是催眠师应该问自己的，这是他那个神秘同行提出的挑战中的新谜题。正当他思索的时候，他注意到一道光在树丛中移动。

另一个携带手电筒的人。那人正在靠近他的位置。

21

彼得罗·格伯立刻关掉了手机的灯光，希望自己不要被发现。但是，他所处的这座小塔高出地面，不被发现几乎是不可能的。格伯慌乱了片刻，第一个想法是快速赶到路虎卫士那里，然后驶离。但他考虑到，碍于那架该死的滑溜溜的梯子，他必须冒着踩空坠落的风险才能下来。于是他决定，最好从小塔上下来，等待那个陌生人露面，即使这次见面让他惴惴不安。

他不知道正在走近的是谁，更不知道那人有何意图。

那人穿过交缠的枝叶，向他身上投来一道强光的时候，格伯刚好踏上地面，还抓着梯子的金属横档。格伯用一只手挡住眼睛，没有移动，心想自己可能也处于一支枪的射程之内。

“谁在那里？”一个男声问道，语气威严。

那人使用了一个军人式的表达方式，这很特别。“我就要走了。”格伯让他放心，希望这样就够了。

那人什么也没说，但又往前走了几步。由于强光照射，再加上烦人的小雨模糊了视线，格伯无法看清他的外表。接着，那人用手电筒把他从头照到脚，想要更清楚地审视他。心理师试着想象，在深夜的森林里发现面前有个穿着麂皮沙漠靴和风衣的奇怪家伙时，他脑中会有何想法。

“您身上没带武器，对吗？”那人问。

“没有，先生。”他保证道。

那人停顿了片刻，说道：“您是为这些来的吗？”

一开始，格伯不明白他指的是什么。接着，那人把某样东西扔到他脚边。心理师垂下目光，害怕地向后退去。他吓得几乎要摔倒了。

那是沾满血污的尼龙绳网，里面装着小鸟的尸体。

那人向他走来，格伯终于看清了他的样子：六十岁左右，不是很高，戴着帽子，身穿绿色制服，脚踏靴子，佩着手枪用的子弹带。他是林区警方的林区看守人。

“我不是偷猎者。”格伯为自己辩护道，他意识到对方把自己错认成了什么人。

那人思索了一会儿。“我看出来了。”他最终肯定道，“您能不能告诉我，我们为什么在这里？”

格伯不明白他为什么用了复数：“请再说一遍？”

那人没有重复问题，而是环顾四周。

他看上去很迷惑。正当格伯编造好借口的时候，林区看守人不等他回答，又开口了。

“但我还是得对您处以罚款。”他说道，指着不远处的越野车，“您不能把那辆车开到这里，这个地区禁止机动车进入。”

他的语气变了，现在更加尊敬了些。心理师没有反对："好吧。"

"您得跟我来办公室，在处罚记录上签字。"那人向他解释道，"我们坐您的车去。"

这时，格伯注意到林区看守人的外套纽扣没扣好，漏掉了几个扣眼没扣上，导致他的体态朝右倾斜。格伯认为这不是提醒他的时候，便只是走在他前面，朝越野车走去。

22

他们一起沿着路基往回开车，正是同一条路基把格伯带到了那里。林区看守人沉默寡言，仅仅向格伯提供了一些指示，以便他把车开到林区警察站。在坐上路虎卫士之前，他请求把他在树丛里发现的装着小鸟的捕鸟网放进后备厢。心理师把空调开到了最热，试图把身上的雨水烤干一些，但现在，在驾驶室里也能闻到野禽的刺鼻气味。

“您是一名记者，对吗？”林区看守人突然问道。

格伯转过头看了他一眼：“什么？”

“如果您不是记者，那您在这里做什么？”

“我是一名心理师。”他说。

对方听后，没有评论，只是说道：“无论如何，他们整天都在这里转悠，直到很晚。”

格伯心想他指的是警犬队和技术警察，他们正在搜寻尼科林母亲的尸体。

“他们什么也没有找到。”林区看守人明确指出。

这对格伯来说是好事，只要米拉的尸体没有出现，巴尔迪就会允许他对男孩进行治疗。但格伯明白，他们拥有的时间正在耗尽，而且，他夜里来到森林的任务失败了：他发现了事件的发生地——那座农舍的废墟——但这对他要做的工作并无用处。

“他们说，他们将要去北方搜寻那个可怜女人的遗体。”那人补充道。

事实上，在来的路上，催眠师没有发现任何路障，谁都能够毫无阻碍地抵达这个地区。

“您相信新闻广播的那套说法吗？”林区看守人问，突然变得健谈起来。“我不认为那个年纪的男孩能够在这样一个荒僻的地方独自坚持几个月。”他断言道，四处晃动着手臂，“尽管他可能在某座废弃的农舍里找到庇护，无论如何，获取食物还是会很困难，甚至很难在周围偷到吃的。”

“我不知道能说什么。”格伯承认道，他面临着同样的困境，“但我确信我们很快就能知道事实如何。”

那人似乎对格伯的观点感到满意，但又接着问道：“今天是星期几？”

心理师集中精力想了一下：“星期四。”

“现在是2月，对吗？”

“对，是25号。”他确认道，尽管这个问题在他看来有点儿突兀。就像刚才在森林里，林区看守人问他，他们为什么在那里，接着又没有等他回答，格伯觉得对方也许有些拘谨。

那人什么也没再说，一直保持着沉默，直到至少五公里路后，他们到达了目的地。

这座小小的林区警察站位于一片林地上。格伯把车停在大门口的正前方。晨曦遍洒在周围的田野上。

“请进来坐，里面很暖和。”林区看守人一边邀请他，一边打开路虎卫士的后备厢，把偷猎者的捕鸟网卸下来。

格伯没让他再说一遍。大门开着，他走进办公室，里面有一张办公桌、一张小折叠床，围绕着房间中央的生铁炉子。温暖的炉火友善地欢迎了他，就像这个小小的庇护所正等待着他。他环顾四周，警察站仅由这一间房间和一个不带窗户的小卫生间组成，卫生间藏在一扇玻璃门后。墙上挂着穆杰洛地区的地图以及绘有当地动植物标本的旧海报。这些东西都奇怪地倾斜着：那些印刷品的画框都轻微地右斜，就像林区看守人的体态一样。但它们不是因为时间流逝而倾斜的，而是有人故意把它们摆成这样，否则无法解释这种和谐的不规则。

真是奇怪，格伯心想。

接着他注意到，在几枚铜制的林区警察徽章旁边，贴着一张日历。这天的日期，就是刚才那人在车里想不起来的日期，用红色笔标了出来。旁边还有一条笔记：“68号塔”。真古怪，心理师想。那笔迹显得犹豫不定，而且也向右倾斜。他对自己说，林区看守人可能有轻微的读写障碍。

扑通一声。格伯惊讶地转过头。那人走进来，把装着小鸟的捕鸟网放在办公桌上，毫不在乎血迹会弄脏下面的桌面和纸张。

此外，地板上到处是其乐皮鞋拖出的泥痕。

“很抱歉。”心理师道歉说，他现在才发现自己弄脏了地板。

“您不用担心，我会拿块抹布擦擦……您想要来点咖啡吗？”

“再好不过了。”

林区看守人摘下帽子，露出了他残缺的右耳。在原本该是耳郭的位置，头骨上有一个小小的洞，周围是一圈软骨。格伯认为他肯定是天生畸形。林区看守人发现格伯在观察他，催眠师便立刻移开了视线。

那人走到卫生间，那里也有一件家具，上面放置着咖啡壶和其他必需品。他打开盥洗池的水龙头，把咖啡壶装满水。

与此同时，心理师在火炉旁坐下，因为他仍然被冻得很僵。他真想回家换衣服，然后立刻回到诊所，重新阅读那些笔记，再次观看网上的那段视频，弄清楚他在哪件事上出错了。他以为自己找到了新的触发器，能重启“故事叙述者”的故事，却徒劳无功。因为那个关于不配对的袜子的愚蠢谜题，他竟会来到这里。他突然有了一个想法，这可能是他的对手向他开的一个丧心病狂的玩笑。

“这里只有您一个人吗？”为了赶走那个讨厌的念头，他问道。

“在冬天是的。”男人在洗手间里回答道，“在夏天和打猎季里，会有另一个同事来，因为那时会繁忙得多。”

“您喜欢独自待在森林里吗？”其实格伯真正想问的是，他是否害怕与世隔绝。

“现在我都不知道怎么和人相处了，因为我已经习惯这样生活了。我在城里有座小房子，但当我去那儿的时候，我甚至睡不着觉，再小的噪声都会吵醒我。”

格伯认为，他选择孤独的生活，是因为身体的畸形：“您为什么会选择这样的生活呢？”

“我觉得，这是继承来的。”他说，“我的爸爸也是林区看守人。”

过去，格伯会夸耀自己从父亲那里继承了做儿童哄睡师的才能。但现在，他不再告诉任何人B先生是谁。也许这样的命运也会降临到他头上，他的儿子马可一旦长大成人，也会憎恶他，谁说得准呢。尽管这只是一个转瞬即逝、毫无根据的念头，也同样让他难过。

“我们现在把咖啡壶放到炉子上。”独耳男人说着，回到他身边，“同时，我去准备材料，会耽误您一点儿时间。”他的话说得几乎像道歉。

心理师转向他，为了避免再次看到男人头骨上的那个洞，他垂下了目光。他注意到的第一件事是，林区看守人很不寻常地没有穿鞋。

第二件事，让他震惊的是，男人穿着不配对的袜子。

23

他立刻想到那位年迈的养马人，想到她说，她在这几周里总是在同一个时刻醒来，3点47分，而且不知怎的，她总感觉自己不由自主地带着狗去同一个地方，去地狱谷。尤其是，他想到了在塞特犬找到尼科林的那天早晨，那女人产生的预感：她意识到森林里有个男孩，这个念头恰恰在狗开始吠叫的前一瞬出现在她的脑海里。

格伯不再把此事归因于快速眼动阶段的痕迹，或者是人到一定年纪的情绪状态。当时，那些话在他听来几乎是胡言乱语。这种想法既不负责也不公正，因为那些信息本该让他有所警惕。但也许仅仅是他太胆怯，因为要面对后果并不简单。然而现在，终于到了面对真相并提出问题的时候了。

“您为什么把鞋脱了？”

林区看守人注视着自己的双脚，不知所措。“我不知道。”他承认道，无法做出解释。接着，他看向格伯。“为什么我把鞋脱了？”他问道，感到震惊。

发现一双不配对的袜子并不是简单的巧合。那人的迟疑证实了这一点，这是儿童哄睡师最担心的。“故事叙述者”在森林里拍摄的视频并不仅仅是为了向他指明一个地方，更是为了指明一个人。现在那人就站在他面前。

不知为何，他觉得林区看守人很可能拥有新的触发器。

“刚才在车里，您问我今天星期几……您经常忘记今天星期几吗？”

男人看上去不知所措。

“我跟您说过，我是个心理师。”他强调道，为了说服对方信任他。

“是的。”对方确认道，语气焦虑。

“这是您唯一忘记的事吗？”格伯问，力图不让他更加不安。

林区看守人放下咖啡壶，用手擦了擦额头，仿佛想要赶走一阵无形的燥热：“不是。”

“您这种轻微的遗忘症状持续多久了？”

林区看守人思索着：“一个月，也许更久一点儿。”他快速计算着。

“我们在森林里见面的时候，您问我，我们为什么在那里。”他补充道。

“真的吗？”男人再次显得不自在起来。思考片刻后，他说：“我们曾约定在黎明时分碰面。”

格伯摇摇头：“我们在今天凌晨之前从未见过面。”

“对，确实。”男人惊讶地同意道，“所以究竟是怎么一回事？我当时为什么知道您在那里……”

那天的日期在日历上被圈了起来，还有那条笔记“68号塔”，这些迹象证实了他的说法。墙壁上朝右倾斜的画框和外套上扣歪了的纽扣构成了明确的信号，格伯本应知道如何解读它们。这不是简单的读写障碍，一定还有别的。

“我准备问您一个有些特殊的问题。”格伯事先声明道，“但请您不要问我原因，并且在回答前考虑清楚。”

男人担忧地注视着他：“好吧。”

“最近，您有没有注意到您惯常使用的东西不在该在的位置上？”心理师知道自己正在冒险进入一片危险的地域，但他不能逃避。

“您指的是什么？”

“一串钥匙或者一副眼镜不在原本该在的地方，一把椅子被挪动过，或者一扇门在本该关着的时候却开着……”

“也许您是在问，我是不是做了这些事情，却不记得了？”

他的语气带着一丝警惕，这个反应是可以理解的。但是，格伯需要让他相信自己有健康问题，因为真实原因也许更加令人不安。

独耳男人思索着。“是的。”他承认道，语气并不确定。“最近几周里，我觉得自己稀里糊涂的——都是些小事，无关紧要。”他特意说明道。

“比如穿着颜色不同的袜子？”格伯问他，指着他的脚。

林区看守人再次看向自己的双脚。“这是我第一次这么做，我发誓。”他为自己辩解道，语气就像一个孩子，再普通不过的小错也仿佛成了无法弥补的罪行。“但昨天我发现牙刷在冰箱里。”他承认道。

“有没有发生过这样的事，您发现自己来到了某个地方，却不知道自己是怎么来的？”

男人不假思索：“几天前的晚上，当我在屋外抽烟斗的时候，一眨眼，我就来到了森林里，而且已经是白天了。”他坦白道，脸色发白。“您认为我身体有问题吗？我是不是得了某种疾病，很快就会忘记一切，甚至忘记自己叫什么名字？”他惊恐地问道。

“我认为不是这样。”心理师立刻让他放心。仔细想来，这句话完全不能让人安心。格伯只有一个方法可以弄清自己是否弄错了，但他也不想让林区看守人受更大的惊吓。“我们做一个小测试，好吗？”他肯定地说，假装要让对方接受一种评估认知能力的测试，其实完全不是这样，“您喜欢谜题吗？”

那人点头同意。

“您有二十六只白袜子、十八只黑袜子和十六只红袜子，散乱地放在一间黑屋子的一个抽屉里。为了穿上一双同样颜色的袜子，您至少应该从抽屉里取出几只袜子？”

林区看守人愣住了。他没有回答，目光却突然暗淡了下去——只有专业人士能识别出这个信号——随之而来的是肩膀和双臂的迅速松弛。

格伯明白他陷入了恍惚状态。这也出自“故事叙述者”之手。

那个谜题能够打开他头脑中的一个通道口，就像某些信息系统的后门。在催眠术中，有一个词可以定义这类事件，尽管这个术语再寻常不过。

潜意识之门。

那是一个秘密的通道口。有时，治疗师会制造出一道潜意识之门，以便快速进入病人的无意识，无须常规的催眠手段，只需要一串往往不同寻常的具体的话语，或是一个动作，比如按照特定的节奏拍手，拍上特定的次数，通道口就会洞开。这是一种不到万不得已不可采用的手段。显然，出于安全考虑，只有催眠师才知道这个通道口。剥夺某人的自我意识自然会引起伦理争议，因此，这种手段只适用于最严重的情况，也就是存在着具体风险的情况，比如边缘型人格障碍患者可能对自己或他人造成伤害时。

“故事叙述者”催眠了养马人，对她进行了设定，让她准时出现在森林里与那个男孩见面。他对林区看守人也做了同样的事，在他的头脑里制造出一道门，只要格伯发现了开门的话语，他就能够进去。看起来，他成功了。林区看守人的恍惚状态是催眠的副作用，但也是一个信号，让另一个催眠师得以发现这个异常之处。

现在，他只能看看有什么东西会从通道口出现。

儿童哄睡师沉默地等待着。林区看守人往前走了一步，接着走了第二步。他走向那个生铁炉子。格伯跟随着他，同时保持着一段距离，以免干扰他。只见他打开炉子的小窗口，伸进一只手，抓起一小块燃着的煤。格伯来不及阻止他，但那人似乎没有感到任何疼痛。接着，他走向一面墙，墙上挂着装在画框里的动植物海报。他的手臂快速挥动了一下，让海报落到地上，露出光秃秃的墙壁。

紧接着，他开始用那块煤勾画出一幅画来。

格伯观察着那幅画，试着理解它的含义。林区看守人似乎被一阵不可抑制的冲动控制了。两分钟后，他停止了作画，似乎在欣赏自己的作品。实际上，他只是变得迟钝了。心理师一直有意不加干涉。短短几秒钟后，那人把剩余的煤块丢到地面上。

他转身注视着格伯，接着突然朝他走来。

催眠师尽管感到害怕，还是一动不动。林区看守人在离他仅有几厘米远的地方停下，举起被煤块弄脏的手，在他身上快速地拍了三下。

左肩。前额。右肩。

完成这个古怪的动作后，他的双腿突然弯下来，眼看着就要瘫倒在地上。格伯及时抓住他，防止他摔倒。然后，他将他平放在地板上，支撑着他的头，检查着他的状态。

他眼睛上的那层蒙眬散去了。

“我的天哪。”林区看守人喊道。手上突然恢复的痛觉让他回归了自我：“这是……”然而，问题在他的嘴边消散了。

“一切都好。”催眠师一边对他说，一边扶着他坐起来。

“我头晕。”他说道，感到一阵眩晕。

“深呼吸，一会儿就过去了。”

林区看守人看着自己被烧伤的手，表情惊慌：“我刚才在这里，但又不在这里……我不知道怎么解释……我刚才感觉……”

“被控制了。”心理师抢在他前面说道，为了让对方知道自已完全理解他试图说什么。

“正是，有另一个人引导着我的身体，而我只能照做。太可怕了。”

格伯检查了他的烧伤情况，所幸，并不严重。但他被林区看守人的话分了心。

“他来过这里……”他肯定道，开始回忆。“他来过这里。”他重复道，艰难地咽下喉咙里的酸胀感。

格伯明白他指的是“故事叙述者”：“您记得他的样子吗？”

独耳男人思索着，然后摇了摇头：“我看见他在这座房子里转来转去，但在我的记忆里，他就像一个黑影……”然后他指向墙壁。“那真是我画的吗？”他难以置信地问道。

格伯也抬起目光，看向那幅画。他也仍然无法相信。墙壁上画着一个噩梦。一座没有门，只有一扇窗的房子。在窗户后，有两个没有面孔的人像。一个更高些，另一个更矮些。

一个食人怪和一个男孩。

24

格伯的父亲是第一个真正的儿童哄睡师，只有孩子们能够称呼他巴鲁先生或B先生。也是为了孩子们，他把自己的办公室改造成了《丛林故事》[1]的发生地。催眠他们时，他用一张旧乙烯唱片给他们播放《紧要的必需品》，这首歌在第二段副歌中间就会停止。这是一个计策，为的是让唱针反复跳过同一处声槽发出的声音成为黑暗中的向导，跟随着这个声音，小病人们会毫无察觉地滑入恍惚状态。

是他把自己的知识传授给了他的儿子。

为了理解是什么推动彼得罗选择了与父亲同样的职业，首先需要明白，存在着两个不同的B先生。一个是所有佛罗伦萨人记忆中那个瘦瘦高高的男人，有些笨拙却也和蔼可亲，冬天里总穿

1 《丛林故事》是英国作家拉迪亚德·吉卜林所著儿童文学作品，上文的“巴鲁”是作品中的角色之一，是一只熊。《紧要的必需品》（*Lo stretto indispensabile*）是根据《丛林故事》改编的动画片中的插曲。

着一件旧博柏利风衣，夏天里穿着丑陋的褐色凉鞋。他能叫出所有人的名字，总是大幅挥动手臂打招呼，在空中画出一道看不见的彩虹。他在衣袋里装着彩色气球和罗莎娜糖果，把它们送给任何一个人。他总是冒冒失失的，头发散乱。他是一个和颜悦色的鳏夫，独自抚养孩子，孩子年纪很小，肯定对母亲没有一点儿记忆。他的熟人和病人们都很喜欢他，彼得罗对此从不感到惊讶，他们有充足的理由喜欢他。

但他们不认识另一个B先生，因为这一面只为他的儿子保留。

在家里，那个男人把自己封闭在无休无止的沉默中，不加解释。他没有能力做出任何表示爱意的举动。从来没有亲吻，从来没有爱抚。他让彼得罗感觉自己更像是失去母亲的孤儿，而不是父亲的儿子。同一个B先生，在临终之前揭露了一个悲伤的秘密，用他仅存的最后一口气解脱了自己的灵魂，却毁掉了彼得罗的余生。彼得罗永远不会原谅他。尽管如此，彼得罗应该感激他，因为他把自己的才能传授给了他。因为事情就是这样。

一份礼物。

他进入了心理学系学习，却没有太多信心，只是为了避免父亲像通常那样批评他的所有决定。就这个选择而言，父亲肯定没什么可挑剔的。彼得罗的打算是先为自己争取时间，慢慢弄清楚在这一生中他真正想做什么。他并不认为自己从小受到这个行业的浸润，只是不情不愿地继续着学业。

但是，在大学三年级快结束的时候，发生了一个插曲，改变了一切。

在那之前，他甚至从未听人提起过催眠。就他所知，B先生只是一个儿童心理师，有时会和未成年人法庭合作，他习惯于在一个用纸浆做成的奇妙世界里接待他的病人。他的专长是假装。事实上，只有哄骗者才有能力说服所有人，他能够治愈那些痛苦的孩子脆弱的精神，却无法理解自己唯一的继承人的心灵。他对儿子的爱是假装的，他的治疗方法是假装的。彼得罗·格伯对他毫不尊敬。尽管学习着同样的专业，他却对父亲的职业不感兴趣，因此他甚至从未怀疑过他真正做的事是什么。

他是在一个夏夜发现的。

在他睡觉时，一只手摇醒了他。“我需要你的帮助。”B先生说着，摇晃着他。事实上，这句话的每一个字都令人惊讶：他需要帮助，他甚至在向彼得罗寻求帮助。但他说出这些话时的严肃语气不容反驳，也不容评论。于是，彼得罗没有要求进一步的解释，只是从床上跳下来，匆忙穿好衣服。

片刻后，两人坐进车里，朝佛罗伦萨城外驶去。B先生开着车，一言不发，但这对儿子来说已经不足为奇了。令他震惊的不是沉默，而是沉默之前的那句话。

“巴尔迪传唤了我。”

如果这是一件公务，要他到场有什么用处？他在这个领域毫无经验，而且，他在学业计划里一半的考试中都考砸了，现在他注定会成为一个肄业生。

然而父亲想要他一起来。

接近1点的时候，他们来到了加尔法尼亚纳[1]乡村中一座偏僻

1 Garfagnana，位于意大利托斯卡纳大区北部，距离佛罗伦萨约120公里。——编者注

的旧别墅，别墅四周围绕着新古典主义雕塑，法警看守着这里。一条蓝色彩带打成漂亮的结挂在栅栏门上，意味着不久前有个男孩出生在这座房子里。这对年轻的父母属于卢卡的贵族阶层，拥有很高的文化水平和巨额财产。他们深陷绝望，因为这天下午，儿子在睡觉时失踪了——出于某种未知的原因被人从摇篮里抱走了。随着时间流逝，一个可怕的猜测逐渐浮出水面，即这件事是六岁的姐姐所为。正因如此，巴尔迪法官要求B先生参与调查。

彼得罗永远不会忘记他那晚亲眼见到的场面。

他看见自己的父亲坐在小女孩身边，然后用手提电唱机播放那首迪士尼老电影中的歌，让她陷入了恍惚。在她深陷于自我意识之后，他递给她一张纸和几根蜡笔。接着，他用温柔的话语和审慎的言辞，说服她向他展示小弟弟此刻身在何处。于是，小女孩画了一所房子、一个花园和一口井，这口井后来被证实为一个用于积蓄雨水的蓄水池，已经废弃了很久，掩藏在荒草中。

这是彼得罗第一次见证“自动书写”治疗，在治疗中，人的无意识会压倒意识。他曾以为这是自称灵媒的人或者骗子的把戏，那些人声称可以与阴间取得联系。他不知道，甚至连弗洛伊德也采用过这种非同寻常的研究方法。

但对他这个年轻的心理学学生而言，最令他惊讶的是，在得到他寻求的信息后，B先生并没有问小女孩她为什么要这么做，或者问她是否知道自己犯下了一桩极其恶劣的罪行。相反，B先生带着无尽的慈爱和亲切的关怀重新关上了她头脑中那扇暂时打开的门，对她说：“现在不要害怕。”

之后，在他们一起乘车回家的路上，彼得罗重新思考了很久那句话。那不像是一个建议，而是向女孩的精神下达的一个真真正正的命令，她的精神刚刚完成了一个超出她理解能力的行动。

“你为什么偏偏对她说了那些话呢？”他鼓起勇气问父亲。

B先生似乎就等着他这么问：“等她长大，她就会明白这一行为的严重性，她必须学会在余生中与这件事共存。我只是为她提供了小小的帮助，为了让她能面对接下来必将发生的事。”

这个回答是早已预料到的，而且相当含糊其词。彼得罗清楚地感觉到，B先生本可以为小女孩做更多的事，如果巴尔迪和其他人没有限制他的话，他可能不会避而不做。他觉得，父亲掌握着一些工具，能够从小女孩的记忆里抹去发生的事，让她摆脱未来的负罪感，使她的命运恢复原样。而且，B先生似乎也认为那样做再正确不过。他作为催眠师的才能远远超出他那晚所表现出来的。他让彼得罗陪他去，是想要向他实战演示一次，同时让他明白，只要彼得罗想要，他就会把自己的所有知识传授给他。

时隔多年，当他回到佛罗伦萨历史中心区那座旧大楼的顶楼，从B先生那扇紧闭的办公室门前经过时，格伯回想起了那晚与父亲的出行。在那之前，他从来想象不到，他将要接受的礼物拥有多大的潜力。尤其是，他不相信有人竟能施展同样的才能，就像“故事叙述者”一样。

在林区看守人身上发生的事，那个自动书写的奇异实验，超出了格伯的能力范围，甚至超乎他的想象。尽管他不愿承认，但事实是，他需要B先生的帮助才能理解正在发生的事：B先生肯定知道应该如何应对这些事件，这些事快要把格伯压垮了。

如果这是另一个催眠师发起的挑战，彼得罗·格伯无疑正处在下风。

这时格伯才发觉自己已经筋疲力尽。此外，只穿着一件旧博柏利风衣就跑到森林里的举动实在是太过草率了。事实上，他仍然无法摆脱那种穿透皮肤的潮湿感觉。他本该回家换衣服，最好再冲个热水澡，但他已经迟到了。他走进洗手间，满足地把手伸进热水里。他照着镜子，意识到他的前额中间还有煤炭的痕迹，那是林区看守人在恍惚状态下触碰他时留下的。

左肩。前额。右肩。

他在笔记本里记下了这个顺序。

洗过脸后，他泡了一杯茶，服下两片阿司匹林，但他在颤抖，已经感觉到开始发烧。他不能容许自己生病，现在他需要发挥出自己的所有能力。手机上有一条西尔维娅发来的消息、一个未接来电。他对他们上一次结束通话的方式并不满意，但最后他们只是因为巴尔迪而吵架。尽管那位法官这么做是为了他好，她也不应该要求他的前妻出面劝说他在鉴定报告的事情上改变主意。

你没有陷入另一桩“霍尔案”里，对吧?

格伯正要打给西尔维娅，想向她澄清，但又改变了想法。他把手机放回衣袋里，端着冒着热气的茶，回到自己的办公室，在壁炉里点火。

他看见那个独耳男人从炉子里取出一块燃烧的煤，却没有发出哪怕一丝声音，这令他迷惑不安。这就好像独耳男人的头脑和身体突然分离了一样，身体变成了一个简单的附属物、一件可以被牺牲的物品。

……我们的头脑比我们的意识强大得多……

林区看守人也无法理解发生在自己身上的事。但无论如何，从来没人想过，人会这么容易受到催眠的摆布。格伯一边对自己说，一边把一张纸放在扶手椅旁的小写字桌上，纸上画着林区看守人在墙上画的那幅画。

没有门的房子。窗户。食人怪和男孩。

人们确信他们完全掌控着自身和自己的行动。许多人认为催眠是骗人的把戏。通常，这些人的头脑是最容易渗透的。一个优秀的催眠师能让病人产生一种错觉，让他以为自己仍然掌控着身边发生的一切。但与此同时，催眠师会控制病人脑海中发生的事。

这条规则不适用于小孩子。

他撕下房间里四处贴着的写有笔记的纸片，那是他上一次对尼科林进行治疗之后贴上的。在等待拘留机构的警卫再次把尼科林带来的时候，心理师想起了B先生的一些嘱咐。

父亲总是反复告诉他，与人们通常认为的相反，一个小孩或一个少年的头脑并不那么容易理解。实际上，他们的头脑在治疗师的眼中就像一个迷宫，进去容易，但出来困难，最糟糕的是可能会迷路。如果催眠师在一个小病人的头脑里迷了路，小病人便无法逃脱了：无意识里的侵入者将伴随着他长大，这会对他精神的发展造成重大的影响。

对彼得罗·格伯这一行的人来说，这是最大的失败。

他习惯于清理病人头脑中残留的创伤，治愈精神暴力造成的无形伤口。这些伤口像生锈的钉子的划痕，随着时间流逝，会有感染的风险。但他还从未遇到过需要帮助他人摆脱一个异物、一只寄生虫的情况。

“故事叙述者”利用了尼科林，他想让尼科林也体验一下自己小时候的经历。那时，他是一个食人怪的囚徒，那食人怪甚至强迫他叫他叔叔。格伯急于了解这个故事的后续。

如果我是你，我不会到地下室去。

办公室天花板上的红灯亮了又灭，闪了三下。他的小客人到了。片刻后，心理师请警卫和愠怒的工作人员在顶楼坐下。尼科林仍然穿着拘留机构的白色制服，但这一次，他的手铐被预先取下来了。他走路时始终像被某种看不见的线操控着，仿佛跟随着地板上只有他能看见的线条。

“你们像我要求的那样把他隔离起来了吗？”格伯问。因为突如其来的感冒，他的声音带着鼻音。

“是的。”工作人员不情愿地肯定道。

“你们监控过他的行动吗？是否出现了值得注意的情况？”

“什么也没有。他每天做完日常活动后，其余的时间里，他就坐着看窗外。”

格伯有意控制，但还是忍不住打了一个喷嚏。

那女人往后退了一步。“您还好吗，医生？”她问，与其说是真正关心他的健康，不如说是感到恼火。

“非常好，谢谢。”他匆忙回答道。

片刻后，他目送那一小拨人离开。像往常一样，他们会在楼下等待治疗结束。与男孩单独在一起后，他把手扶在男孩肩上，领着他走到摇椅处。

“今天早上，我们有很多工作要做。”他一边对男孩说，一边拉上窗帘，制造出一种不自然的半明半暗的光线。“许多人以为催眠师主要依靠视觉刺激使人陷入恍惚状态。”他说，尽管他不确定男孩能否完全理解他话中的意思，“比如一个在眼前摇晃的钟摆，或者一个急速旋转的螺旋……”他轻推了一下摇椅，尼科林开始摇晃起来。“也有催眠师使用声音刺激，比如我用节拍器，我父亲用旧唱片。然而，最出色的催眠师利用触觉……”催眠师快速地在男孩身上拍了三下，就像林区看守人用被煤弄脏的手拍他一样。

左肩。前额。右肩。

尼科林的呼吸加快了，他头脑中打开了一道门。这就是触发器。

格伯坐在自己的扶手椅上。自前一天的治疗以来，他就有一个悬而未决的问题，于是他向尼科林提出了这个问题：“地下室里有什么？”

25

什么也没有。地下室里什么也没有。

我不断重复着这句话，试图说服自己。但我做不到。我躺在床上，无法入睡，焦虑得无法动弹，双眼紧盯着关闭的门。走廊那头是妈妈和爸爸的房间。他们的床上有个侵入者，我仍然无法相信这一点。就像那人对我讲的故事，我一个字也不信。我的父母没有离开，他们没有带走我们的狗，没有留我一个人和我从未见过的这个男人待在一起。他们没有抛下我去度假。

“他们在地下室里。”

说出这句话的人不是我，是我脑中的某个存在。它借用了我的声音，现在正同我说话，向我转述我没有勇气说出的事情。无论我如何尝试反驳它，它都在坚持。这时，我不知道我是否应该再害怕那个叔叔，或者害怕我自己，因为我也可能会发疯。

临近黎明时分，我终于筋疲力尽地睡着了，但是睡得并不安稳。我总是翻来覆去地做同一个梦，无法从梦中走出来。就像你发烧了，头脑发烫，你想要醒来，却被困在那里。在我的梦里，我和贝拉在一起。我正要抛出它最喜欢的玩具，那是爸爸小时候的一个匹诺曹橡胶玩偶，如果挤压它，它就会发出心碎的长叹声。贝拉会把它衔起来，带回给我。我把匹诺曹玩偶扔得远远的，我的狗把它送还给我。无休无止。我累了，贝拉却不累。于是我不得不继续。但我接着注意到，贝拉不是平常的那个贝拉，当它跑起来的时候，它的腹部在流血。是的，有人用刀割开了它的肚子，用的就是我第一次见到那个陌生人的时候，他在厨房里用来削苹果的那种刀。我的狗要死了，我对自己说。尽管它看上去并不因为它的遭遇而感到痛苦。它必然已经死了——我回答自己。它死了，却不知道自己死了。

它不久就会被丢到地下室里。

我想走出这个梦，我不想再把那个该死的匹诺曹橡胶玩偶扔到空中。也许，如果我把它扔得更远一些，贝拉就不愿意再把它衔回来了。我尝试过，但无论我把它扔得多远，贝拉都不放弃，因为它永远不和它最喜欢的玩偶分开。它总是把它藏在我们无法找到的地方。

永不分离。

当我终于醒来时，在睁开眼睛之前，我度过了无比美妙的一秒，在这空虚和平静的一秒中，我什么也不记得。但接着，现实攻击了我，痛苦抓住了我的喉咙。我看着自己。我穿着前一天从学校回家时穿的那套衣服，我甚至没有力气穿上睡衣。有什么用呢？我问自己。反正，那个陌生人可能会在我睡觉时杀死我。结果就是，我现在被汗水浸透，发出臭味。

但我惊讶地发现自己还活着。

我起身，慢慢打开房间的门，朝外看去，听着动静。已经是大白天了，但房子里仍然一片寂静。某一瞬间，我闪过一个念头，也许食人怪离开了，如果是这样就太棒了。但我接着就听见他在打鼾。这时，我感到肚子一阵痉挛，仿佛一只无形的手揪紧了我的内脏，我必须跑去厕所，否则可能会拉在裤子里。

我下了楼。那人在睡觉，我可以利用这个机会逃跑。我昨天也这么想过，今天也许有足够的勇气付诸实践。但是昨天，当我向陌生人暗示我可能会逃跑时，他毫不在意。相反，他很肯定我不会逃跑。

你那么聪明。

我为什么要听他的话？他就是个疯子！我至少应该试试。但我的做法恰恰是：我退缩，我找借口，我捏造出上千条屈服的理由，甚至觉得那人有理。于是，我不知道该如何是好，便坐在客厅里等待着。一个小时，两个小时，三个小时。我的目光从通往地下室的门所在的厨房移向我刚刚走下来的楼梯。

将近下午2点时，我听见我父母的房门开了，无情的脚步声落在楼梯上。那人出现了，一边活动胳膊，一边打哈欠，没有捂嘴。他只穿着裤衩和袜子，头发散乱。

“早上好。”他向我打招呼，仿佛无事发生。“你睡得好吗？”他询问道，就像他真的关心一样。

“好。”我撒谎道。

与我不同，他并不惊讶于我没有逃跑。我意识到让我害怕的不是他，而是整个情况。这件事太荒谬了，我完全不知道该怎么做，或者怎么做才是对的。每一件事都让我害怕，让我困惑，因此我无法做出任何决定。我就像一只被抓住后关在玻璃瓶里的蜥蜴，不敢从敞开的出口逃离，因为不知道外面等待着的是什么，所以更愿意待在原地任由自己被太阳炙烤。

“我饿死了。”食人怪对我说道，然后又沉默下来。

他看着我，我朝他看回去，疑惑他想让我做什么。然后我明白了，觉得很荒谬。“要我做饭吗？”我吃惊地问道。

“我想要两个煎鸡蛋和一杯咖啡。”他说着，摸着自己的肚子。“我先去撒泡尿。”他庄重地说道，然后粗鲁地笑了。

我一生中从未做过任何菜。我不知道该从哪儿开始。但我担心，如果我承认这一点，我对他来说就没有用处了。那样他就会想办法把我除掉了。于是我决定临场发挥，试着做我记得的东西。我记得的不多，是在家里看妈妈做过的，或者在野营时看爸爸做过的。两个煎鸡蛋并不难做，我告诉自己。我走进厨房，经过那扇关着的地下室门，但我忍着不去看它。我走向食品柜，取出橄榄油。我把煎锅放在燃气灶上。我打开冰箱寻找鸡蛋，共有六个：我甚至有出错的余地，这个念头使我感到宽慰。正当我重新关上冰箱门的时候，我的目光落到了地面上。我的心也在胸膛里往下一坠，发出一声闷响。就像你出于同情把刚钓上的鱼扔回池塘，但鱼已经死了。我看见的东西让我眩晕，使我万念俱灰。

冰箱后面插着贝拉的匹诺曹橡胶玩偶。

我不知道自己想不想发现我的狗最喜欢的玩偶最后的藏身处。也许我不想，因为那意味着我头脑中的那个存在说得有理。如果真的有人成功地把贝拉和这个该死的玩具分开了，那么其他的一切便只存在一种解释。

我拿起匹诺曹橡胶玩偶，放到桌子上。

接着，我用咖啡壶冲了咖啡。当我听见油滋滋作响时，我开始打鸡蛋，但我的手在颤抖，蛋黄一接触到煎锅就散开了。也许那人还是会对此感到满意，也许不会。这对我不重要。当我把蛋清倒在边缘，等它煎成金黄的外皮时，那人从洗手间回来，走到桌旁坐下，我在桌上只准备了他一个人的餐具。

“你不饿吗？”他看见只有一只盘子，便问我。

“不饿。”我回答道，因为我肚子上的洞就像我昨晚梦见的贝拉身上的洞：尽管我身上的洞不流血，却同样让人痛苦。如果你挤压我，我只会像匹诺曹橡胶玩偶一样发出一声刺耳的长叹。我想要哭泣，想要叫喊，想要用烧热的煎锅盖住那个洞。

“可你总得吃点东西。”他劝道，假装关心我。

但我不吃这一套，我再也不会相信这个浑蛋说的哪怕一个字，他杀死了我的狗。“我不饿。”我坚定地重申道，因为我现在非常生气，不再害怕面对他了。

他凝视着我：“发生什么事了，孩子？你怎么了？”

“没事。”我回应道，但我清楚自己的表情完全不是这样。接着，我把鸡蛋端给他。

他沉默地注视着鸡蛋。然后，他仍然低头看着盘子，开口道：“不对，有什么东西不对劲。”

“一切都好。”我一边把咖啡倒在杯里给他，一边说道，试图表现出冷酷的样子。但我的声音有些尖细，立刻揭穿了我的伪装。

那人抓起叉子，但又改变了主意。他把叉子放回桌上，抬起视线看向我："请别跟我开玩笑。"

他没有说粗话。这个人没有说粗话，我想。他没有说"别他妈的跟我开玩笑，傻瓜"之类的话。不，他没有这么说！他甚至还说了"请"！这让我感到不可思议，因为我发现他不需要粗鲁的语言就能达到威胁的效果。他不说粗话就能做到。是他的语气，这就足够了。他语气恶劣，却是一种温和的残忍，只有怪物才会用这种语气说话。它们不叫喊，不愤怒。它们用这种语气道出了一切，传达的信息非常清楚。它传进你的耳中，直达它应该抵达的地方。那些话坠落在腹部和心脏之间那个秘密的地方，变成沸腾的黑色恐惧。

"你伤害了我的狗。"这不是一句询问，而是一个明确的指责。这一次，这句话脱口而出。

"我永远不会伤害你的狗。"他坚称，"我跟你解释过了，你的父母开着露营车离开时把狗一起带走了。"

"我不相信你。"我知道我正冒着巨大的风险，但我不在乎。反正迟早也会轮到我。如果我必定会被扔进地下室，那么我想要免去惊吓导致的无用痛苦。

"你怎么能这么确定我说的不是真的？"侵入者退让了，又一次推迟了那不可避免的结局。

"是那个匹诺曹橡胶玩偶告诉我的。"我回答道，朝桌子上的玩偶看了一眼。

他观察着玩偶，仿佛现在才注意到它。"你说得没错。"他说。

我没料到他会这么说。这几个字能够榨干我所有的力量。我无法逃避他承认的话——当一个食人怪终于承认自己是食人怪时，你不能对他的坦白充耳不闻。他甚至有胆量说真话，因为实际上他没有什么可失去的。现在没有活路的人是你。尽管在我看来，要结束这场闹剧需要非凡的勇气，但最终仍然是他说了算。就像猫把老鼠逼进角落后，便不断玩弄它，假装放它走，直到感到厌倦才罢休。

他并不是改变了目的，他只是不再跟我玩了。

“你的狗没有和你的父母在一起。”他坦然地承认道，“我请你原谅我，我本该告诉你真相的。”

这又是什么花招？我已经知道真相了，你这个下三烂的家伙。

那人从玩偶上移开目光，盯着我，他看着我的时候，甚至有些懊悔：“你父母也请我照料那条狗，但他们一走，‘他’就跑丢了。”

“是‘她’。”我立刻纠正道，感到恼火。“‘她’叫贝拉。”我强调道，仿佛喊出它的名字就足以让他明白，我也不相信这个说法，试图继续骗我是没用的。我只有十二岁，但我不蠢。

“贝拉跑起来，钻进了森林里，我再也没能把‘她’找回来。”他试图为自己辩解。但他立刻明白了这没有用。

他为什么对我说谎？也许我对他有用，否则没有别的解释了。是的，他需要我来做某件事。这个念头吓坏了我，因为我不知道他为我准备了什么东西。也许，他仅仅是享受看到我无能为力的样子。当他厌倦的时候，他会让我为这个厚颜无耻的行为付出代价。由于我没有回应他最后说的那句谎话，他便端起盛着鸡蛋的盘子和装着咖啡的杯子，拿起叉子，弓着背，带着生气的神情走到客厅里去吃。他一屁股陷进沙发里，打开电视。我应该问他关于地下室的事。

地下室里有什么，下三烂的家伙？

这个时机正好，因为我感到我再也不能鼓起这么大的勇气了。但我还是没有问出口。

比起他，我更害怕听到那个答案。

于是我坐在厨房的桌旁，待在那里，通过打开的门观察客厅。那人的后颈在屏幕前一动不动。我疑惑，在看电视剧或者新洗涤剂广告的时候，或者从一个频道换到另一个频道的时候，他在想些什么。他真正需要的是什么？他在这里做什么？他想从我这里得到什么？时间一点儿一点儿地流逝，他什么也没做。他起身只是为了去拿吃的或者去上厕所，然后仍旧回到他的位置上。他不理会我。这人不抽烟，不喝酒，不吸毒。他没有坏人通常有的那些恶习。

他只是懒。

因此我感到更加恐惧。因为我无法把他归类，他不可捉摸。他让我无法预料他的行动，无法提前明白他要做什么。面对这样一个人是无法自卫的。我确信，当他的愤怒爆发的时候，他会让我非常痛苦。

过了一会儿，下午快结束时，光线开始变暗的时候，我注意到他的头开始偏向一侧。我知道他在沙发上睡着了。事实上，片刻后，他都开始打鼾了。不知怎的，在这一刻，我脑中闪过一个念头。也许有一个办法可以更深入地了解这个侵入者。

他带来的那个水手包。

我肯定那个包在我父母的房间里。于是我从椅子上起身，轻手轻脚地上了楼，以免吵醒他。我打开门，看见父母的床乱七八糟，屋子里杂乱无章，心里充满了无尽的悲伤。他们的东西被挪动了位置，亲密的空间被这个陌生人玷污了。爸爸的睡衣被扔在地上。总是整齐地摆在地毯边的拖鞋现在散落在房间里。妈妈的护手霜被打开了，放在床头柜上，盖子不知道去哪儿了。这样护手霜会干掉的，我对自己说，回想起她每晚都会动作轻柔地在手心和手背上抹上护手霜，仔细地按摩，也回想起她向我道晚安时抚摩我，手上散发出香气。我知道这再也不会发生了，这一切都过去了。就像一场大洪水突然冲走了从前的世界。那个世界最终去了哪里，我尚不知晓，但我明白它不会回来了。但现在我没有时间惋惜。食人怪随时会醒来。

那个水手包在地板上的一个角落里。

我走近它，跪下身。为了确认那人不在，我朝身后的门看了最后一眼。然后我抓起包，解开上面系着的绳子，展开布料。东西不多，主要是衣服。我把它们拿出来，因为我想看看是否有钱包和证件，是否有东西能告诉我，正在跟我打交道的这个人是谁。袜子，内裤，一件白色T恤衫，一件蓝色背心，一条变了形的牛仔裤，一件脏上衣，齐膝短裤，一顶有帽檐的帽子。他削苹果用的刀。我拿起刀观察，我可以把它拿走，或是用它来对付他。问题在于，我怀疑自己是否有勇气这么做。没有，这便是答案。我感到泄气，因为没有任何钱包和证件，甚至没有一张便条能向我透露他的身份。他在一件事情上没有说谎：他的东西里没有手机。但有别的东西。

一张照片。准确地说，是一张宝丽来相片。

我拿起这张相片，观察上面的年轻女人，照片拍到她的腰部以上，她在一家酒吧的吧台前摆着姿势。她有一头红发，但披肩的长发看上去疏于打理，像是她自己梳理的。她穿着白色背心，长长的指甲上涂着亮闪闪的绿色指甲油，指甲油有些脱落。她端着一大杯啤酒，仿佛要和我干杯，朝着镜头的方向微笑。这不是个漂亮的笑容，看上去很粗鲁，她的部分牙齿蛀坏了。

这个女人是谁？她和那个食人怪有什么关系？

正当我疑惑的时候，我听到了一个声音，立刻警觉起来。那个声音不在家里，而是从外面传来的。但那声音很远。非常远。但它在靠近。我重新把东西放进包里，因为匆忙，塞得乱七八糟的。我不知道那人是否会发现我翻找过他的东西，但现在我没有时间担心这个。把东西放回去后，我起身离开了房间。我走下楼，朝门口跑去。我打开门。夕阳落下，黑暗已经笼罩了整片田野。我在草地上前行，试图再次接收到之前的那个声音。我祈祷自己没有弄错，祈祷那不仅仅是一个幻觉。然后，在这个只有蟋蟀鸣叫的寂静夜晚，我再次听见了那个声音。它来自森林，在我们这个小小的山谷中回响着。

一条狗的吠叫。

片刻后，我认出了贝拉，它越过面前的斜坡，欢快地朝我奔来。是的，的确是我的狗。我朝它跑去，它跳到我身上，我们一起在芬芳清新的草丛里打滚儿，我一生中从未感到如此幸福过。贝拉舔着我的脸，它也很快乐。它被尘土和泥泞弄脏了，但没关系，我会把它清洗得干干净净。

“你去哪儿了？”我问它，眼里含着泪水。它再次吠叫起来。

接着，我看见一个影子从我们身后走来。我的微笑消失了。贝拉离开了我，跑去嗅食人怪的手，他正从房子里出来。

“我对你说过什么？”他面无表情地说。

那双眼睛是疯子的眼睛，我对自己说。我从未见过疯子，但我知道是这样的。我想要他憎恶我，却发现他用愚蠢的目光注视着我。他无法产生任何情感。我在他身边感到的不是恐惧，而是冰冷。这就是他给我的感觉，冰冷。但我现在才意识到这一点。

那人抚摩了一下贝拉的脸，然后转身回屋。“我很高兴你找回了你的狗。”他一边往回走，一边说，“非常高兴。”

他的脚步很慢，走路姿势摇摇晃晃。我不喜欢他平静的行事作风。或早或晚，你总会露出你的真面目，我对自己说。

或早或晚。

这两个选择都让我感到难受。因为我知道，我最终将是对的。

26

尼科林停止了讲述，退回到了“迷失的房间”里，但这一次催眠师对他的中断有所准备。男孩转向他，用倦怠的双眼注视着他，表情像往常一样平静。

“做得很好。”心理师夸奖他，从扶手椅上朝摇椅探出身，把一只手放在他的膝盖上。但在他内心，彼得罗·格伯感受到一种几乎无法抑制的苦涩。二十二年前那个故事中的小主人公的话仍然在房间中回响着。

一个和蔼的精神变态者。

催眠师无法想象出一个更加可怕的怪物。与动物不同，人类不需要经验或本能，每个人都有能力估量陌生环境中的危险，从而采取合适的对策。但当危险隐藏在模糊不清的面具后面时，是不可能被识别出来的，格伯对自己说。接着，他在自己的笔记里又添加了一条新的笔记。

神秘的红发女人。

宝丽来相片里的那个女人是谁？必须找到一个新的触发器。此时，这个念头并不怎么让他忧心，因为事实上，他再也不想听余下的故事了。尽管他知道，违反“故事叙述者”的指令意味着放任尼科林被命运摆布，让他永远成为自己头脑的囚徒。

你要把我将要说的话……听到底。

格伯从一只水壶里倒了杯水给尼科林，在他贪婪地喝水时观察着他，问自己此刻他真正身处何地，他躲藏在他自身的哪一个地方，被恐惧折磨着。格伯重新拉开窗帘，让白日的光线再次照进来。接着，他发了条短信通知拘留机构那个讨厌的工作人员和警卫们，然后陪尼科林走到等候厅。除了陪同男孩来的人员，他还发现了一个意外的来访者。

“我们可以谈谈吗？”阿妮塔·巴尔迪说，她看上去很痛心，就像一位女王，身穿紫色大衣，右手手腕上挂着一只黑色手提包，另一只手拎着一个纸袋。

“当然，请坐。”格伯邀请道，在诊所里为她引路。他注意到了那个工作人员得意的微笑，他刚才当着她的面打了个喷嚏，现在她预感他会受到巴尔迪的责骂。

“您来找我有什么事？”走进办公室的时候，他试着缓和气氛。

“你以为你已经把我完全排除在外了吗？”这位老朋友训斥道，把随身带来的纸袋搁到地上，“我来这里当然是为了了解治疗进展如何的。”

“您不必这么麻烦。您可以给我打电话，或者传唤我到您的办公室，我立刻就会向您报告说没有重大的进展。”他撒谎道，试图回避她的目光。

巴尔迪向前走了一步：“你怎么了，彼得罗？你真的准备拿你的职业生涯冒险吗？”

他本想告诉她，他没有选择，如果他可以的话，他很乐意抽身而出。然而，他什么也没说，只是从裤袋里掏出一张揉皱的纸巾，用来擤鼻涕。

“看看你自己，你这样子真可怜。”法官评论道，从头到脚打量着他，尤其把目光停留在他的其乐皮鞋上，这双鞋在他夜晚的森林之旅中被泥泞弄脏了，“你有多久没睡过觉，没吃过一顿像样的饭了？”

他的外表应该比他想象的更糟糕，格伯想。他可以感受到脸上深陷的眼窝，感觉到弄脏的衣服的重量，知道自己身上的气味不好闻。但巴尔迪见到的他想必更糟，至少她的表情看上去如此。他把纸巾搓成一团，扔进燃烧的壁炉里。“我只是有点儿感冒了。”他承认道，尽管他在发抖，还在发烧。

她接受了他的借口，回到了正事上：“所以，你什么也不愿意告诉我？”

“如果我告诉您我认为尼科林不可能伤害她的母亲，您会满意吗？”

巴尔迪摇头：“这对我来说不够，除非你愿意向我解释，这个结论从何而来。”

他本想这么说：我不能。他清楚，他用威胁的方式要求继续对男孩进行治疗，让她深深地失望了。但他也确信，在一切结束时，他能够向她提供正当的解释。乐观是愚蠢的，因为他仍然不知道“故事叙述者”的最终目的是什么。如果是为了把格伯逼疯，那他做得非常成功。

“我想给你看看我们在尼科林和他母亲一起居住的汽车里发现的一些东西。”法官说，接着弯腰从随身带来的纸袋里拿出几张纸，递给格伯。

是一些绘画。

“这些画看上去不像是十二岁男孩画的，倒像是年纪更小的孩子画的，对吗？”巴尔迪抢在他前面说道，接着又从文件袋里取出一只玩具手机，这个玩具启动后会播放一段欢快的音乐，“这是尼科最喜欢的玩具。”

心理师明白了法官向他展示这些东西的用意：“他的大脑年龄与他的实际年龄不符，所以呢？”

“你刚才对我说，你对他是否犯下罪行存有疑问，尽管你不愿意解释你的疑问来自哪里。但是，即使你确认了你最初的鉴定报告，那个男孩也会因为他的精神缺陷获得从宽处理。”

她是来劝他就此作罢的。实际上，她的论点很有说服力，如果格伯不是被迫继续的话，他本会听从于她。“那个男孩是清白的，我会证明这一点，接受妥协是不对的。”他把玩具手机还给她。“我的儿子马可有个一样的玩具。”他说，试图让她明白，就他而言，这次讨论到此为止。

巴尔迪感到惊讶：“这一切和让你的婚姻结束的原因是否有

关系？”她问，暂时剥离了自己的官方身份。她指的是汉娜·霍尔的案例，那个关于孩子和幽灵的故事。

格伯睁大了眼睛。“当然没有关系。”他生气地反驳道，“您这个奇怪的想法是从哪里来的？是您把它灌进西尔维娅脑中的，还是相反？”

“我不需要和她商量。”她断言道。

他本想指责她，说这不是真的：西尔维娅清楚地说过，巴尔迪给她打过电话，让她出面劝说他在提出撤销鉴定报告的事情上改变主意。但他随后制止了自己，他不想再为这场争论火上浇油。

“我那晚传唤你是我做错了。”女人说着，抓紧手提包，“我以为你仍然能够开展你的工作，但我错了。”然后她转头望向走廊，主要是望向B先生关闭的办公室门。

格伯认为，她是想用这个沉默而刻意的动作羞辱他，拿他父亲和他对比。法官大概在为第一位真正的儿童哄睡师感到惋惜。怎么能责怪她呢？这时，手机铃声响起，打断了她这个试图让他困窘的举动。心理师甚至没有表示歉意，他在衣袋里翻找，片刻后接起了电话。

“格伯医生，很抱歉打扰您。”

是拉维尼娅的母亲，他认出了她的电话号码。从语气听来，她显得很担忧。“发生什么了？一切都好吗？”

“学校给我打电话，说她今早没去上学。”

这不是第一次了，拉维尼娅不时会做出这样心血来潮的举动。自那些让她被送到格伯这里接受治疗的事情发生以来，女孩常常会重蹈覆辙。她的母亲与她分别了数年，曾不止一次在她凭空消失后请求他帮忙寻找她。她的出走通常只持续几小时，最多半天。今天不行，格伯忧虑地恳求她。他累得筋疲力尽，而且，他不得不去寻找新的触发器。“这次也会和前几次一样的。”他试图安抚电话那头的女人。与此同时，巴尔迪不耐烦地盯着他。他做了个手势，请她稍等一分钟，但她甚至连一秒钟也不愿意等待。

“在我禁止你再见这个男孩的前提下，你还想要撤销你对尼科林的精神鉴定吗？”

“抱歉，请稍等片刻。”他对拉维尼娅的母亲说，然后用手遮住手机麦克风，生硬地回复巴尔迪，“是您说的，不是吗？如果发现了母亲的尸体，您就可以以谋杀罪起诉那个男孩，无须我的专业意见。为了避免在检察院、媒体和公众舆论面前出丑，迄今为止，这个案子的走向都只取决于我。”

法官明白了，她再也没有理由在这儿耽搁。但是，在离开之前，她还想补充一件事：“一小时前，技术警察的嗅觉警犬根据米拉的一件旧衣服嗅出了一条轨迹。”

彼得罗·格伯突然感觉自己被逼到了墙角。一方面，一位失踪少女的母亲在电话那头等待着，渴求他的帮助，同时，他想起自己忙于尼科林的案子，抛下了他的病人们。另一方面，是法官严厉的警告。她是为此而来的，他终于明白了，对自己说道。

他拥有的时间不多了。

27

二十三岁的时候，彼得罗正在准备大学毕业论文。深夜造访加尔法尼亚纳的那座新古典主义别墅时，B先生向他展示了催眠疗法的潜力。自那以后，他采取行动，弥补了他在学业进程上的落后。

他不再蔑视跟随父亲的脚步成为儿童心理师的想法。

只是，自从他见证那次治疗，他们再也没有谈过那晚发生的事。彼得罗知道，他必须等待合适的时机。父亲大概也清楚这一点。后来的某天，他感到自己准备好了，便来到距离领主广场两步远的顶楼诊所里。孩提时代后，他就没再去过那里。他之所以坚持这种态度，纯粹是出于逆反心理，也为了表明他和B先生是不同的，而且这一事实永远不会随着时间流逝而改变。然而那天，彼得罗放下了自己的骄傲，相信父亲不会计较他自相矛盾的行为。但是，在纸浆树林里接待他的时候，B先生仅仅倾听了他的要求。

“你会教我吗？”彼得罗简单地问，暗指催眠术。

父亲当时刚过五十岁，他靠近彼得罗，试图从他的表情或目光里捕捉到某样东西，也许是纯粹的好奇心——这对接近某些神秘的事情是必不可少的。

“我应该把你介绍给佛罗伦萨催眠师兄弟会，他们将会决定是否接纳你。”

听到这个响亮的名字，彼得罗立刻从入会仪式联想到了一种魔法教派或共济会教派。他们每周四晚会在一个秘密的地点举行集会。父亲要求他不要提问，直到他们到达目的地。

父亲开车带他到哥尔多尼广场，明斯特曼药房就在那里。这家药房可追溯至1897年，因为一些医学药剂而闻名，但主要是美容药剂，这些药剂的配方数十年保持不变。B先生总是到这里为妻子买一种紫罗兰香味的香皂霜，在成为鳏夫后还是会买，也许是为了保留关于那个习惯的记忆。

彼得罗想象不到，这个地方也有别的用途。

他们在药房刚打烊后进去，从放下一半的金属卷帘门下钻进去，门立刻被一个披着白大褂的小个子男人彻底关上了，那人接待了他们，低声说道：“其他人已经到了。”

旧家具散发出香精的气味，那些被香精浸润的木料的历史已经超过一个世纪了。在商店后部，经过颜色鲜艳、香气各异的瓶瓶罐罐，彼得罗和他的父亲来到了一道小门前，门后隐藏着一架从墙中挖掘出来的楼梯，通往大楼的上层。他们钻进那个垂直的地道，往楼上爬时，渐渐听见一些男人的说笑声。他听不清那些男人在说什么，也听不出他们有几个人。片刻后，他们钻进了一层夹楼。

彼得罗本以为会见到一座神秘的庙宇，因此感到有些失望。他发现自己位于一张茶几前，桌旁有两个中年男人正在玩纸牌。

“那么，他上当了？”其中一人问B先生。他指的是谁，不言而喻。

“我向你介绍一下佛罗伦萨催眠师兄弟会。”父亲宣布道，用手臂做了个夸张的动作。

三个人都爆发出笑声。彼得罗没有笑，他缩着肩膀，因为那个玩笑感到尴尬和愤怒。

“来喝杯酒吧。”在场的另一个人说道。他给彼得罗倒了一杯上好的西施佳雅葡萄酒。

在接下来的几分钟内，彼得罗放松下来，他得知了这个聚会场所是年迈的药房老板好心借用的，他们三人自大学时就相识。他们每周见一次面，来一场纸牌比赛，分享一瓶好红酒，让旧日的友谊重放光辉。

“实际上，这次聚会缺了一个成员。”父亲告诉他，“我们邀请你来代替他的位置。”

这些聚会有两个特点。

第一个特点是，到场者全都是催眠师。F先生是临床心理学和治疗性催眠法教授，R先生是回溯催眠法专家。当晚缺席的是Z先生，他是一位“睡眠异态”专家，使用睡眠催眠法，彼得罗很快就会认识他，而且会对他相当了解。聚会的第二个特点是，他们玩的不是扑克牌或三七牌[1]，而是一种可以追溯至16世纪的纸牌游戏——遗忘牌。

玩遗忘牌需要一副佛罗伦萨塔罗牌。

彼得罗不懂这个游戏，但他们还是让他坐在Z先生的座椅上，凑到桌旁，通过观察他人来学习。随着比赛的开展，他逐渐看懂了一些规则，但主要是看见了他从未见过的父亲的另一面。父亲不仅像通常面对外人时那样开朗外向——面对儿子时他从不这样，而且难以置信地粗鲁无礼。此外，在这个小小的圈子里，再现了因为多年的闲逛、冒险和酩酊大醉变得根深蒂固的男性习惯。

“那么，彼得罗，你开始明白这个游戏的玩法了吗？”这晚的某个时刻，F先生问他。

彼得罗大胆地做出了回答：“参与者必须是四个人：发牌者、对手、同伴和切牌对手。每个人在桌上都有明确的位置。除了权杖牌、星币牌、圣杯牌和宝剑牌[2]，还有凯旋牌，也叫大阿卡那牌，牌面上画有不同的象征，比如星座符号，或者像‘命运之轮’和‘恶魔之家’这样的寓意画。游戏规则是把牌配合起来，或者打出组合牌。愚人牌会把游戏搞砸。”

“没有别的了吗？”F先生追问道。

彼得罗在牌堆里找出一张牌，展示给他看：“但我还没有弄

1　一种意大利纸牌游戏，共有40张牌，玩家为2~4人。——编者注

2　塔罗牌是一种古老的西方占卜工具，共有78张牌，包含22张大阿卡那牌和56张小阿卡那牌。此处的4种牌面属于小阿卡那牌，每种牌面各有14张，包含10张数字牌和4张宫廷牌（国王牌、王后牌、骑士牌、侍从牌）。大阿卡那牌则包含22种各不相同的牌面，如星星、月亮、太阳、命运之轮、恶魔、愚人等。——编者注

明白这张牌的作用……”

牌面上画着一个奇怪的小个子男人，他没有眼睛，在眼睛的位置上，取而代之的是光滑宽阔的额头。他抬着头，面向一片布满恒星和行星的天穹。

“你恰恰注意到了这个形象，这是好事。”R先生称赞道，“也许几年之后我们就会向你透露它的用处。”

“几年？”彼得罗立即用傲慢的语气回应道，把那张牌扔在了桌上，“我敢肯定，在佛罗伦萨某个生了霉的图书馆里有一本关于这个游戏的教程，答案就在里面。”他以为自己说了一句俏皮话，与这晚的气氛相符。但在场的人沉默地交换了眼神。

再次开口的是F先生：“我确信你说得没错，但这个盛行一时的游戏突然在佛罗伦萨——乃至在整个托斯卡纳——险些被禁，是有原因的……”

彼得罗惊呆了。

R先生插话道：“据说，遗忘牌能让玩家深陷其中，甚至让他们失去对现实的感知。许多人太过入迷，忘记了吃喝，一直玩上几天几夜，直到筋疲力尽地瘫倒。”

“这怎么可能？”彼得罗问。他学过有关游戏上瘾症的理论，但无法相信一个简单的纸牌游戏会变得致命。

“我不知道你是否弄明白了。”B先生解释道，“但这个游戏里有着催眠术的基本原理。”

但彼得罗仍然持怀疑态度。

F先生再次拿起了那张画着星空下的小个子无眼男人的纸牌：“再看看这个形象。”

彼得罗探身去看，也读出了图上的拉丁语解说词："Malleus Animi."。接着他翻译道："头脑之锤。"

"仔细观察他的脸……"R先生鼓励他。

只见牌面上的小个子男人大张着嘴。"他似乎被面前的天空之美震惊了。"格伯回答，"但如果他看不见，这怎么可能呢？"

"这是遗忘牌中最强大的一张牌。"F先生向他揭示道，"它象征着一个用头脑去看的人。当这个形象从牌堆中出现时，玩家会宣布'我们有了头脑之锤'[1]，游戏就会被归零。"

我们有了头脑之锤，彼得罗在内心重复道。

"就像这个游戏从未存在过一样。"B先生补充道，他意识到儿子没有弄明白，"头脑之锤是唯一知晓真相的，是唯一能够扫除幻觉，结束游戏的。在它出现之前，游戏会一直继续下去。如果这张牌永远不出现，玩家就会变得无可救药。"

"就像永远被囚禁在一个虚假的世界中。"彼得罗断言道。

"如果已经被困了呢？"F先生疑惑道。

"我们的五感帮助我们理解周围的事物。然而，它们也可能受骗。"R先生接过话茬。"我所知的唯一的上帝是我自己。"他引用道，"其他人和我身边的一切事物可能仅仅是我的无意识投射出的影像。你和其他人都可以这样宣称。"

"相反，我称为'现实'的可能仅仅是一个游戏……就像遗忘牌一样。"彼得罗熟练地推论道。

其他人默不作声。

---

1 原文为拉丁语"Habemus Malleum Animi"。

“唯一能够确知的办法是……死亡。”他总结道，惊讶于自己的推论，“死亡降临，我的记忆会回到我的脑中，因为上帝不会死，对吗？”

三个人互相看了看，这一次他们似乎很满意。

“事实上，你父亲带你到这里，是为了让我们用纸牌游戏催眠你。”F先生说，“你以为自己在药房的夹楼里，但实际上，你处于你自己在头脑中建立的这个场景的精确投影中。”

这句话没有说完。

“但为了知道是否如此，我应该让游戏归零。”他继续道，把那张带有小个子无眼男人的牌夹在手指间，观察着它。“我们有了头脑之锤。”他宣布道，准备把牌掷出。

“并不总是需要死亡。”B先生介入道，拉住他的手臂，“有时候，只需打破你所在世界的一条运行规则就够了。”

“比如说，你可以尝试飞行。”F先生举例道，神情严肃。

“你看见那扇窗户了吗？”R先生指给他看，“打开窗跳下去。如果你周围的一切不是真实的，你就会醒来。如果是真实的，你顶多摔断一条腿。”

彼得罗挨个看着他们，观察着他们的反应，等待着他们之中的某个人露馅。接着，他不再耽搁，松开了无眼男人的那张牌，举起酒杯：“去他的头脑之锤，我用不着跳楼！明晚我和一个荷兰女游客有约会，她是我今早在学院美术馆勾搭上的。只要看看她是否现身，我就可以得到答案。”

所有人再一次爆发出笑声。

在那个插曲和那堂课过去多年后，彼得罗·格伯仍然无法完全理解支配头脑之锤之谜的运作过程。

头脑欺骗自身的能力。

在对拉维尼娅进行的最后一次治疗中，他使用了一种非常规的技巧。他让她相信，他们在海边，在她外祖母的马尔米堡海滨别墅中，其实他们从未离开过顶楼的诊所。这样做是为了鼓励她打开那座房子里一扇关闭了很久的门，以及她头脑中那扇关闭了很久的门。通常，病人会意识到自己处于恍惚状态中。剥夺他们对现实的感知不仅是危险的，也是错误的，因为有人可能会完全失去方向，产生疑惑，以为自己仍然处于催眠中，也许会真的从窗户跳下去，仅仅为了清醒过来。

因此，格伯欺骗了女孩，并为此感到愧疚。

谁知道她逃学后去了哪里？他希望她没有卷进麻烦里，没有遇上某个乘人之危的居心不良者。拉维尼娅上一次失踪时，人们在郊外的一片树林里找到了她，她烂醉如泥，和几个偶然认识的同龄人在一起。

因此，心理师非常担忧。

在寻找拉维尼娅的漫长一天结束后，他仍然开着车，在火车站周围的小路上四处搜寻，希望能在那儿遇见她。一帮躲避警察的小混混儿常常聚在那里。

他的手机响了。是西尔维娅。

他本想告诉她，他们昨天在电话中的讨论变得很糟，他为此感到后悔。

“听我说，我对上次的事感到抱歉。”前妻出乎意料地抢在他前面开口道，“永远不该被愤怒的情绪控制，我对那些找我做咨询的夫妻也是这么说的：愤怒并不总是消极的，但应该有一个目的，应该由我们给愤怒赋予目的。”

除了那些客套话，西尔维娅说得有理。听到她对自己说话时这么平静，他感到惊讶。“我也很抱歉。”他对她说，“但我应该不必向你付咨询费吧。”他补充道，为了缓和气氛。她发出一阵笑声。上一次听见她笑是什么时候？他不记得了。

“也许我们之间应该开始用些不同的词。”

“并且不再谈论某些话题。”他补充道，意识到他们现在通话都只是在互相指责，“为了马可好。”

“为了他好。”她赞同道，“你怎么样？”她突然问他。这也是一件许久没有发生过的事，因为西尔维娅已经不再关心他的健康了。

“我很好。”他对她撒谎道。

“他们说你看上去外表欠佳。”

“还是巴尔迪说的？”他抬眼望向天空。

“几个看到你在佛罗伦萨城里转悠的熟人说的。”西尔维娅纠正道，“他们说你似乎变老了。”

“那真是多谢了。”他回应道，假装生气。在别的情况下，他本会回答说这不关她的事。但在这个困难时刻，他很感谢前妻对他表示关心：“我全身心投入工作了。”

“还是那个男孩的案例？”

“目前我正在寻找一个十四岁女孩，她瞒着她母亲，今早没去上学。”

“我明白了。”西尔维娅只说了这一句话。

接着是一阵漫长而尴尬的沉默。

格伯很惋惜，他们之间没有别的可聊的话题，大概她也有同样的感觉。

西尔维娅果然说道："也许下一次通话会更好些。"

"重要的是把话讲明白。"他接着她的话说。

在挂断电话之前，她特意嘱咐他："要保重，别不顾自己身体。"

他无法否认，这让他很高兴。也许这的确是一个新的开始，谁说得准呢？他把手机放在旁边的座椅上，注意到了一个单薄的身影，在前方一百米处背对着他前行。

他通过书包认出了她，那书包对她这样的小身板来说太大了。

"你想搭个便车吗？"他开车靠近人行道，摇下车窗，微笑着问她，"我请你到里瓦尔咖啡馆喝杯热巧克力。"他的病人中没人能拒绝领主广场上那家历史悠久的蒸汽巧克力工厂的诱惑。"你觉得怎么样？除了热巧克力，我再请你吃掼奶油和椰蓉甜点。"

拉维尼娅继续走着，没有回头，闷闷不乐："您取消了今天下午的治疗。"

"我不得不这么做。"他努力为自己辩解，"我很抱歉。"对一些病人来说，常规日程上最微小的变化也可能使他们状态不稳定。

女孩没有停下脚步："格伯医生，我母亲为什么把我送到您这儿？"

"因为你吃巧克力吃得不够多。"他开玩笑道，这话有一半是真的。但拉维尼娅的厌食症只是结果，原因完全是另一回事。

“不只是因为进食障碍，对吗？”她立刻揭穿了他的谎言。

心理师不知该如何作答。“你先上车，我们再谈。”他劝说道。

“不。”她反驳，“请您现在就告诉我。”

“你知道那个协议……”他提醒她。

“从头开始。”她认真地重复道。

“所以，如果你想知道你母亲为什么送你来我这儿，你应该独自找出答案。”

终于，拉维尼娅停下脚步，转身朝向他。“那扇门后面有某样让我害怕的东西，对吗，格伯医生？”她胆怯地问道。

催眠师对这个无力自卫的女孩产生了同情，因为她说得没错。为了痊愈，她必须和一件可怕的事物进行较量。“无论门那边有什么，我都会和你在一起。”他向她承诺道。

拉维尼娅思索了片刻，然后同意了。“好吧。”她说，感到自己准备好了，“那么请把它展示给我看……”

28

尼科林案例的笔记本上的最后一条记录，是宝丽来相片里那个神秘的红发女人。格伯合上这个黑色的本子，把它搁到一边，准备专心治疗拉维尼娅。

他打开扶手椅旁写字桌上的电子节拍器，一阵低沉的金属敲击声立刻在房间中传开。女孩已经在摇椅上摇晃起来，几小时前，那里恰恰坐着尼科林。不同于那个阿尔巴尼亚男孩，她闭着眼睛。

格伯等待着接收到她身体放松的信号，同时打开了用于记录她治疗情况的黑色笔记本，准备记下不久后将发生的事。这一天，他完全忽略了“故事叙述者”的事，违背了他们的协议。他不知道他的忽视会招致什么后果，但目前他优先考虑拉维尼娅。当他确定女孩完全沉浸在平静状态后，他追上了她。“我们在哪儿？”他问她。

“在马尔米堡，外祖母的别墅里。”她说。

她独自回到那里了。这是个良好的开端。“你喜欢待在这里吗？”

“喜欢。”她回答道，“今天有太阳，但感觉很舒服……我想去游泳。”

“一会儿就去。”他允诺道，“现在还太早了，你应该向我展示房子的其他部分，记得吗？”

“这是妈妈在我这个年纪时的房间。”她想起上次说到哪儿了。“但现在是我的房间了。”她再次说明道，“那里是外祖母的房间。”

“还有那个关闭的房间。”格伯提醒她。但他注意到拉维尼娅还没有准备好，她焦虑不安。他改变了策略：“再给我讲一些这座房子的事，好吗？”

“好吧……当爸爸和妈妈还在一起的时候，我们周末会来这儿，整个夏天也待在这儿……实际上，夏天住在这里的主要是我、妈妈和外祖母。爸爸每周五会来这里和我们待在一起，周日下午离开，回到佛罗伦萨去工作……我爸爸是律师，是个重要人物，您知道吗？”她骄傲地宣称。

“是的，我知道。”拉维尼娅的父亲是城里非常有名的民法律师。“在这里没有别人和你们一起吗？”他大胆问道。

拉维尼娅沉默了。“真热啊。我想吃个冰激凌，可以吗？”她转移话题道。

格伯依从了她：“当然，你喜欢什么口味的？”

“香草和巧克力味。”

“来，给你，香草和巧克力味的。”催眠师说，接着他看见女孩抬起手臂，把一只无形的冰激凌甜筒举到唇边，开始满足地舔它。“好吃吗？”

“非常好吃，谢谢。”她满意地说道。

“我们刚才说到哪儿了？”

“我在说，爸爸周末会来这里和我们一起。周六晚上，我们总是会去阿尔玛罗莎餐厅喝开胃酒，周日时，我们会去这家餐厅吃鱼。然后我们会在海里游泳，快4点的时候，他会再次驾车离开。”

“你想念那段时光吗？”

拉维尼娅思索着：“我想是的。”

“你不确定吗？”

“很多东西变了……”

格伯大胆问道：“你的父母为什么会分开，他们向你解释过吗？”

“没有，但是……我觉得我也有一点儿过错。”

她平静地说着，心理师没有为此惊讶：“什么意思？可以请你说清楚些吗？”

“爸爸从来没有说过，但如果我也在房间里的话，他就无法在房间里待着。”她说出了这个想法，这意义重大。

“你知道原因吗？”

“我觉得，是因为我的外表。”

“因为你拒绝进食，变得太瘦了？”

拉维尼娅思索了片刻：“不，不是因为这个。”

“那是为什么？”他追问她。

又是一阵短暂的沉默："也许我的确应该打开那扇门，格伯医生……"

格伯再次拿起笔记本，把它放在腿上。然后他交叉手指，等待着。也许那个时刻真的到来了，他们坚持不懈、无比耐心地一起为此刻做了准备。"好的，我牵着你的手，记住，我会一直在你身边。"

拉维尼娅点头同意，喘了口气。她的胸膛上下起伏得更快了，心跳和呼吸在加速。"我正在走进去。"她告诉他，"正如您说的那样，门没有用钥匙锁着。"

他等待了几秒，然后问道："你看见了什么？"

女孩的脸上显出一个厌烦的表情。"屋里是黑的。"她说，"这很奇怪，因为外面还是白天。"

"一定是有人把窗板关上了。"

"不是因为这个……"她接着补充道，"有种难闻的气味。"

格伯不希望事情出现令人不快的波折，这不该发生："忘记这种气味，让你的双眼适应黑暗，然后告诉我有什么……"

"房间里有人。"她肯定地宣告道。

"那人在哪里？"

"在床上。"接着，她详细说明道，"正在睡觉。"

"你愿意靠近那张床吗？"

片刻的停顿。"这不可能……"她用细若游丝的声音说道。

"什么不可能？"

"床上躺着另一个女孩，但是……"

"但是？"

“那个女孩就是我。”她惊惶不安地说道，“确实是我！”

“一切都好。”催眠师安抚她道，“这事有一个解释，相信我。”

“发生什么了，格伯医生？我不明白……”她变得激动起来，“为什么那个女孩没有醒来？”

心理师什么也没说。拉维尼娅必须自己弄明白，因为她知道真相，但她把这段记忆消除了。

“她没有在睡觉，她没有在呼吸。”她确认道，“那是我，我没有在呼吸。”她惊恐地说：“求您救救我……”

好了，是时候了，格伯对自己说。“你觉得发生了什么？”

“我认为我死了……那是我，我死了……”她的声音现在由于惊恐而变得刺耳，“这意味着我死了吗？”

催眠师明白是时候介入了：“拉维尼娅，那个女孩是谁？仔细看看……”

拉维尼娅看上去愣住了。“艾玛……”她突然说。

“艾玛是谁？”格伯问，试着帮助她。

“我的双胞胎妹妹。”女孩终于承认道。接着她自顾自地往下说道：“艾玛两年前去世了。她从外祖母的抽屉里拿了几粒药吃，在床上躺下，然后就再也没醒过来。”

心理师对他的小病人感到深深的同情，因为正是她在第二天早晨，在同一个房间里发现了真相。

“我和她总是形影不离。我们体内有某样东西把我们联结在一起，我们叫它无形的线……一个冬天，我们和父母出发去山里度假。当我们到达时，艾玛发了烧，于是妈妈留在房子里陪她，我和爸爸去滑雪。沿着滑雪道下坡时，我摔倒了，一只脚踝骨折了。爸爸什么也没告诉妈妈和艾玛，以免她们担心。但是，在去医院的路上，妈妈给爸爸打电话，说艾玛突然感到脚踝一阵剧痛……我妹妹知道我受伤了。有很多次，我们之中的一个会感受到另一个的感受，这只是其中一次……”她停顿了一会儿，“她为什么要这么做，格伯医生？她看上去很幸福。艾玛为什么要自杀？”

这正是拉维尼娅的悲剧，也是她厌食症的起因。她没能在自己体内预感到双胞胎妹妹即将遭遇的事情。那一次，无形的线没有起作用。“很遗憾，只有艾玛能告诉我们为什么。”他坦承道，希望这能安慰到她。

接着，拉维尼娅明白了另一件事：“爸爸无法和我待在同一个房间里，因为他会一直看见艾玛，对吗？所以他离开了妈妈。”

“你想要他回到你们身边吗？”

“不。”她迅速回答道，“他太坏了，我看出来了……我不想要我的爸爸这么坏。”

拉维尼娅眼中含泪，但格伯知道这是解脱的眼泪。她还没有痊愈，这次治疗应当被看作治疗过程的一个新开始。要走的路还很长，但就今天而言，足够了。“好的，现在你可以离开这个房间并重新关上门了。”

“我必须再回到这里，对吗？”

“恐怕是的。”格伯承认道，“但我们下次再考虑这个……现在，我们要一起像往常一样倒数，然后我也许会带你去吃一个真正的冰激凌，你准备好了吗？”

“等等。”女孩阻止了他，“艾玛正在说话。”

奇怪，格伯想。拉维尼娅大概不想再次和妹妹分别，这可以理解。但她还是必须离开她。“我很抱歉，拉维尼娅。艾玛不可能对你说话，她死了，死人不会说话。”

“她不是在对我说话，是在对您说话。”

催眠师僵住了。“这不可能。”他平静地重复道，“艾玛甚至不认识我。”

“不，她认识。艾玛知道您是谁。她有一条口信给您。”

听见这些话，格伯突然感到自己被抽空了所有的力气。

“她让您去我们的海滨别墅。”拉维尼娅继续道，“那里有个红发女人在等您。”

29

他问过拉维尼娅，她最近是否遇见了什么人，一个找借口接近她的陌生人。显然，女孩不记得任何类似的事。彼得罗·格伯想不明白，“故事叙述者”是如何进入她的头脑的，但现在，他最主要的感受是，他被围困了，被迫沿着画好的路线行动，追求着虚幻的回报，寻找着一条不存在的出路。

就像困在迷宫里的老鼠，他想。现在，他动身前往马尔米堡的一座旧别墅。

他在傍晚时分开车到达，冬季的黑暗已经笼罩了海滨地区。孤寂的街灯看护着空旷的街道。来到别墅后，催眠师下了车。唯一的声音是从远处传来的海浪声。微咸的空气与斜飘下来的细雨的气味混合在一起。天气很冷。

这座自由风格的两层别墅周围环绕着花园，里面种着棕榈树和夹竹桃灌木，夹竹桃只剩下光秃秃的暗绿色树枝，等待着春天到来。别墅的入口是一扇黑色的铁制栅栏门，门上雕着交缠的睡莲。格伯登上栅栏最低的地方，跨了过去。在另一侧落地的时候，他察觉到风衣有点儿被扯坏了，他的博柏利风衣刚才大概被缠在了某个尖刺上。他没有理会。

他朝黑暗无声的房子走去。

他绕着建筑走，直到找到一道玻璃门。因为风的缘故，这扇门一会儿打开，一会儿又关上。如果有人到过这儿，他只能从这里进屋。实际上，那门是被撬开的。

一进屋，他就环顾四周。那些优雅的家具不像海滨度假屋该有的。从整体上看，装潢有些繁复。地毯，金色的壁灯，大理石壁炉。光洁的地板映出从街道上照来的光。格伯沿着一条浸没在阴影中的走廊行进。一楼有好几个房间。他边走边检查，回忆着拉维尼娅在催眠治疗时复原的环境。

艾玛的房间在右边。

他慢慢地打开门，不知道有什么东西或什么人在另一侧等待着他。房间中央有一张单人床，床头靠着墙壁。正如双胞胎妹妹所说的那样，床上有一个年轻的红发女人。

她被困在一张旧宝丽来相片里。

彼得罗·格伯走近，从枕头上拿起相片，借着从百叶窗间透进来的微光细看相片。红发女人在一家酒吧的吧台前摆着姿势，照片拍到了她腰部以上的位置。尼科林在转述“故事叙述者”小时候在食人怪的包里找到这张照片的记忆时，正是这样描述她的。长发披肩，未经梳理。白色背心。长指甲，涂着有些脱落的亮闪闪的绿色指甲油。举着一杯啤酒，不知道要和谁干杯，朝着镜头的方向微笑。不是一个漂亮的微笑，看上去很粗鲁，露出了蛀坏的牙齿。但是，她脸庞的剩余部分无法辨认，因为照片的上半部分被烧损了。

就像刚刚从火焰中抢救出来的一样。

催眠师明白，他手中拿着尼科林头脑中存储的那个故事的一个新触发器。但他的对手为什么要向他展示这张照片？这个女人与他的对手向他讲述的故事有什么关系？格伯应该知道她是谁吗？也许应该找出她的身份？那又为何要烧去照片里她的部分面容？这是另一个恶作剧吗？他回想起那座农舍的废墟，那是他前一晚从森林里的小塔上发现的。在二十二年前的那个初夏，无论那个地方发生了什么，如今所有的痕迹都已被抹去了。

被谁抹去了？为什么要抹去？

这些疑问乱糟糟地堆在他的头脑里，累积的疲劳使他无法进行推理。目前他唯一想要做的事，就是离开这个阴森森的地方。

他把宝丽来相片装进衣袋，离开了别墅。

30

将近9点时，他回到了自己的公寓。他立刻把那张宝丽来相片放到门口的搁板上，意图忘掉它，至少在这个晚上忘掉它。

他在寂静的屋子里脱下衣服，钻进浴室冲了差不多半小时的热水澡。他穿着浴袍走进厨房，在那里吞下两片阿司匹林，从壁柜里取出一袋已经开封的饼干，从冰箱里拿出一瓶牛奶。牛奶尽管已经过期，气味却还过得去。

拿着这份临时凑合的饭，他缩到客厅沙发上常坐的位置上。他累垮了。

他努力把手伸到身前，拿着遥控器，启动录像机，开始播放那段充满了过去幽灵的录像，他每晚都用它来折磨自己。

电视上开始交替出现他此前生活的画面。他和妻子、儿子在一起，在他们还是一家人的时候。又一次，他产生了荒谬的希望，想要过去那个幸福的自己转身来看他，察觉到他的存在。这样，过去的他至少可以看见，他以后可能沦落成什么样子——

一个被剥夺了爱与亲情的男人，独自留在一座被回忆侵扰的房子里。

在这段用旧摄像机拍下的录像带里，有着数十个只有他、西尔维娅和马可知道其意义的细节：从每一个细节都会开始新的故事，就像从同一条记忆之河分岔出的溪流。在马可一岁生日时拍的录像中，格伯手上出现了一只创可贴，这与两天前的一次拼装实验有关，当时他笨拙地试图为小鸟建一座小屋。在一个圣诞节的清晨，儿子的头发里有一团金色的闪粉：他们从来没搞懂这是怎么弄上去的，花了几个星期，用了大量洗发水才洗掉。西尔维娅的普拉达靴子，是他发现她在购物中心的玻璃橱窗里看中它们之后，在一个寻常的日子里买来送给她的：那天晚上，为了感谢他，她只穿着这双靴子出现在床上，两人尽情缠绵，忘记了他们是夫妻，是孩子的父母。

这双普拉达靴子仍然能对他产生影响，格伯察觉到自己在浴袍下勃起了。他被一种痛苦的欲望击中，渴望再次听见西尔维娅的声音，她鲜活的声音，而不是刻在录像带里的声音。他抓起身旁的手机，用拇指在通讯录里搜寻那个号码。他久久注视着屏幕，等待自己鼓起勇气按下那个绿色的图标，拨出电话。曾有许多次，他也处在同样的境况中，最后还是放弃了拨号。

但是，这天晚上他没有退缩。

片刻后，手机回铃音响了起来。他希望西尔维娅不会感到恼火，不会把这通电话视为骚扰。他意识到自己不知道该对她说些什么。没关系，他可以没话找话。现在他不能再挂断电话了。

“彼得罗，一切还好吗？”

“当然好。”他匆忙说，但他很高兴她挂念着他。这时他关掉了电视声，以免西尔维娅发现他在看那部旧录像带。“原谅我这么晚打给你，我只想知道你们怎么样。”他用了“你们”而不是“你”，立刻就后悔了。

“马可已经睡了。”她说，纠正了他的蠢话。但她似乎并不生气：“如果你想，明早他一醒来，我们就一起打给你。”

“那太好了，谢谢。”

又是一阵沉默。尴尬的气氛像无形的浪潮，在两人之间涌起。

接着，西尔维娅问：“你担心吗？”

“有点儿。”他承认道，忍不住叹了口气。

“那么，让你愿意拿职业生涯冒险的这个男孩是谁？你为什么这么在乎他？”前妻问。

格伯意识到，阿妮塔·巴尔迪在打给西尔维娅让她出面劝说他的时候，略过了那个细节。“尼科林被指控杀死了自己的母亲并藏匿了尸体。”

西尔维娅惊呆了：“6月份在穆杰洛消失的那对母子？”

“正是他们。”他确认道。

“你在力图为他开脱罪责？”

“不，我在力图找出真相。”他澄清道。

“那个男孩供认了自己的罪行。”西尔维娅否定道。

“那个男孩甚至不会自己系鞋带。”他快速反驳道，“你应该看看他。他听任摆布，完全无法弄明白自己身上发生的事，而且，没有人对他产生一丁点儿同情，或是好心地对他受到的指控表示怀疑。”他停顿了片刻，让自己喘过气来。像往常一样，他过于激动了。“他还是个孩子，他最喜欢的玩具是一个能亮灯和发声的玩具手机。马可有个一模一样的玩具。”

“是你送给他的，他特别喜欢。但现在再也找不到了，不知道它最后落到哪儿去了。”西尔维娅肯定道，接着又顿住，“还有别的事，对吗？”

格伯往后仰头，注视着天花板。她究竟为什么总能读懂他的内心？那是某种超能力吗？他们的离婚终结了很多事物，但没有终结这件事。

“是你的第无数次荒唐挑战，对抗你记忆中的父亲吗？”她强硬地指责他，“你一定得和他较量吗？我不明白，你这样做是因为真的相信事实如此，还是因为你仍然克服不了你那可笑的自卑感。”她又加大火力道：“他不会从阴间回来对你说你很出色，或者让你知道他为你骄傲。”

她的语调越来越高，就和这次休战之前一样。“与他毫无关系。”他没有激动，回答道。

“那是什么事？”

格伯试着表现得温和，他不想吵架：“如果这个风险只会牵连到我，那还可以接受……但你最好置身事外，相信我。”

“相信你？你说的是什么风险？你想提醒我提防什么？”西尔维娅生气了。

“我在试图保护你。”他明确道。

“我不需要你来保护。”

她说这话时很平静，这刺痛了他。他宁愿她冲他大喊大叫，现在这样更糟。糟得多。因为这仅仅是一个简单的、无可辩驳的事实。格伯无法反驳。这场争论超出了他们二人的掌控。

也许是希望两人的头脑平静下来，西尔维娅试着转变话题："今天幼儿园的老师们带孩子们去了利沃尔诺水族馆。"

"马可喜欢吗？"格伯问，试图掩盖他真实的情绪。

"从我去幼儿园接他的时候起，他就一刻不停地说着这事。卢卡答应送给他一条养在水瓶里的金鱼。"

前妻的新男友原来叫这个名字。格伯突然感到一阵愤怒。尽管他知道自己是导致他们离婚的主要责任人，但他无法忍受那个秃鹫把他的爱人夺走。这种人似乎藏匿在每个角落里，伺机钻进他们没有出力建设的家庭里。这个浑蛋和马可互动，仿佛他才是马可的父亲。

"金鱼在玻璃瓶里很快就会死去。"他冷冰冰地说道。

"你说这句话是什么意思？"西尔维娅的语气也变了。

"马可可能会为此白白难过。"他回答道。

她用鼻子哼了一声，这实际上是一声讽刺的笑。"你还是老样子。"她评论道。

"什么老样子？"他挑衅她。

"搅屎棍的老样子。"她不假思索地回答道。自从他们分开后，这是西尔维娅最喜欢的骂人话。"你有一种特别的天赋，能够把美好的事物转变成令人讨厌和恶心的东西。"

她的声音和态度与格伯眼前的电视屏幕上不断播放的场景形成了鲜明的对比。"确实，我想不起任何美好的事物。"他撒谎道，为了伤她的心。

西尔维娅沉默了。"晚安。"她接着说道。

两人什么也没再说，各自挂断了电话。

格伯把手机扔到沙发坐垫上。他本应该给手机充电，因为电量几乎耗尽了。他本应该脱下湿淋淋的浴袍，以免着凉，加重发烧。他本应该把牛奶放回冰箱，找寻答案，听天由命，努力继续前行，改变自己的生活。但在这一刻，他发现自己完全不想做这些事。

搅屎棍。也许西尔维娅说得对。

他双臂耷拉着，沉浸在录像带剩余的画面里。在他昏昏欲睡的时候，西尔维娅的面庞变成了那张被烧损的宝丽来相片里红发女人的样子。那女人没有面孔，正在为他的健康干杯，朝着他笑。那种白日噩梦开始了，电视机上的画面在一种令人不安的静止状态中碎裂，儿童哄睡师这时便睡着了。

31

在他们的婚姻中，他与西尔维娅发生摩擦最常见的原因是，他只致力于治疗饱受心理疾病折磨的未成年人——这些问题哪怕放到一个成年人身上，也需要长时间的治疗，辅以大量的精神药物。格伯接过了他父亲的接力棒，这件事对妻子来说没有任何意义，因为近几年来，丈夫越来越深地卷入他的小病人的故事中，情况堪忧。尽管催眠师坚称自己把职业生活和私人生活分得很清楚，随着时间的流逝，他却变成了他曾经厌恶的B先生的模样。

在不知不觉间，他逐渐把自己封闭在一个沉默的、密不透风的世界中。

从他和西尔维娅结婚时起，他们之间就有了一种心照不宣的约定：他们会在吵架时提及这个话题，但从不会开诚布公地谈论它。这个话题是埋在火炭下的一枚鞭炮。果不其然，在他们分开后，事情变了，前妻不放过任何一个机会指责他的职业选择和生活选择，把他们婚姻的破裂归咎于他。

实际上，彼得罗·格伯本可以效仿许多同行的做法，放弃所谓的“临床催眠疗法”，转而从事更加有利可图的“姑息催眠疗法”，帮助付费客户戒烟、乘飞机，或者克服特殊的性抑制。尽管西尔维娅一再坚持，他还是抵挡住了改变的诱惑，仍然是因为B先生说过的一句话。在彼得罗决定从事同一职业后，他和父亲的关系变得十分密切，在这期间的某天，他问父亲为什么只致力于治疗未成年人。父亲的回答简单却令人惊异，就像某些基本的事实，只等着你注意到它们。

“没有人愿意相信孩子们的故事。”

事实上，B先生只是认为，我们所有人幼年时都有过被成年人傲慢对待的经历，都体验过仅仅因为年纪小而不被信任的羞辱感。

“然而，孩子们保有着关于生活的绝对真相。”他说，“只是大人们不愿意听见真相。因为，与孩子们不同，大人们失去了面对寻常之事——比如死亡——时的纯真，忘记了区分好坏并不总是容易的。”

在一个孩子的头脑中，好和坏常常会混淆起来。比如，对他人来说是坏事的东西对他来说可能是好事。这就是为什么B先生对那个把刚出生不久的小弟弟扔进水池的小女孩非常宽容。在她心里，她只是除去了让她感到焦虑和痛苦的嫉妒根源。

因此，在意识到尼科林不是杀死他母亲米拉的凶手之前，彼得罗·格伯就质疑过立刻给男孩贴上弑母凶手的标签是否合适。对其他人而言，这肯定是最便利的解决办法，但他并不甘心，并且发现了进一步的解释：那是一件陌生而可怕的事物，某个能够操控意识的人躲在暗处，准备入侵任何一个人的头脑。

如果格伯满足于表面的真相，现在尼科林就会变得无可挽救，会为他并未犯下的罪行付出代价。

恰恰是这一点，西尔维娅不愿意理解，或者不能够理解。他永远无法停止提出那些其他人不愿意向自己提出的问题，否则，他将会与自己的良心产生激烈的冲突。

因为在沙发上度过了亢奋的一晚，当他到达诊所时，只比尼科林和护送他的人到得略早些。格伯立刻发现，往常的那位工作人员被另一位更年轻的、看上去更亲和的工作人员代替了。

“您那位同事怎么了？”他问。

“她感冒了，在家休息。”她回答。

心理师假装感到遗憾，但他怀疑自己是让那位工作人员身体不适的根源，因为前一天他冲她打了喷嚏。然后他向新来的这位工作人员解释说，在治疗期间，他将和男孩单独待在一起，一结束就会通知他们。

“他们已经把流程告诉过我了，但还是谢谢您。”她微笑着回答。

他很高兴能和一个更有礼貌的人打交道。对待尼科林的时候，新的工作人员也表现得非常有人情味。格伯希望另一个工作人员别再回来了。

当他们终于离开后，心理师牵起男孩的手，把他带到小病人们轮流来的地方，拉维尼娅前一天就来过这里。不知道那把摇椅上是否残留着在它上面进行的旅程的痕迹——回到过去或现在的时空之旅，但主要是在病人自己头脑的深渊中进行的旅程。病人探索无法进入的地方，那些地方常常是不为人知的。这些旅程有时候是魔幻而奇妙的，有时候却是可憎的。彼得罗·格伯担任导游，他唯一的任务是不让旅行者们孤身一人。

但他此前从未在一个孩子的头脑里撞见过一个侵入者。

“一切都好吗？”他问。他清楚，尼科林不会回答，但他还是想让他知道，有人在为他担忧。显然，他的精神处于休眠状态，他的人格、他的意识和他的身份认同也同样处于休眠状态。剩下的唯有机械的行为，从习惯中得出的回忆。

也许在某个地方，还有他的灵魂。

产生这个念头时，彼得罗·格伯还没有想到，他即将听到的故事剩余的部分恰恰关乎许多灵魂的命运，包括他的灵魂。他也没有想到，他即将开启的旅程将会把他引至地狱的门槛。

他对此一无所知。他拉上窗帘，像往常一样轻推了一下尼科林的摇椅，让他摇晃起来。接着，格伯向他展示了那张宝丽来相片，照片上红发女人的面孔被火烧毁，模糊不清。

“你想要我找到她，我找到了。”催眠师开口道，“现在你得告诉我，这个女人是谁，她对你为什么这么重要……”

视觉刺激足以启动添加的回忆。“您相信魔鬼吗，医生？”“故事叙述者”用尼科林的声音回答，“无论您是否相信，世上仅存有两张魔鬼的照片。这是其中之一……它的真实名字毫不重要。但是，当魔鬼披上这个女人的外表时，你得叫它‘妈妈’。”

32

妈妈总是说，天堂和地狱都是极美的地方。唯一的区别是，在地狱里，你完完全全是独自一人。那里没有任何人，甚至没有魔鬼，因为魔鬼留在地上捕猎灵魂。所以，身处一个绝美的地方却无法与其他人分享，又有什么意义呢？

这恰恰就是惩罚。

我一直觉得，世间万物中最美的地方就是位于山谷中的这座林间农舍。但现在我可以待在任何地方，却不愿意待在这里。于是我告诉自己，也许妈妈和爸爸没有出任何事，是我死了，我现在在地狱里，只是我自己不知道，没人告诉过我。

我认为自己不应当受到这样的惩罚。除此之外，我重新找到了贝拉，这就让这个解释不攻自破。因为，如果妈妈说的是对的，我的狗就不该在这里和我在一起。那个食人怪也不该出现在这里。

我们在一起已经五天了，共同生活越来越困难。事实上，我们不常见面。我几乎总是和贝拉一起待在草坪上，仅仅在不得不为他做饭时才会遇见他。我做的菜很简单，但并不总是能做好：一盘意大利面，直接浇上一瓶番茄酱来调味，速冻的肉和菜豆，还有金枪鱼，很多金枪鱼罐头。但食人怪似乎完全不在意，他满足于我端到他面前的东西，狼吞虎咽，从不抗议。

他每天的生活总是一个样：起得很晚，从沙发到床，又从床到沙发。有时会去厕所，或者在厨房里从冰箱和食品柜里拿东西。我算过，储备的食物还能支撑一星期。在此之后，如果没人去买吃的，我们很难凑合出早餐、午餐和晚餐。我已经开始定量配给我自己应得的分量，因为我害怕当这位客人发现我们的粮食储备已经耗尽时会发生的事。我觉得他在这里只是为了白吃白喝和呼呼大睡。

以及弄脏家里。

他四处乱扔垃圾。用过的纸巾、食物残渣、沙发靠垫上的油渍。床一直没整理过，落满面包屑。还有，他小便时不把马桶圈抬起来，也不看看撒到了哪里。昨天他在客厅里剪了脚指甲。我不得不把他走过的地方打扫干净，因为我一直想着妈妈，想着她是怎样用心让我们的家保持整洁。而且，那人散发出一股恶臭，因为他从不洗澡。他挠一挠头或胡子，白色的尘屑就会落得到处都是。显然，他还打嗝和放屁。

他是一个货真价实的人形食人怪。

有时贝拉会到他那儿去，让他抚摩它，对他撒娇卖乖，好弄到一点儿食物。我总是试图让它远离他。但我疑惑为什么我的狗没有感到我在他身边时产生的那种感觉——面前有个篡夺者的感觉。有时，它似乎比我更好地接受了现状。那个浑蛋似乎成了它的朋友。

晚上，贝拉睡在我的房间里。但是，从今天早晨起，我的狗开始做一件让我担心的事。它不时靠近地下室那扇关闭的门，用爪子挠木板，就好像它嗅到了什么东西。我把它拉走了，但是只要有机会，它就会回到那里，重新开始挠门。

我希望食人怪没有注意到这一点，但他注意到了。

“你应该为那只可怜的小畜生做些什么。”他出现在我背后说道。

我正把贝拉拖走，没有听见他到来。“为什么是‘可怜的小畜生’？”我问他。

“你看不出来它发疯了吗？”

我看着它。“我不这么觉得。”我回答。

他严肃地点点头：“相信我，我知道，它是发疯了。”

“我应该怎么做？”我问。“也许我可以把它带去看兽医。”我大胆提议。

“现在已经没用了。”他平静地回答，“病情已经很严重了。在这种情况下，最好是保证它不受苦。”这时，他伸出手，向我展示他手心里的东西。

一包蓝色的小药丸。我认得，那是妈妈的镇静剂。

接着他向我解释道：“把它们溶化在一点儿水里，让它喝下。它会睡着，什么都不会发觉。”

我睁大双眼，一个字也说不出来。

他把一只手搭在我的肩上：“你应该这么做，孩子。如果我是你，今晚我就会把它带到树林里，结束它的痛苦。”

我胡乱说了些什么，感到荒谬。我的第一个想法是，我不认为自己能够做出这种事，我甚至不敢想象那个场景。

“我倒愿意来料理这事，但我觉得这不对。它是你的狗。”那人继续道，“如果你真的爱它，你就会做你该做的事。”

他把药丸交给我，拍了我一下作为鼓励，然后回到了沙发上。我继续观察着贝拉，它用那双欢快而无知的大眼睛注视着我，舔着我的手，把脸倾向一侧。

我必须做出决定。我必须立刻做出决定，明天就太迟了。我必须找到做这件事的勇气。离开，逃跑。我会等到今晚。在那人上床睡觉之后，我会和贝拉一起离开家。一开始，我告诉自己，我会朝大路走去，试着拦下一辆偶然经过的汽车。接着我改变了主意，因为晚上几乎没人会经过这儿，食人怪会立刻重新抓住我。我甚至无法想象他的反应，以及他会为我的反抗而怎样惩罚我。不，我会从树林走。那里有两条小路，我可以从那里抵达附近的一座小镇。夜色会掩护我逃跑。

就这么决定了。

在食人怪专注于电视的时候，我灌了两瓶水，把水瓶装进书包里。我拿出书本，放进一些点心、一支手电筒、一件羽绒服和一件长毛绒衫，用来抵御寒冷，还有贝拉的匹诺曹橡胶玩偶。我不想带上过重的行装。我还想随身带一件武器。我想选择爸爸的旧锤子，但我紧接着想到，我又不知道怎么用它对付人，于是把它留在了原地。当我准备好一切后，就把书包藏在门廊下。

然后等待。

我等了整整一天，假装什么也没有发生。食人怪似乎没有注意到我的焦虑，但有什么东西告诉我，他还是感知到了。有时候我害怕他能读取我的想法，看穿我的心思。另一些时候，我感觉自己只是个可怜的傻瓜。无论如何，我都试图保持头脑空空，什么也不去想。如果他进入我的头脑，只会找到一片空白。

白天过去了，终于，太阳下山了。晚餐时，食人怪吞下了分量极大的拌面：我为他准备了三倍的分量，碾碎了他给我的两粒药丸，混在里面。我希望大份的食物能够增强药效。像往常一样，饱餐一顿后，他倒在了沙发上。我估计，大约10点时，他会拖着步子去楼上我父母的房间。

那就是我离开的时候。

但这没有发生。这晚，他一直坐在那里，在屏幕前打盹儿，脑袋不时垂到身前。该死的家伙，我用意念对他说。他怎么了？他为什么这样？为什么镇静剂没有起效？我感到愤怒。因为我觉得他猜到了什么。当他从睡梦中惊醒时，我不知道该做什么。如果他上了楼，一切都会更简单。如果药丸的剂量不够呢？电视开着，他可能在任何一个时刻醒来，发现我离开了。

但我没有选择。

如果我现在不走，就再也不能走了。这个浑蛋明天可能会再次提起处理掉贝拉的事。

于是，我回到房间，穿上厚衣服和我最结实的鞋子：尽管几乎是夏天了，夜晚树林里还是很冷。我把带指南针的手表戴在手腕上，这是爸爸送给我的，方便我在我们去采蘑菇时辨别方向。然后，我在被单下塞进两个枕头，希望它们看起来像一个睡着的人。我不觉得这个把戏多么令人信服，但我别无他法。

我轻手轻脚地踏着楼梯下到一楼，然后踮着脚走进厨房。我之前把贝拉拴在门廊下了。我打开后门，尽力不发出声响。我以前从未察觉的嘎吱声现在听起来出奇地响亮。我转向贝拉，示意它待在狗窝里。它激动地跳跃着。

“傻狗，你这样会让我们被发现的。”我低声对它说道，试图让它乖乖的，同时小心翼翼地重新关上门。

但是，作为回应，它吠了一声。

我僵住了，手还放在门把手上，试探着屋子里的黑暗，目光朝向沙发上的那个人：他的脑袋垂到了右肩上，似乎一动不动。我松了口气，把门往回拉，直到门锁慢慢地弹起关上。

我快速找到先前藏起的书包，背在肩上，然后给贝拉系上狗绳，和它一起朝树林跑去。我的狗在我身边小跑着，看着我，想要弄明白我们正在做什么。我不时回头看向农舍，确认食人怪没有突然冒出来，愤怒地追赶我。我内心多少有点儿担心他会追出来。

但这没有发生。

抵达树林边缘的路程无比漫长。一到那里，我就看了一眼手表上的指南针。我记住方向，钻进森林。现在树木和黑暗为我组成了屏障。地面坑坑洼洼，尽管有被树根绊倒或掉进洞里的危险，我也没有打开手电筒，因为这样不谨慎，食人怪可能会发现我。我不得不时不时地用力拉住贝拉，因为它跑得太快了。我把狗绳绕在手腕上，缩短绳子，让它走在我身边。我竖着耳朵，想要捕捉我们周围的一切声响，但我听见的似乎只有自然界的声音。

夜晚森林里鬼怪般的声音。

我感觉有一支无形的影子军队在追击我。我必须抵抗住打开手电筒的诱惑。我想要大哭，但我不能容许自己害怕。于是，我不理睬那些隔着一段距离跟踪我的生物，并告诉自己，真正的怪物正在我家里的沙发上打鼾。

幸运的是，贝拉和我在一起。

两小时后，我们登上了一条山脊。我们停下来歇气，我瘫倒在地上，筋疲力尽。接着我往后看去。从山脊上仍然可以看见农舍的灯光。我们已经走了很远，农舍却仍然这么近，让我觉得伸出手臂就能触碰到它。

贝拉被泥土弄脏了，走路轻微地一瘸一拐，一定有一根刺扎进了它的爪子。我打开手电筒，用手遮住光束，试着把那根刺取出来，但它扎得更深了。需要一把小钳子，或者类似的东西，但我身上什么也没带。我自己也不好过，裤子扯坏了好几处，透过灌木撕开的小洞，可以看见鲜红色的刮痕。伤口有些火辣辣的，但让我觉得痛的是肌肉，尤其是小腿肚。

但我不能停下。

谁知道食人怪是否醒来了。也许那些药丸没有起效，他发现我逃跑了。他会在我的房间里搜寻，注意到被单下的枕头。现在他正沿着我的脚步来追我，不断地缩短与我的距离。

我赶走那些不祥的念头，再次核查了指南针和手表：方向是对的，但已经1点10分了。事实上，我原本以为，在这个时候我会抵达另一座农舍或者一个村镇。但我估算错了距离。唯一能做的是继续前行，希望在黎明时能到达安全的地方。我打开一只水瓶，倒了点水给贝拉，自己也喝了几口。

“我们走吧。”我对它说，重新动身上路。

短暂的停歇不是个好主意。我的双腿痛得无法忍受，我抽筋了。才过了二十分钟，我们就不得不再次停下。体操老师经常提到的该死的乳酸进入了血液循环，毒害了我的肌肉，让肌肉变得软弱无力。贝拉也疲惫不堪，它气喘吁吁，舌头上扎满干草的小刺，一只耳朵里流出血来。我用浸水的破布把它的嘴擦干净，吃了一块点心，希望糖分能为我提供一点儿能量，但我的喉咙太干了，食物就着水也咽不下去。

就在这时，我听见有人叫我的名字。

只叫了一次，非常快速，以至一秒钟后，我甚至不知道自己真正听见了什么。

我决定再次打开手电筒。

我害怕地用光束扫过树木，照亮周围的一切，有一瞬间，光束照亮了什么东西。

在两棵树的树干之间有一个人影，一动不动地站着。是食人怪在朝着我看。

我举着手电筒转回去，已经准备叫出声了。但现在同一个地方并没有人。只是一个幻觉，我对自己说，就像刚才的那个声音。但我的心几乎要爆炸，我仅有的一点儿力气正在离我而去，仿佛被我身下的土地吸收了。我感到冷。我从书包里抽出那件羽绒服，披在身上，就像盖上一床被子。贝拉蜷缩在我身边，它也累了，用它的身体给我取暖。我告诉自己，我不能睡着。为免睡着，我一直把手电筒开着。但接着，不知不觉间，电池没电了，我陷入了沉沉的睡梦中。

有人在摇晃我，在用鞋尖推我。

我惊醒过来，猛地一起身。太阳已经升得很高了，阳光从枝叶间渗进来，晃花了我的眼睛，让我看不清来人的脸。

“你在这里做什么，孩子？”那人粗暴地问道。他叫我的时候没有称呼我的名字，而是用了那个词——“孩子”。和食人怪用的词一样。

但贝拉在朝他吠叫，所以，我虽然没有看清他的脸，却也知道他不是食人怪。

“怎么，你不回答？”他穿着一件绿色的制服。他是森林的林区看守人。

“谢谢。”我立刻说道，眼泪夺眶而出。

“谢谢？为什么谢我？”他诧异地问。

于是，我抽泣着告诉了他一切。我对他说我本应该与妈妈和爸爸一起去北欧旅行；说我放学回家后在农舍里发现了一个侵入者；说我的父母和露营车一起凭空消失了；说那个赖在我们家的陌生人想要我叫他叔叔；说他有个荒唐的念头，想要和我一起度过这个夏天；说我所知的关于他的事仅限于他带着一把刀，收存着一张在酒吧里拍摄的红发女人的宝丽来相片；说他想要我杀死我的狗，因为他坚称它发疯了；说贝拉用爪子挠那扇关闭的地下室门，而他嘱咐我不要去地下室。

林区看守人一言不发地凝视着我。我疑惑他是否听见了我讲的故事，因为他缺了一只耳朵。“所以你逃跑了。”他总结道，看上去几乎在责备我。

“我还能做什么？”我反驳道。

他思索着。我的状态想必很糟糕，因为他最后似乎相信我了。“你还能走路吗？”

“能。”我确认道。

“那就跟我来，我们会通知人来的。”

我感到十分宽慰，甚至忘记了腿上的疼痛，听话地跟随着他。我们来到一辆雪铁龙汽车旁，车上有林区警察的标志，停在一条小路的边缘。我们上了车，出发了。我们的目的地是一片树木葱郁的平原上的小屋。

“如果你饿了的话，这里有一点儿早餐。”当我们抵达时，独耳男人告诉我，“牛奶和饼干，行吗？”

“我们从这里打电话报警吗？”我问，因为我原本期待他把我带到最近的小镇上去。

“这儿没有电话，我们只有收音机。”他告诉我，“把你的狗拴在屋外。”

我把贝拉的狗绳系在一棵树的树干上，他为我打开门。当我跨过门槛时，我感到窒息。

食人怪坐在屋里的椅子上等着我们。

“我在离这里两公里远的地方找到了他。”林区看守人对他说。

“感谢上天。”那浑蛋喊道，起身向我走来。他跪下身，抓住我的双肩。他仔细观察着我，假装在检查我的健康状况。“你怎么样？”他关心地问，“你让我很担心。”他和善地告诫我。

“幸好你叔叔告诉我了。”林区看守人说，“否则你会继续在森林里流浪，谁知道你可能出什么事。”

“他不是我叔叔。”我抗议道。我试图一口气反驳他的想法。林区看守人为什么会相信他而不相信我？接着我明白了。

“您说得对。”独耳男人转向食人怪，肯定道，“您的侄子完全重复了您对我讲的故事。”接着他转向我：“一堆荒唐的谎话，我真惊讶你的鼻子还没有变长。”

你在说什么蠢话，傻瓜？你本应该站在我这一边的！发生什么了，这个世界发疯了吗？“您应该报警。”我命令他，声音因为绝望而支离破碎。“这是您的责任。”我强调道。

但这句话让他觉得很难听，林区看守人认为我在针对他：“我的责任是把你留在这里，好好给你一个教训，孩子。但这一次我会让你逃过一劫。”

“好吧，可以，您惩罚我吧。”我高兴道，“我想和您待在一起。”我恳求道。

但他笑了起来。“您把他带回家吧。”他对食人怪说。

食人怪用他有力的手臂抱住我身体的一侧，把我从地上拉起来。我试图反抗，用脚踢他，抓住墙和门框。“不！”我不停地叫喊。

但这全是徒劳，食人怪力气大得多。

他抓住贝拉的狗绳，把我举起来，走到爸爸的沃尔沃汽车旁。他狡猾地把车停到了柏油路上，远离林区警察站，为的是不让我看见车开到了这里。一切都是为了不让我再次逃跑。他把我放进车里，把狗弄上后座，自己坐上驾驶座。

我一言不发。我本该把那些该死的药丸全部喂给他的，我想。这样也许他现在已经死了。我想象着他的怒火即将爆发，他却开始用惯常的平静语气对我说话。

“今早收到了一封你爸爸的来信。”他告诉我，递给我一只封着口的信封，揉得皱巴巴的。

我接过来，注意到上面没有地址，没有寄信人，也没有邮票。我觉得这很荒唐，他竟然真的以为我会轻信这种谎言。但我还是决定依从他。我打开信封，里面是一张从我的课堂笔记本上撕下来的纸。纸上用歪歪扭扭的幼稚笔迹写着一条信息，用的是印刷体，仅仅写了三行。

我和妈妈再也不会回来了。你必须永远和这位先生待在一起。要乖乖的。

爸爸

我再次低声哭起来。我不想让他得意地看见我这个样子，但我无法克制自己。

“信里写了什么？”他问我，佯装不知。

我仅仅把信递给他，他一边假装第一次读这封信，一边继续开车。“你真是个幸运的孩子，你知道吗？”他说着，把信还给我。

我真是无法想象我的幸运体现在哪里。但我没有回应。

“前段时间，我认识了一个出色的女人。”他告诉我，“我认为我真心实意地爱上她了，我的天哪！”他笑起来，露出蛀坏的牙齿。

我立刻想到，他在说那张宝丽来相片上的红发女人。

“我们还没有见面，但我们有很多相似之处。”他向我解释，“我们俩都想要一个家。”接着他又沉下脸道：“但是，很可惜，她不能生小孩。”他补充道：“她下身有毛病，卵子和其他方面都有问题。”

我开始明白他的想法了。“我难道不是年纪有点儿太大了吗？也许你们应该找个更小的孩子。”我提议道。这句话很糟糕，我知道，但我觉得这是此刻唯一的解决办法。

食人怪转过头来看我。“你非常合适。”他向我保证，也许自以为在鼓励我。

我自己也不知道为什么，我擦干了眼泪，抛出一个问题：“如果你们从没见过面，那你们是怎么认识的？”也许我只是想故意和他作对，强调他故事中的自相矛盾之处。

他仍然在微笑。“我们写信。”他回答道，“有时候这就够了，不是吗？”

“你和宝丽来相片里的那个红发女人就是这样相处的吗？”

他转过头注视着我，明白了我翻找过他的东西。但我是故意说出来的，我想让他知道。

“对，就是这样的。”他承认道。“在最近的一封信里，她给我寄来了那张照片，我们约好了在农舍见面。”他向我预告道。

那么这一切都是真的，我对自己说，想着那两个人的疯狂计划。“我应该叫她婶婶吗？”我问，试探着问那女人的名字。

食人怪停顿了片刻，也许在考虑是否可以信任我：“你可以叫她妈妈。”

33

晕头转向。要总结格伯在听完尼科林讲述的漫长故事后的心情，最合适的词就是“晕头转向”。那个缺了一只耳朵的林区看守人的形象高调地回到了场景中。在他们相遇时，心理师短暂地疑惑过，“故事叙述者”为什么恰恰选择了那个忧郁而孤僻的男人向他传递消息。现在他明白了。他在笔记本上写下一个词。

报复。

对尼科林的治疗延长了差不多四个小时。催眠师通常的治疗时长要短得多，男孩显得很疲惫。他探身看向男孩，注意到他除了像前三次那样僵硬，下嘴唇明显在颤抖，细小的汗珠沿着脸颊滑下来。你对他做了什么？他愤怒地问“故事叙述者”，想知道对男孩的折磨还要持续多久。

“我想要你把眼睛闭上一会儿。”他对男孩说，尼科林听从了。“现在像我一样呼吸，好吗？”他开始有节奏地吸气和呼气，男孩跟随着他进行这个简单的放松训练，接着便自行训练下去。心理师决定，除了等待什么也不做，同时观察着他。

一定有办法能让他解脱：一个秘密的词语，一个声音，一次触碰，一件物品，一种气味。但彼得罗·格伯怀疑那是他听完整个故事后的奖赏。至少，他是这么希望的。因为他甚至不确定他的对手是否有什么顾虑，毕竟对方选择了一个无辜的孩子来达成自己的目的——无论那是什么目的。

没有人愿意相信孩子们的故事。

B先生说得有理。林区看守人想当然地以为，那个挟持孩子的成年人所讲的故事比年幼受害者的说法更加可信。也许是因为食人怪非常狡猾，能够预料到这个十二岁男孩会说些什么，于是立刻把他的话称作一个不听话的男孩的谎言：这个男孩的父母把他托付给了“叔叔”，他为了逃避“叔叔”的监护而离家出走。格伯思索着，回到独耳男人那里问他是否记得二十二年前的那个插曲是没用的，在那种情况下，他其实是爽快地把一个被拐的孩子交还给了囚禁他的人。他很确定，事情就是这样，也许那男人甚至不记得这件事了。

他注意到尼科林现在更平静了，可以回到拘留机构了。他打电话通知了陪他来的人，像往常一样给他端来一杯水，拉开窗帘，露出佛罗伦萨午后灰蒙蒙的天色。

那位亲切的工作人员来到办公室后，帮助男孩从摇椅上站起身。尼科林的肚子咕咕地响了。

“你说得对。”女人微笑着说道，“午餐时间已经过了，但我们还是会想办法给你弄些东西吃的。”

格伯很高兴，终于有别的人关心男孩的需求了。“你们有通过监控视频比较他情绪上的变化吗？”他像往常那样询问道，指的是在隔离室里对尼科林持续实施的监控。他以为这次仍然会得到否定的答复。

“什么监控视频？”工作人员却反问道。

心理师立刻明白，女人的同事欺骗了他。“尼科一直是与其他孩子隔离开的，对吗？”

“一开始是的，但现在不是了。”她答道。“很抱歉，医生，但是我们没有收到相关的指令。”她为自己辩解道。

格伯感到怒火蹿上心头。那个恶女人怎么能这么无耻地对他说谎？显然，她把这一切变成了一场私人恩怨。她大概以为自己在为难格伯，然而她只是伤害了尼科林。

“怎么会？”他愤怒地喊道，“我叮嘱过要持续地观察他。像他这种情况，即使是最微小的心理状态的变化都可能是一个极其重要的迹象。”

“什么迹象？”工作人员问道。

格伯抓住尼科林的手臂，轻轻地晃了晃：“无论您是否相信，在这副无动于衷的血肉之躯下，困着一个孩子跃动的灵魂，他恳求着有人来解救他。”

显然，尼科林对催眠师的举动没有反应。他表现得像一个柔软的布娃娃，格伯刚刚松开他，他就恢复了平衡，又变得几乎一动不动。

然而，工作人员还是能够集中精力观察男孩的双眼，也许在寻找一丝光亮，证明格伯说的是对的。“也许有件事……”她出人意料地说道。

催眠师停下来听她说。

“可能并不重要，但是……”她停顿了片刻，也许她不想表现得像一个自以为了解某件事，实际上却大错特错的人，“那些和他睡在同一个房间里的孩子说他有时候会说梦话。”

说梦话。这三个字扎根在彼得罗·格伯的脑海里，像一个意外的新发现。他不知道那女人在多大程度上意识到了这句话的重要性，因为迄今为止，尼科林从来没有“说过话”，他只是借用了“故事叙述者”自己的声音。“他的同伴们提到过他说了什么吗？”他谨慎地问道。

女人摇摇头：“他用一种别人无法理解的语言说话。”

格伯立刻想到了阿尔巴尼亚语——他的母语。如果他用的是本国的语言，那就意味着在睡梦中说话的不是“故事叙述者”，而是真正的尼科林。

他转头去看男孩。第一次，有证据证实了格伯没有弄错，证实了在男孩体内仍然有东西在反抗，他一定在奋力从他陷入的无声沼泽中挣扎出来。催眠师疑惑了很久，思考怎样才能与尼科林在“迷失的房间”里的意识取得联系。

他找到了他寻觅的答案。是梦。现在，彼得罗·格伯知道该怎么做了。

34

扎卡里亚·阿克尔是一个温和的男人，甚至可能是世上最温和的男人。他总能保持镇定，在说话处事上过分地慎重，而且，他对所有人都很亲和。

他刚满七十岁，住在里卡索利大街上某座建筑的四楼，那里离学院美术馆不远。公寓里装潢高雅，收藏有数量众多的古玩，都是他和他的好友菲利普从画室和集市上淘到的。菲利普是苏格兰人，比他年轻二十岁，在对找到共度余生的知己失去希望之后，扎卡里亚遇见了他。

如果仔细观察，会发现他们是相当守旧的。菲利普主动负责起了家庭事务，买菜做饭。扎卡里亚则致力于研究，他对修理旧钟表怀有一种疯狂的热情，这是他性情温和的另一个标志。他们过着平静的生活，毫不奢侈，除了在厄尔巴岛度假、在周日下午听古典音乐会，很少有世俗的娱乐。他们不参加聚会，甚至不去酒吧和餐厅。他们因早早睡觉而自豪，最迟晚上9点就睡觉。

但恰恰在这个时刻，他们会做一件也许是他们生活中唯一的怪事。

上床之前，扎卡里亚在睡衣外套着一件长至脚踝的拘束衣。菲利普把他脑袋下的枕头整理好，让他感到舒服，然后一条接一条地扣好皮带，那些皮带使他不得不保持仰卧姿势，一动不动。然后，菲利普关掉床头柜上的灯，扎卡里亚会一直保持这种状态，直到醒来，他醒来的时间几乎总是第二天早上6点。做这种预防措施的原因很简单，同时也令人惊讶。

扎卡里亚·阿克尔是一名狼化妄想症患者。

这个词被某些类型小说和恐怖电影滥用了，实际上，它有一个非常精确的科学定义。

在知晓阿克尔就是臭名昭著的Z先生之后不久，彼得罗·格伯得知了这件事。当时他刚满二十岁，在一场遗忘牌的牌局中替代了Z先生，那场牌局是在一个冬日的星期四，在一家老药房的夹楼中进行的。

佛罗伦萨催眠师兄弟会的第四个成员被认为是意大利——或许也是欧洲——最重要的“睡眠异态”专家。

这是在人群中相当常见的一种睡眠障碍。从发出简单的声音，到说出通常毫无意义的句子和语段，再到真正的梦游。许多梦游者仅仅在家里漫无目的地转悠，但有些人会在半夜起床，完成一些日常的动作，比如打扫浴室或洗衣服。另一些人会被一种无法抑制的食欲推动着清空冰箱，甚至无法分辨出自己狼吞虎咽的是什么东西。梦魇等现象也包括在内：患有此病的人在做噩梦时无法醒来。另外还有睡眠瘫痪症，当人突然醒来时，尽管完完全全地清醒了，却发现自己无法活动任何肌肉，也无法说话。

有时候，梦游的体验会伴随着幻觉。在睡眠异态的临床表现中，这是最具戏剧性的一种。这种情况被归为一类，名为RBD（快速眼动睡眠行为障碍），患者会梦见自己被卷入不存在的危险中，感觉自己受到严重的威胁，用激烈的方式做出反应。这一行为导致的后果是，同处一室的人会被患者抓挠、拳击和脚踢。患者做出反应的时长通常很短，一般只有几秒，但有时候足以造成严重的伤害。

Z先生在年仅九岁时就发现自己有这样的症状。一天晚上，他试图掐死睡在身旁的妹妹，却对此毫无察觉。他的父母无法解释这种行为，把它归因为精神分裂的一种症状。除了把他关进佛罗伦萨的精神病医院圣萨尔维医院，他们找不到更好的解决办法。幸运的是，正是在那里，扎卡里亚遇见了一位年轻的女精神病医生。她仅仅因为身为女人就受到了占大多数的男同事的阻挠，却不顾他们的反对，勇敢提出了一个在当时看来相当大胆的诊断。

狼化妄想症。

它的准确意思是，病人因为自己的梦游症而无法分辨梦境和现实。这种病并不总是于满月的夜晚发作，不过在每个月临近满月的这几天里，确实发作得更加频繁。由此出现了一系列民间信仰，它们常常会导致真正的迷信。然而，事情的本质相当简单。

Z先生认为，如果那位女精神病医生没有提出她的诊断，他可能会在监禁中度过他的一生。因此，一离开圣萨尔维医院，他就完完全全地投身到了对睡眠异态的研究中，主要是为了用催眠帮助那些患者——他们像他当年一样面临着被指控为疯子的危险，最重要的是，他们可能会仅仅因为和身边的人住在一起就伤害到他们。

大约下午5点时，格伯按响了扎卡里亚·阿克尔家的门铃。来接待他的是善良的老菲利普，他穿着一件红白格子围裙，双臂举起，就像要授予一个庄严的祝福，但这只是因为他的双手沾满了面粉，因此他开门时是用手肘按下门把手的。

“彼得罗，好久不见！”他一如往常地用热情的微笑欢迎他，忽略了他疲惫的面容，“很抱歉我没法拥抱你，但我正在揉面团，担心把你的风衣弄脏。”他立刻解释道，说话时带着明显的苏格兰口音。

“我来找Z先生。”

菲利普微笑道：“只有你这么叫他，你知道吗？”

这是他父亲的朋友们互相调侃的方式，比如他父亲就被小病人们称为“巴鲁先生”或“B先生”。但是在父亲死后，格伯仍然轻蔑地用这个外号称呼他。

“显然，你会在钟表房里找到他。”菲利普对他说，用下巴给他指示方向。

格伯穿过这套豪华的房子，屋子里的画像中那些天使般美丽而淡漠的女子向他致意，那些画像是拉斐尔前派[1]画家的作品。身处此地的念头使他激动。直到这一刻前，“故事叙述者”都走在他前面，他被迫跟随，没有任何提前行动的可能。但现在，他第

1 19世纪中期兴起于英国的艺术流派，提倡拉斐尔（1483—1520）时期之前的艺术风格。

一次感觉到自己有了小小的优势。

他来到一扇关闭的门前，敲了敲门。

“请进。”世上最温和的男人鼓励他道。

他坐在一把红色天鹅绒的扶手椅上，位于一扇绘有鲜花的彩绘玻璃窗旁，在一张写字桌上埋头工作，桌面上有几只被拆开的腕表。他是个古怪的小个子男人，就像一位年迈的精灵智者。他头上只有两侧有头发，头发往后梳，露出和头骨相比大得不成比例的耳朵。他从手头的精密工作上抬起小脑袋，透过钟表匠用的寸镜注视着格伯。

“彼得罗·格伯。”他一字一顿地叫出他的名字，放下一把精密改锥。一条老腊肠犬正蜷缩在他的拖鞋上打盹儿。

四周是搁架，放满了待修理的钟表。唯一正常工作的是一台老旧的座钟，上面有金色的边饰，在这片绝对的寂静中嘀嗒作响。

“我想你来这里是为了道歉。”Z先生立刻训斥他道，把一只竹制沙芬烟斗伸进嘴里，房间里弥漫起一阵巴尔干混合烟草的烟雾。

“为什么道歉？”格伯假装惊讶道。

“因为你抛下了每周四在明斯特曼药房的聚会。自从你父亲去世，我们就只剩三个人了，你知道，这样就不能玩遗忘牌了。”

“事实上，我来这里是为了一个更重要的问题……”

扎卡里亚狠狠地瞪了他一眼：“有什么事比确保一个被禁数个世纪的纸牌游戏秘密存活还要重要？”

“我们有了头脑之锤。”格伯宣布道。

35

在提到结束遗忘牌局的那张小个子无眼男人的牌之后，彼得罗拿了一把靠着墙的椅子，走过去坐在Z先生面前。“你得帮我。”他严肃地说。

这位老朋友把头歪向一侧，接着又歪向另一侧，仿佛在仔细地考察是否应当原谅这个浪子。“如果你来找我，那一定是件很严重的事。”他判断道。

心理师知道自己来到了一条界线上，他必须决定是否要走到底，和其他人分享他掌握的信息，违背“故事叙述者”提出的第一个条件。

你不能和任何人谈到我。

格伯不知道越过这条微妙的界线会带来什么后果，但他对自己说，他的对手不可能预料到这个举动。再说，他还有别的选择吗？于是，他第一次开始讲述尼科林的故事，讲述那个被困在“迷失的房间”里的孩子的故事。他讲得毫无遗漏。他随身带着那个黑色的笔记本，在合适的时机，他把它交给了扎卡里亚·阿克尔，后者紧张地翻阅起来。

在座钟有节奏的嘀嗒声中，插入了一阵沉重的静默，等待占据了言语的位置。

“真是不可思议。”Z先生突然说道，从格伯的笔记本上抬起眼睛。

“你不会对任何人谈起这件事，对吗？”格伯嘱咐道。

“就算我说了，谁又会相信？”对方回答，“在我们这个无比窄小的圈子之外，我不觉得有人愿意相信这样的故事。”

“你说得有理。”催眠师回应道。他第一次意识到自己卷入的这件事有多荒唐。“这件事折磨着我。”他承认道，突然间感到疲惫不堪。和菲利普一样，扎卡里亚也非常善解人意，不去关注他现在的憔悴状态。

这位老朋友只担心一件事：“你没有面临危险吧？”

“我不知道。”格伯坦承道，实际上，他不在乎这一点，“我唯一在乎的事情是西尔维娅和马可的安全。”

“你觉得放弃他们就能让他们避开可能的后果吗？”

“是的。”他肯定道，但更多的是为了说服自己。“至于我，别人还能从我这里夺走什么呢？我所能失去的一切，全都早已失去了。”他苦涩地说道。

“但西尔维娅和马可还可能失去你。”老朋友提醒他道。

他原本想说，他们已经失去他了。与前妻的最后一次通话证实了这一点。

Z先生对他的沉默感到满意。“现在你可以把其余的事也告诉我了。”他鼓励道。

他们终于抵达了问题的关键。因为心理师还有一件事没有说：他来到这里的原因。“尼科林会说梦话。他说的是他的母语——阿尔巴尼亚语。”

“因此，在男孩睡着的时候，‘故事叙述者’制造的永久恍惚状态可能会减弱。”扎卡里亚思索道。

“这是一个漏洞。”格伯回应道。

扎卡里亚推开面前摆着钟表零件的写字桌，把脚伸进腊肠犬身下的拖鞋里，从扶手椅上站起身。他开始在房间里边走边思考，同时往烟斗里重新装上烟草。“当我们说梦话的时候，就像在我们的无意识中打开了一个孔眼，从那里会流溢出我们在完全清醒的情况下永远不会说出的话。”他解释道，“有一次，我治疗过一个不忠的病人，他每晚都会对妻子坦白自己的出轨行为。”

格伯想起来，西尔维娅也说梦话。这是只有他知道的可爱秘密之一。谁知道她的未婚夫卢卡是否也会欣赏他前妻这些小小的瑕疵？

“也许你可以尝试在男孩做梦的时候进入他的头脑。”Z先生说道，把他从那些痛苦的念头中拉了回来。

这正是格伯希望听见的，他说：“所以，你认为可以制造一种联系？”

“没人说过这会有用。”扎卡里亚立刻警告他，“一个外界刺激，比如你的一个问题，都可能把尼科林带回到‘故事叙述者’创造的悬空状态中，尼科林看上去清醒的时候就处于这样的状态中。”

“那么我能做什么？”

扎卡里亚停下来，注视着那台饰有金色边饰的座钟，他把一只手放在上面。“时间。”他说，“答案在于时间。”他重复道。

格伯等待着对方解释得更清楚些。

“你看见这台座钟了吗？好几年前，我在一家古玩店发现了它。我没有为它掏很多钱，因为它从来不会指示准确的时刻……它不时会停下，但接着又会重新开始工作。”

格伯用不解的神情看着他。

于是扎卡里亚把表盘指给他看：“现在它已经停下几分钟了。”

他话音刚落，嘀嗒声就从心理师耳中消失了。

Z先生微笑：“你刚才没注意到，对吗？”

“我的头脑自动重复了时钟声，就像记忆的回声。”但他仍然不明白，扎克里亚为什么向他举出这个例子。

“你是否梦见过一只花瓶掉落下来，然后突然惊醒，因为家里刚刚有只花瓶真的掉下来了？”

“是的。”他承认道，“有一次我梦见马可在他的小床上哭，接着他真的开始哭了。”

“实际上，显而易见，你并没有成为一个先知，因为事实恰恰相反。马可的哭泣发生在前，但你睡梦中的头脑把你的记忆提前了一秒，为的是让你能及时地做出反应。”他接着补充道，“在梦中不存在之前和之后。在梦中不存在时间。”

“时间是清醒的头脑产生的投射，就像你的钟表的嘀嗒声。”格伯总结道，他开始理解藏在这个谜之后的东西了，“相反，在梦里，我们可以在时间中穿梭。”

“通过正确的刺激，你可以在尼科林睡觉时把他带回到过去的岁月，这样就能把他从‘故事叙述者’创造的催眠恍惚状态中唤醒。”扎克里亚·阿克尔向他解释道，“但你需要一件和这个男孩的过去有着联系的东西，比如，他母亲在他小时候唱给他听的摇篮曲，或者类似的东西。”

格伯的热情熄灭了。他实际上对尼科林的过去没有任何了解。

老朋友注意到了他突然的情绪低落。“没人说过这会很简单。”他鼓励他，“但这是唯一的方法。”

催眠师思索着。也许存在一个解决方法，但这几乎是一场赌博。

36

彼得罗·格伯永远不会忘记镜子里的那个小女孩。

实际上，她的名字叫安布拉。但回忆起这个名字太痛苦了。相反，像这样回忆那面镜子，更容易保存关于多年前那个11月的晚上所发生之事的记忆。

大学毕业后，彼得罗在B先生那里开始了自己的实习期。每天，他都来到位于顶楼的诊所，躲藏在那座纸浆树林里，目睹他父亲举行让小病人们沉浸在自己的精神深渊中的仪式，接着和他们一起沉下去，探索他们内心隐藏的未知世界，就像儒勒·凡尔纳[1]的小说中那样。彼得罗喜欢这个比方，这让他想起童年，想起阿真塔里奥海滨的别墅。那时，他把自己关在藏书室里，藏书室属于他并不怎么了解的母亲，他希望在她幼时所读的书里找到关于她的东西。

1 儒勒·凡尔纳（Jules Verne，1828—1905），法国作家，被认为是现代科幻小说之父。

无论如何，年轻的彼得罗·格伯医生被严禁干预他父亲的催眠治疗，他不能提出问题或做出评论，自然也不能和孩子们互动。他的任务是检查隐藏的微型摄像机是否在正常工作，打开唱片机播放《紧要的必需品》，同时启动录音机，录下在房间里发生的事情。总之，他应该一声不吭地藏在一棵猴面包树后。他在实习期第一年的主要工作仅限于所谓的“技术”方面，尤其是看管和保养那张唱片——它能开启精神旅行的幻觉。

但那个著名的11月的晚上突然间改变了一切。

下午时分，B先生接到了一个电话，是卡勒基医院的一位麻醉师朋友打来的。彼得罗知道父亲在一些儿科科室做志愿活动，但他不清楚内容究竟是什么。他推测父亲会用催眠——相当于某种止痛剂——减轻住院的小病人的痛苦，即他们在艰苦治疗中遭受的痛苦。

他永远想象不到，B先生是在帮助他们进行最艰难的旅程：超越自己生命的旅程。

在认识安布拉后，他发现了这一点。

直到几小时前，这个八岁的小女孩还有前景光明的人生。一切都发生在短时间内：妈妈在她的古典舞蹈班下课后来接她，她和妈妈一起坐在一辆小型摩托车上。回家的这段路程仅有两公里，她们几乎每天都在走。只是在那一天，她们遇上了一场暴风雨，暴雨在几秒钟内就淹没了佛罗伦萨的街道。察觉到暴风雨的猛烈，安布拉的妈妈便谨慎地停下了摩托车。她们在一座车站的站台棚下一起避雨，等待暴风雨停息。就在那时，一辆公交车路过，司机在密集的雨幕中失去了方向，车冲出街道，撞上了那两个不幸的人。

安布拉的母亲当场死亡，她却奇迹般地幸免于难：当救护车到达的时候，她仅仅是右尺骨骨折。但是，正当人们把她送进医院时，她开始感到腹部剧痛。

超声波诊断结果是揪心的：不可逆内出血。

当B先生和彼得罗抵达卡勒基医院时，她的生命已所剩不多。安布拉仍然在呼唤她的爸爸。她父亲在外地出差，接到消息后已经登上了飞往佛罗伦萨的航班。他知道妻子去世了，但女儿只是手臂骨折，这使他稍微安心了些。他想象不到事情的最新进展，更想象不到他会赶不上给女儿最后一个拥抱。

“我们甚至无法让她听听他在电话里的声音，因为他手机关机。”B先生的麻醉师朋友向他们解释道。

于是，这女人想到了格伯的父亲，想让他帮助父女俩见上最后一面。

彼得罗不知道怎么才能实现这件事，这件事实际上是不可能的。当他问父亲的时候，父亲仅仅说道：“心灵感应。我们会让他们通过思维来交流。”面对他惊讶的反应，父亲解释道：“我们让她联系上的爸爸不是现在飞机上的那个，而是永远活在她记忆中的那个男人。”他接着明确道：“将由你来催眠她，并扮演她的爸爸。”

“我？”彼得罗问道，他完全不觉得自己能够胜任这项任务。

“你要听从我的指示。”B先生坚持道。

“我不认为这是做实验的时候。”他坚决地反对道。“如果这件事真有可能实现的话，”彼得罗对此事仍然有着很多疑问，

“那么小女孩只有这一次机会，我不想让她浪费掉这次机会。”

B先生把手放在他的肩上，注视着他：“如果在这一刻，你是唯一能够做到这件事的人，你还会退缩吗？”

“这正是问题所在：我不是唯一的人选。”他反驳道，希望跟父亲讲道理，“这里还有你。”

“但我不会做。”B先生干脆利落地回答，“所以，如果你失败了，你大可以归咎于我。”

彼得罗沉默了，他知道任何抗议都是徒劳的。

“那么，你已经选好你的指引之物了吗？”

指引之物是催眠师用于和病人建立专有联系的物品。B先生的唱片，一只钟摆，一个螺旋，一支小手电筒——真不知道选什么好。正如父亲向他解释的那样，他的一些同行偏爱触觉或声音，但使用一件“经验性产品”或“过渡性崇拜物”更加实际。

彼得罗并没有感到措手不及。事实上，他已经考虑过一段时间了。“我会用一只节拍器。”他说。在这之后的岁月里，不同的节拍器将会交替出现在他办公室的写字桌上：从经典的机械节拍器到数字节拍器，直至他最近使用的20世纪70年代的电子节拍器。他根据它们发出的节拍声精心挑选，甚至能够分辨出声音的细微差别。但那一天，他选择了一只带有指针的、封闭在一个小金属盒子里的节拍器。实际上，他把它带在身边已经有些日子了。

“非常好。”B先生赞同道，“我们还需要一面镜子。”

护士们从医院厕所里的墙上拆下镜子，送到安布拉的房间。镜子被安放在她病床的正前方。

“现在你站到她的背后。”B先生向他解释道，“让她在镜像里看见你，也看见她自己。你一让她陷入恍惚，你的影像就会被她父亲的形象替代。”

小女孩会全程睁开眼睛。

医生们减少了用来减轻她身体痛苦的吗啡用量，为的是让她恢复一定程度的清醒意识，以便同意进行催眠。彼得罗紧绷着神经，心脏因为激动而剧烈跳动着，开始了他的一次儿童催眠实验。他惊讶地发现，当安布拉进入催眠状态后，他也放松了下来。一开始，B先生在他耳边低声下达指示，后来就不再提示了。

彼得罗一直站在她身后，牵起她的手，把她的手握紧。接着，他利用安布拉在她的八年人生中积累的记忆，唤起她父亲的形象，希望它出现在镜子里。

当小女孩微笑的时候，他知道她爸爸出现了，知道她正看着他。

他像她父亲一样对她说话，用的是空泛而温柔的言辞，因为他对自己扮演的那个男人一无所知，对他和女儿之间的关系也一无所知。令人惊讶的是，她没有分辨出不同。

安布拉真的听见了她父亲的声音。

他嘱咐她要坚强勇敢，向她承诺不久后痛苦就会永远消失。彼得罗不相信人死后的世界，他无法向她保证九泉之下有什么东西或什么人在等她，比如她的母亲。但他意识到安布拉并不寻求这种安慰。她想要再次见到父亲是出于一个确切的目的。

她有个消息要告诉他：“古恩达利娜在绿衣柜底下。如果她哭了，我也很难过。”

彼得罗记录下了这些奇怪的话，打算转告给本应接收到这些话的那个男人。他相信安布拉的父亲肯定能理解这些话的意思。

接着，他注意到小女孩的呼吸变得越来越微弱。从镜中的样子看，安布拉没有感到任何痛苦，她很平静。他们永别的时刻到了。

他让她闭上眼睛，让她走了。

他从镜子里看着她远去，就像从一片陌生的银色海洋上漂离。当她不再握着他的手的时候，他便明白她已经不在他们身边了。

很长时间以来，他都在听B先生谈论“我们的头脑比我们的意识强大得多”和“头脑欺骗自身的能力”，却没有完全理解这些概念的意义。但现在，他亲眼见证了这些话的真实性。他也懂得了自己掌握着一件用处极大的工具，能够实际地应用在他人的生活中，让他们的生活变得更加美好。

B先生的赠礼的最后一部分是在一个临终的小女孩面前完成的。交接的过程已经完成了。

因此，当彼得罗见到安布拉的父亲时，他已经是完全意义上的儿童哄睡师了，尽管他将他的第一个病人引入的睡梦是一个她不会再从中醒来的睡梦。安布拉的父亲如预期那样没来得及见女儿最后一面。

当他把小女孩的遗言告诉她父亲时，他看见对方的反应很奇怪。这个可怜的男人已经被亲人骤然离世的痛苦压垮，他不知道谁是“古恩达利娜”，还说他们家里从未有过一个“绿衣柜”。由于此刻他必须决定是否要捐赠安布拉的器官，使她的死亡不至于徒然无用，彼得罗不再坚持，不再用这件事折磨他，只是把这些话解释为临死时的谵语。

然而，几年之后，当B先生去世，彼得罗成了他当之无愧的继承者时，安布拉的父亲出现在了顶楼诊所里。格伯一开始没有认出他，但当他知道面前的人是谁后，他瞬间回到了过去。

“我知道古恩达利娜是谁了。”男人兴高采烈地说，“我花了很长时间才发现，但最后我做到了。不过，我担心我要告诉您的事会让您不安，医生。”

心理师本想回答说，他这句解释是没用的，因为在他的工作中，他已经多次见证过，现实有时候会多么令人震惊。但他任由对方说下去。

就这样，他知道了古恩达利娜是一个洋娃娃。哭泣的人并不是它，而是它的主人，那个住在贝尔加莫的小女孩，她因为丢失了它而不得安宁。

“我打电话给那家人，让那对父母在绿衣柜底下寻找。”男人讲述道，“我甚至不知道他们家里有那个颜色的衣柜：洋娃娃就在衣柜底下，被一堆旧被子藏了起来。”

安布拉和那个贝尔加莫的小女孩从未见过面。贝尔加莫的小女孩弄丢她的洋娃娃，是在她父母把她从医院接回家时，在她因为心脏无法正常工作而植入一颗新的心脏之后。

安布拉的心脏。

如果她哭了，我也很难过。

镜子里的小女孩在临死前正是这么说的。她预言了一份未来的痛苦，一份属于他人的痛苦。无论如何，她不可能体验到这份痛苦。但也许她幼小的心脏体验到了。

因此，她的父亲认为，无论安布拉身在何处，她仍然与她永远离开了的人世有着联系。

尽管这些巧合没有合理的解释，彼得罗还是从来不相信可能存在一座连通一个无形世界的桥梁。但他不愿意打破那个男人的幻想，便任由他以此为慰藉，以为在一个神秘莫测的世界中，一个八岁小女孩的死亡实际上有其意义。

但是，自从西尔维娅带着马可离开他们在佛罗伦萨的家，每当他走进儿子的房间时，都会感到一种奇怪的不适。每一件物品仍带有一种悲伤的幸福。

这天晚上，和扎卡里亚·阿克尔见过面，回到家之后，他也有同样的感觉。

他自言自语道，孩子们通过他们的玩具说话。他们向它们吐露自己的秘密，而不是向我们吐露，就好像玩具了解大人们无法知晓的事情。

就像那个名叫古恩达利娜的洋娃娃。

打开小丑形状的台灯后，格伯开始在儿子的物件里翻找，确信他会找到一件能帮助他进入尼科林的梦境，从而与他建立联系的东西。

在一个盒子里装着各种颜色和尺寸的小汽车和挖土机，这些是马可的爱好；里面还装着那个能亮灯和发出各种声音的玩具手机，和阿妮塔·巴尔迪前一天拿出来的那个一样，她当时把它和尼科林的儿童画一起从纸袋里取出来给他看。

格伯拿起玩具手机，坐在地板上，双腿伸展在机织割绒地毯上，后背靠着墙。

他把它握在手里，注视着它。

他想象着那个被困在“迷失的房间”里的阿尔巴尼亚男孩。他绝望地叫喊着，挥拳击打墙壁，希望有人来帮助他。但没人能听见他。

当那些无声的叫喊在他的想象中回响时，催眠师意识到了他一整天都在试图无视的事情：他没有去寻找开启“故事叙述者”的新一段故事的触发器。因为他有另一个目的。但这不仅仅是创造一个与尼科林交流的渠道。

他真正的愿望是借助尼科林最喜爱的玩具将他唤醒，把他带回到最初的童年时光，正如扎卡里亚·阿克尔建议的那样。

但如果格伯弄错了，会有什么后果？这便是风险。再过几个小时，他就会知道自己做出的选择是否正确。

37

一看见尼科林来到顶楼的办公室里，穿着白色的制服走向摇椅，彼得罗立刻为他将要做的事感到后悔了。因为这一次，他会违反“故事叙述者”的规定，将男孩置于危险中。

也许他本应该三思而后行。但也许为时已晚，他无法再退却了。

他让工作人员和警卫离开，然后关上门。接着，他朝水壶走去，立刻为尼科林倒了一杯水，而不是像往常那样等到治疗结束。但是，在把水递给男孩前，他取了一只小瓶子，倾斜瓶口，把几片安定[1]倒入杯中。药片迅速溶解在透明的液体里，消失不见。

和之前一样，尼科林接受了他端来的杯子，快速喝下了杯中的液体。此时，心理师方才推动摇椅，静静地坐到自己的扶手椅

1 学名地西泮，是一种镇静类药物，有抗焦虑、抗惊厥、镇静、催眠等作用。

上，等待着。当男孩闭上眼睛时，格伯明白他睡着了。

他可以开始他的实验了。

他从衣袋里掏出马可的玩具手机，它和在尼科林和他的母亲居住的汽车里找到的那个一模一样，他按下假显示屏下方的红色按钮，屏幕亮了起来，玩具手机发出一串像钟琴一般的欢快声音。这段音乐持续了几秒钟，然后停止了。

这段音乐没有对男孩产生任何影响。

格伯又试了一次，再次按下按钮，然后等待。这一次也无事发生。他决定不着急，什么也不做，耐心等待时机。没有规则需要遵守，也没有范例可以参考，一切全凭他自行发挥。因此，心理师不知道自己是否在做正确的事。他只能希望如此。

与此同时，他拿起关于这个病例的黑色笔记本，漫不经心地翻阅着，停在最后一页上。在十二岁的“故事叙述者”逃跑失败后，“叔叔”向他透露了他和宝丽来相片里那个没有生育能力的红发女人组建家庭的荒唐计划，故事就在这里中断了。食人怪还宣告了“新妈妈”即将到来。

那个女人是谁？也许格伯永远也不会知晓。

无论如何，这个故事的一个细节还是让他印象深刻：“叔叔”告诉男孩，他和那个女人通过信件相识。尽管这个故事要追溯至二十多年前，但那个时候已经有互联网和手机了，所以他们应当有更加快捷高效的方式来交流和建立关系。邮政服务显得有点儿过时了。这个细节不合时代，但还不是整件事情中唯一荒谬的部分，这件事看上去越来越像一个令人不安的童话。格伯还是想要记下这个细节。

他们通过信件相识。

他从笔记本上抬起目光，发觉在尼科林的眼睑下，眼球开始时不时地转动了，这标志着男孩正在做梦。他认为这可能是进行一次新尝试的正确时刻。

他合上笔记本，启动玩具手机。

这一次，男孩似乎对刺激做出了反应，因为他轻轻抬起了头。他把头从一边转向另一边，就好像这个声音让他厌烦，又好像他正在溺水，正艰难地试图浮起来吸入空气，格伯对自己说。

尼科林动了动嘴唇。不可思议。但心理师无法确定，他是真的说了些什么，还是仅仅呻吟了一声。他从扶手椅上站起身，走近男孩，倾听着他的声音。尼科林低声重复了些什么。那是一个词，但分辨不清。

“Mamae...”他终于听清楚了。尼科林在绝望地呼唤母亲。

格伯很同情他，但这个词在他听来还是很怪异。

“Mamae...mamae...mamae...”男孩继续呼唤着。但他的口音很柔和，没有阿尔巴尼亚语的刺耳。

心理师决定忽略这一点异常，因为他必须利用已经建立起的联系。为了把男孩从“迷失的房间”中拉出来，他必须平静地把他吸引到自己身边。格伯必须先说服男孩信任他，跟随他在包围着他的一片黑暗中前行，直到回到地表，回到光明中。

“尼科林。”他呼唤男孩，开启了拯救的过程，“你能听见我吗？”

男孩继续在摇椅上挣扎着，就像深陷于一阵神秘的狂热或一个他无法从中醒来的噩梦里。

“尼科。”他再次尝试，“尼科，如果你能听见我，回答我一下。”

在接下来的几分钟中，他仍在坚持，却毫无结果。男孩呻吟着，却一言不发。

格伯正思索着用其他方法来克服尼科林的抵抗，可能也要克服他的恐惧，这时，他的目光被办公室天花板上的红色小灯吸引了，灯光亮了一瞬。他抬起头，以为自己看错了，但灯光又亮了起来。

是谁在按为等候厅里的病人准备的那个按钮？

他从扶手椅上起身，朝灯走了几步，那灯仍无动于衷地继续吸引他的注意。他像中了魔法一样观察着它，不知如何是好。他想起“故事叙述者”第一次来到这里的那次，他在入口处的苹果中发现了插在里面的针线。现在，这盏灯大概在责备他违反了规定的条件。

他发现我了，格伯对自己说。现在他来到这里了，因为他想要把男孩带回去。

这是个狂乱的念头，但他想不出还有什么别的可能。他甚至不知道该作何反应。就在这时，有人敲响了办公室的门。

“医生。”一个女声传来。是拘留机构的那位工作人员。

格伯的心脏不再狂跳了，但仍需要一点儿时间才能平静下来。发生什么了？那女人本应和警卫一起在楼下等待，她为什么反而提前上楼来了？

“我们来把男孩接回去。”她说，语气平静却坚定，“请让我们进来。”

这个消息令他措手不及。他转头看向尼科林，男孩继续着他不安的睡梦，接着他走近门口。“我们还没有结束。”他低声说道。

“巴尔迪法官给我们打了电话，她要求立刻中断治疗，把尼科林带走。”

心理师惊呆了。他顾不上考虑计划变动的原因，思索着他现有的选择。“您得再给我几分钟。”他坚定地说，“我必须把男孩从恍惚状态中唤醒。”他撒了谎，以此掩盖用安定让男孩入睡的事实——这种做法违反了一切道义准则。

门外沉默了片刻：“好吧，但请您快些。我们在走廊里等待。”

他争取到了一点儿时间。实际上，时间并不多，但他必须及时完成他该做的事。他回到男孩身边，现在，他必须放弃最初循序渐进的打算。尼科林的一部分真实自我已经从“故事叙述者”造成的永久恍惚状态中浮出来了，他必须立刻利用这个难得的机会尝试把他完全唤醒。

“我想要你跟随我的声音。”他说，“你要抓紧它，就像抓紧一根绳子。”

他没有从男孩那里得到任何回应。于是他又尝试了一次，但病人身体的动作越来越慢了。尼科林几乎停止了挣扎，正在恢复开始时的平静。

格伯明白他的意识之窗正在重新关上。“尼科林，我会把你带回到你母亲身边。”他向他承诺道。他知道这是不可能的，因为那女人肯定已经死了。但心理师已经绝望了，他不知道还能抓住什么别的理由来说服男孩信任他。他重复着那个谎言："你听见了吗，你会再次拥抱米拉？"他说，用了大家称呼他母亲时使用的昵称。

仅仅是听到那个名字，尼科就从他正在陷入的半紧张状态中浮了出来。心理师认为自己做到了，但与他期待的相反，男孩做出了极其激烈的反应。

他开始大喊。

他闭着眼睛的叫喊声撕开了顶楼的寂静。格伯措手不及，往后退去。在歇斯底里的发作中，尼科林甚至开始用拳头砸自己的脑袋。他试着抓住男孩的双臂，但男孩在反抗。

尖叫声吸引了警卫的注意，他们没有敲门就闯进了办公室，工作人员跟着走进来，立刻朝摇椅走去，也试图让尼科林平静下来，尼科林仍然在击打自己的脸。

"不要碰他。"彼得罗·格伯命令她道。

"我们必须做些什么。"工作人员强硬地回答。接着，她拉开了随身携带的小包的拉链，从中取出一小管镇静剂和一支注射器。她快速准备好药剂，稳稳地抓住男孩的前臂，把他的手臂伸展开，将镇静剂注射进静脉里。

几秒钟后，一切便结束了。

尼科林重新睁开眼睛，像什么也没有发生一样。但他的双眼又变得像玻璃一样了，如同一座空房子的窗户。

格伯拿起小手电筒，观察他的虹膜。他明白自己失败了。他转向工作人员，愤怒地瞪着她："你们为什么打断我们？巴尔迪法官到底想从男孩这里得到什么？”

那个和蔼的女人严肃地望着他。“男孩的母亲找到了。”她宣告道。

这个消息让彼得罗·格伯惊呆了。他对自己说，是呀，他本应该早点想到这个原因。但这不是全部的原因，他没有料到接下来会听到的话。

“她还活着。”

38

搜寻尸体的警犬找到她时，她迷了路，正在穆杰洛的森林里游荡，和几天前养马人遇见她儿子的地方只相距几公里。别名“米拉”的米尔芭娜·朱丽叶塔·拉齐穿着干净的衣物，除了因为露天过夜生出了冻疮，她的身体状况良好。

在救助人员看来，她处于精神混乱的状态。她知道自己是谁，但她的记忆只停留在她与尼科林一起在477号省道上旅行时，汽车轮胎被戳孔的那一天。

调查人员把她的失忆归因于受到惊吓，但他们坚信很快就能让她说出，过去的八个月里她和儿子待在哪里。然而，格伯的第一个想法是，“故事叙述者”通过催眠删除了她的记忆。

阴雨绵绵的午后，在光线暗淡、街道冷清的佛罗伦萨城中，当他紧裹着风衣，不顾雨淋，步行回家时，心理师寻找着一个合乎情理的原因，来解释绑架者为什么放她走了。

他排除了她是从绑架者那里逃出来的可能，因为女人不记得自己逃跑了。

理由和解释可能有上千种。再说，迄今为止，宪兵们都坚信是尼科林杀死了母亲，因此他们仅仅在搜寻尸体。

没人在追捕绑架者。只有彼得罗·格伯知晓他的存在。

但也许那个绑架者还是感觉到了自己正在被追捕，也许他察觉到了在他周围缩小的包围圈，也许警察确实与他监禁米拉的地方离得很近。于是，为了避免被发现，他宁愿摆脱掉这个人质，因为他清楚，反正米拉提供不出找到他的有效信息。如果杀死她，让人们只找到一具尸体，不会得到同样的效果，因为可以追溯死亡的日期和时刻，这样就不能归罪于已经身处拘留机构的尼科林了。到那时，调查人员要寻找的就不仅是一个绑架者，而且是一个杀人犯了。他选择的解决方法是最简单的，也是最狡猾的。

这样一来，他就能保持隐身。

但格伯仍然无法理解一件事。既然为了实现他的目的只需要尼科林，为什么当初“故事叙述者”也绑架了米拉？除了逻辑矛盾，看管第二个人质肯定也会带来更多的风险。

这说不通。

真是的。再说，那个掌握着非凡操纵能力的神秘催眠师的真实目的是什么？这也是一个谜。他为什么要策划这样的事？仅仅为了让尼科林向格伯揭露一段二十二年前的往事吗？此外，他为什么偏偏选择了格伯作为这个故事的听众？

直到此刻，儿童哄睡师都把这些问题归为次要问题，因为他此前专注于必须拯救尼科林的念头，他也知道，他是唯一有能力把尼科林从“迷失的房间”里拉出来的人。

但现在，是时候面对某些疑问了。

埋在尼科林头脑中的那个故事中断了。问题就在于此。也许，如果让他继续讲下去，“故事叙述者”的犯罪计划会浮现出来。

当他周围的一切崩塌时，他不会藏匿在阴影里，心理师假设道。如果他有一个目标，就会不择手段地实现它。或者，在永远消失之前，他会想要实施一次报复。

你不能在外面寻找我。

相反，也许格伯恰恰应该开始寻找他。但格伯对他仅有的了解是，无论他是谁，他都违背了催眠师这一行的基本法则。在把自己的才能传授给格伯之前，B先生曾坚决要求格伯遵守这些法则。

不要控制病人。不要操纵他。不要制约他。不要给他制造虚假的回忆。不要改变他对现实的感知。不要迷惑他。不要欺骗他。不要暗示他。不要使他道德堕落。最重要的是，不要诱导他，使他误以为某个行为是正确的。这种诱导能够说服某人伤害自己或伤害他人。

心理师在离他家大门几米远处停了下来。雨水冲击着他，从四面八方击打着他，他对此无能为力。那些小小的水滴仿佛想让他不得安宁，嘲弄般地不停落在他身上，落在他的思绪上。彼得罗·格伯往后转头，看着他刚刚走过来的方向。

在他背后的雨幕中有一个人影。

“你是谁？”他高声问道，试图掩盖他对得到答复的恐惧，

“我知道你在跟踪我，你对我做的一切都了如指掌。但你究竟想从我这里得到什么？”

那个人影不是真的。他存在于他的脑中。

如果我现在放弃，他就会永远纠缠着我，他对自己说。他不能容许他的对手逍遥法外，为所欲为。但他也知道，凭他一己之力无法阻止他。因此，他动身朝那个想象中的人影的方向走去，几乎想要与他当面对质。不，他不会就此回家。他不会躲躲藏藏。

他会找到他的对手，他会迫使他露出真面目。

再说，他已经违反了“故事叙述者”的第一个条件，这个条件要求他把他的故事“听到底”。第二个条件和第三个条件在某种程度上是联系在一起的。

你不能和任何人谈到我。

彼得罗·格伯已经决定要把他知道的一切告诉阿妮塔·巴尔迪。这样，“故事叙述者”就不能再保持隐身，他的隐身状态迄今为止一直在保护他。

当他步履轻快地朝未成年人法院走去时，他察觉到博柏利风衣口袋里的手机在振动。他掏出手机，是西尔维娅。他放慢了步子，因为他没有料到，在最后那次争吵后，前妻还会给他打电话。

“我知道了。”他一接起电话，她就说道，语气很难过。大概她是打电话来向他道歉的。

“你不必感到后悔。”他回答道，装作若无其事的样子。他仍然在生她的气，因为她指责他徒劳地拿自己的职业生涯冒险。“正如我对你说过的，那个男孩是无辜的，但没人愿意相信我。”巴尔迪至少应该感谢他，却粗暴地打断了他和尼科林的会面，就好像格伯一开始就错了似的。

“不是因为这个。”西尔维娅反驳道。

他察觉到她的声音里带着些担忧，说：“那是因为什么？”

“什么？你不知道？”她搪塞道。

“什么事？发生什么了？”他反复追问，预感到发生了坏事。

“扎卡里亚·阿克尔在睡梦中袭击了他的室友菲利普。”

格伯的双腿仿佛陷进了历史中心区的地面。他被这个消息震惊了，在暴风雨中踟蹰不前。

“菲利普的情况很严重。”西尔维娅补充道，“扎卡里亚被送进医院看护了。”

“这怎么可能发生？”他鼓起勇气，用细若游丝的声音问道，尽管他担心是自己导致了这件事。

“昨晚有个女邻居报了警，因为从他们的公寓里传来了叫喊声，但她好像首先听见了他们家的电话铃声。”

像所有的梦游者一样，扎卡里亚睡得很沉，格伯回忆起来。他不会听见电话铃声。菲利普是唯一能够接电话的人，因为当时Z先生被束缚在拘束衣里，他对自己说。

“根据警察对事件的还原，在通话结束后，菲利普带着一把刀回到卧室里，割断了绑着扎卡里亚的皮带。”

这个意外的举动触发了扎卡里亚的反应，由于惊吓造成的压力，他的RBD症状剧烈发作了，心理师想。接着，用于佐证这个论断，他想到，扎卡里亚是在自卫。

这是“故事叙述者”的报复，因为格伯违背了规定，把他本应保密的那个故事告诉了Z先生。菲利普替格伯付出了代价。心理师确信，那个催眠师通过电话下达了指令。

“你们是很要好的朋友，我可以想象你现在的感觉。”西尔维娅说。

“确实。”他仅有力气承认这一点，因为他甚至无法呼吸了。

“我本来不想给你带来这个坏消息的。”她继续说道，“但我担心没人告诉你。”

“没事。”他回复道，“你别担心。”

“如果你需要倾诉，或者只是发泄，我都在这里。”她坚定地说。

西尔维娅突然提出可以陪伴他，格伯感到惊讶。在最后一次争吵过后，他不认为他们还有继续保持任何关系的余地。尤其是，西尔维娅这般善解人意，这真不像她。但也许她变了，也许只是因为，作为前夫，他现在已经不那么了解她了。“谢谢。”他没有多说什么，准备挂掉电话。

“今晚我在四季酒店的酒吧和几个朋友聚会。”前妻抢在他前面说道，“但如果你愿意和我们一起，我会很高兴。”

这座大酒店位于盖拉尔代斯卡大楼。西尔维娅从心理学专业毕业后第一次去那里，后来她便常常独自去喝一杯香槟，这成了一种惯例。她从未把这件事告诉过任何人。在她认识格伯之前，这个习惯都是个秘密。她认识他以后，就和他分享了这个习惯。但是，在离婚后，她和别人一起延续了这个惯例。

“生日快乐。”他带着遗憾的语气对她说，意识到自己忘记了今天是她的生日。

“没关系。”她毫无怨恨地接受了他的祝福。“再见，彼得罗。”在挂断电话前，她向他告了别。

他暂时忘记了扎卡里亚，回忆起了过去。西尔维娅的邀请很荒唐，但他突然间想要度过一个无忧无虑的夜晚。实际上，Z先生的遭遇是一个警告，而前妻的来电恰好发生在格伯进一步违反“故事叙述者”的规定，与阿妮塔·巴尔迪谈话之前。最明智的做法是掉转步伐，回到家里，就像他不久前那样。或许还可以准备去四季酒店。这也许不是最好的主意，因为他已经受够了那种处境，尤其是，他再也忍受不了无时无刻不受到威胁的感觉。

这件事不会自行结束，他对自己说。与此同时，雨水继续倾泻而下，天空似乎在讥笑他。*必须由我来结束它。*

但他已厌倦了独自面对一个丧心病狂的未知敌人。于是，他把大酒店的管弦乐声、欢快的笑声、西尔维娅身穿晚礼服参加聚会的迷人场面抛在身后，冒着雨继续朝法院走去。

39

“一个绑架者？”

巴尔迪的反应混杂着惊异和怀疑。但彼得罗·格伯不能满足于此，他必须说服她。“是的。”他向她确认道，他身上的衣服被雨淋透，仍然在往地板上滴水。接着，他向她讲述了一切，从“故事叙述者”强加给他的那三个条件讲起——正是那三个条件使得他沉默至今。

他们身处未成年人法庭所在的旧大楼的走廊里。心理师在法官从庭审室出来的时候刚巧碰上了她，法官仍然在生他的气，只给了他几分钟时间，听他讲他要告诉她的事。

“这个‘故事叙述者’有什么目的？”法官问道，对那个称呼仍心存怀疑。

“我不知道。”格伯承认道。

“一个狠毒的计划，缺少一个同样……狠毒的目的。”她讽刺道。

“我知道这可能听起来很荒谬，但如果您再给我一次治疗尼科林的机会，我们就能了解食人怪和那个男孩剩下的故事。”

“假设你说的这个故事是真的，也就是说，男孩从食人怪那里逃出来后，把这个故事讲了出来……如果二十二年前真的发生过这种事，你不觉得我应该早就有所了解吗？”她问，指的是“故事叙述者”的过去。

“这确实很奇怪，因为我在当年的报刊和互联网上也找不到任何痕迹。”他坦率地承认道，“但我还是坚信，这件事是可以解释的。只需要找到一个新的触发器，我们就能确切地了解整件事。”

“触发器？”巴尔迪高傲地重复道，挑起眉毛。

“我向您解释过这是怎么一回事，对吧？”他坚持道，努力不让自己被她质疑的态度影响，“触发器可能是一件物品、一个声音、一种气味，或者一个简单的词。比如第一次时，我在游戏室对尼科林使用了针线：直到那一刻，男孩才开始说话。您记得吗？”

但是，巴尔迪继续用怀疑的态度来反对他。“所以，这就是你这段时间在做的事。”她评论道，“你威胁我要撤销鉴定报告，就是因为这个？”

“这不是威胁，我是不得已而为之。”格伯纠正她，他开始变得恼怒了。

“也许你可以给我看看尼科的治疗录像，通过录像来说服我。”老朋友似乎对他做出了让步。

“我在治疗时没有录像。”他尴尬地坦承道，“‘故事叙述者’说得很清楚：这个故事应该在我和他之间保密。”

法官似乎没有任何反应。“看起来，我们对这桩案件有两种说法。”她平静地说道，“你的说法是，有一个催眠师绑架了他们，如此这般。宪兵们的说法则相反，他们认为，在6月，这对母子的汽车轮胎被戳孔后，他们就抛下了车子，在穆杰洛的森林里流浪，继续过着朝不保夕的日子，寻找应急的庇护所，四处偷窃食物和衣服，或者直接从垃圾堆里捡走对他们有用的东西，就像他们在失踪之前常做的那样。直到有一天，有人意外地找到了他们：先找到了那男孩，后又找到了那女人，其间相隔大约一个星期。”巴尔迪顿了一下：“如果你处在我的位置上，你会更相信哪一种说法？”

显然，她在讽刺。但格伯毫无屈服的打算。“您为什么不让那位养马人讲讲她的感受呢？她感到自己‘被迫’前往遇见尼科林的地狱谷。您为什么不问问那个林区看守人呢？他用烧红的煤块在墙壁上画画，却没有感觉到丝毫疼痛。既然如此，您和扎卡里亚·阿克尔谈谈吧，让他说说他的室友菲利普是怎样半夜把他从拘束衣中放出来的，尽管他知道这可能引起激烈的反应。”他接着补充道，“‘故事叙述者’也成功操纵了拉维尼娅，一个在我这儿接受治疗的十四岁女孩。”

听见一名小病人也被卷入其中，巴尔迪的目光变得十分担忧。“我希望你不会拿那个女孩的安全冒险。”她警告他。

“当然不会。”他回应道。

“我希望的确如此，如若不然，我就必须采取措施了。”接着，女人从头到脚打量了他一下，露出她之前到诊所见他时的那副表情，评论道，“看看你，彼得罗，我都认不出你了。”这一次，法官变得冷酷多了，实际上，她把他当作患有某种神经衰弱症的人那样对待：“你全身都湿透了，脸色苍白。你为什么不就此罢休，然后回家去呢？”

“您又为什么不愿意相信我呢？”他问道，愤怒的泪水涌上他的眼睛。他从来没有感到过如此无力。“如果您不愿意寻找那个‘故事叙述者’，那也行。但我是唯一能够把尼科林从‘迷失的房间’中解救出来的人。我请求您让我继续治疗，否则，您将判处那个孩子余生都被困在他自身里。”

巴尔迪沉默地注视了他几秒，说：“跟我来，我有件东西想给你看。”

40

彼得罗·格伯和阿妮塔·巴尔迪走过长长的走廊，一路上遇见的人都转过来用沉默的目光注视着他们。心理师感觉自己像在被展出一样，很脆弱。从前他来到这里时，他的外表都很得体，至少可以见人。现在他就像自己的幽灵，他感到有点儿羞愧。

法官把他带到了自己的办公室，一言不发。他疑惑，在这个他已经来过几十次的房间里，能有什么重要的东西。

两人走进办公室后，法官关上门，走向一张办公桌，她没有坐下，开始用鼠标操作电脑。她背后的壁画上绘着地狱的图景，那场景似乎要压到格伯的身上。他站在桌子的另一侧，等待着。尽管那幅壁画被孩子们送给法官的拼贴画遮盖着，他还是移开了视线，因为他无法忍受那个景象。

“好了，现在你可以眼见为实了。”老朋友说着，把电脑屏幕转向他的方向。

格伯往前迈了一步，看见屏幕上播放着微型摄像机拍摄下来的影像。视频里出现了尼科林和一个衣着朴素的瘦小女人，大约五十岁，留着短发，头发过早地变白了。格伯立刻想到，那是尼科林的母亲。看到儿子，米拉确实显得很幸福：实际上，她不停地一边拥抱他，亲吻他，一边流着泪。尼科被满满的爱意包围着，看起来也很高兴。但令心理师震惊的是，尽管男孩肯定因为找回了母亲而惊讶，他看上去却不再迷失了。

尼科林说话了。

两人用阿尔巴尼亚语，用他们的语言交谈。但是，并不难想象他们对话的意思。他们两人大概以为永远失去对方了，然而现在却重聚了。不幸的遭遇以一个团圆的结局告终。

"我不觉得他有紧张症。"巴尔迪说，指的是那个男孩。

格伯记得的关于他的最后一件事，是他在最后一次治疗结束时发出的叫喊，那时格伯欺骗了他，向他承诺他很快就能再见到米拉。现在催眠师明白了，见到母亲这件事打破了"故事叙述者"的魔咒。

尼科林从"迷失的房间"走了出来。事实上，他重新开始规律地眨眼了。

米拉是解救他的钥匙。

心理师说不清这是一个意外，还是在"故事叙述者"的预料之中，只是一个熟练的魔术师制造出的第无数次戏剧性变化。无论如何，他知道，从这一刻起，他们已经不再需要他了。

"接下去怎么办？"他问。

"我们会把他们二人托付给社会救助机构，也许终于会有人真正照料他们了，让他们有一个家，让那女人有一个稳定的工作，保证尼科林接受合适的教育，让他拥有一个未来。”

格伯同情起了另一个男孩，那个被困在食人怪身边的男孩。格伯没有听完故事的剩余部分，感觉就像那个十二岁男孩仍然深陷于一个长达二十多年的旧噩梦中。

与此同时，在屏幕上，尼科林的母亲把儿子的脸颊捧在手里，看着他的眼睛，她问了他什么，他点头回答道：“是的，mami。”

他继续对她说话，称呼她为mami。

“奇怪。”格伯说道，“我之前以为，在他们的语言里妈妈是mamae。”再说，当他尝试用马可的玩具手机唤醒尼科林的时候，尼科林不断重复的也是这个词。

巴尔迪望着他，想知道他是否真的认为这个细节值得注意。显然不是这样，但在他们所处的情况下，如果巴尔迪认为他太偏执，他也不能因此责备她。

“我很抱歉。”他对她说，是真心的，“尽管我完全无法证明我刚才所说的，但还是请您相信，我确实希望帮助尼科林。”

“我不知道你的帮助对他有多大用处，在这种情况下，我也不认为让他在你这里接受催眠治疗对他有益。”她回应道，“但也许我们及时地防止了他遭遇最坏的事。”

“我也应该向西尔维娅道歉。”是的，他确实应该向她道歉。也许还有希望与她建立起体面的关系。他本应该把愤怒和怀念转变为某种积极的东西。但是，为了做到这一点，他也应该放弃她。这一次是永远放弃她。这并不容易。

“你要保重。”巴尔迪嘱咐道，“现在，如果你不介意，我有很多事要忙。”她打发他离开。

格伯垂下头，正转身准备离开的时候，他看见了一样东西，呼吸急促起来。“它在这里多久了？”他问，举起手臂，伸出一根手指。

“什么？”法官弄不明白。

“这幅画……”他说，咽下苦涩的唾沫。

女人转头看向覆盖了壁画的拼贴画。“哪一幅画？你在说什么？”她厌烦地问。

“右边第三幅。”格伯明确道，声音在颤抖。

巴尔迪要花一点儿时间才能分辨出那幅画，于是他绕过办公桌，走过去把它从墙上撕下来。他仔细观察着它，然后拿给法官看。

“请您也瞧瞧……”

画上有许多小人，一个挨着一个地排在一起，就像一场演出的演员们在等待观众鼓掌。

但她仍然对他的这个发现感到疑惑：“所以呢？”

“这幅画从哪儿来的？它在墙上贴了多久？”他坚持问道，并没有打算解释。

“你怎么能要求我知道这些?!”法官不耐烦地回答道，“它在这里肯定好几年了。”

“好几年？”格伯难以置信，“怎么会有好几年？这不可能……”

“我不知道，可能……”她搪塞道。“但这有什么要紧的？你在胡说些什么？”她发火道。

“但您至少记得是谁画的吧？”他追问道。

“一个孩子。”巴尔迪恼怒地答道，这个答案显而易见。

格伯忽略了她，把那幅画翻过来，想看看是否有签名或其他东西能帮他追溯到一个名字或一个日期。只有三个字母，是页底的缩写签名。

A.D.V.。

“如果你不立刻告诉我发生了什么，我发誓我会让宪兵把你扔出去。”法官警告他。

“您怎么也没注意到这个呢？”彼得罗问道，他越来越痛苦，在她面前挥动着那幅画。如此明显的事情，怎么可能只有他一个人注意到呢？

尽管是用孩子典型的稚嫩画风画出来的，在那幅画里还是可以辨认出养马人、林区看守人、拉维尼娅、扎卡里亚·阿克尔和菲利普、巴尔迪，显然还有格伯，以及尼科林和他的母亲。最后还有第十个人物，他直到此刻都还处于这个故事之外。

“你得走了，彼得罗。”巴尔迪指着门命令他。

巴尔迪语气严厉，不容置辩，让他没有选择。“至少我可以留着它吗？”他恳求道，就像一个疯子在迫切地乞求他人满足他的要求。

她只是说道：“走吧。”

格伯低着头朝门口走去，仍然把那幅画紧握在手里。他跨过门槛，关上身后的门，在走廊里停下，试图平复激动的情绪，重新控制住自己。

这样的玩笑究竟是什么意思？

他不认为这真的是一个对未来的预言，多年前就已留在那里。有人最近闯入了巴尔迪的办公室，把这幅画贴在墙上，好让他看见，就像某种留言。

确实有人在试图把他逼疯。

然而，催眠师也明白，为了不完全失去理智，他没有别的选择。也许还有一种解释。但为了找到它，他必须回到他的顶楼诊所，必须忘记怨恨，必须进入一个长时间以来关闭的房间。

因为那幅画上也画了B先生。

41

他打开那扇房门，立即闻到了一股甜丝丝的胶水味，这胶水是用来把纸浆树林粘在一起的。孩子们痴迷于这种气味。他小时候也喜欢，但他从来没有向父亲透露过，因为实际上，他嫉妒父亲与他的同龄人建立的那种特殊关系，所以总是倾向于蔑视与B先生有关的一切。

但现在，格伯突然感到很怀念。尽管他至死都会生父亲的气，尽管他心中的愤怒从来没有消失。

他朝墙上的开关伸出手去，点亮布满星星的天花板，在这片星空下，催眠师父亲催眠他的小病人们，让他们躺在机织割绒地毯的草坪上，自己也躺在他们身边，一起凝视星光闪烁的宇宙，伴着《紧要的必需品》的欢乐音符入眠。

孩子们都会上当，他们永远会上当。

这种伪装中不存在任何诗意和浪漫的东西，只是那个想要进入他们头脑的魔术师构想出来的把戏。这种表演让彼得罗・格伯感到不安，因此他只为自己的办公室选择了一把简单的摇椅。

他按捺住内心纠缠纷乱的回忆和情感，立即走向那棵收存着B先生档案的猴面包树。他抓住藏在树皮中的球形把手，往自己的方向拉，打开了一只大柜子的隐形门板。

在他面前，几层架子上整齐地分类摆放着那些私人档案。

这些档案按年份细分，心理师立刻去找那些1999年的。为了保护病人的隐私，每一份档案的封面信息栏上都只标明了姓名的大写字母。

“A.D.V.。”格伯对自己重复道，回想着他在巴尔迪的办公室墙上发现的那幅画上的首字母签名。

他找到了自己搜寻的东西。看来，这幅令人不安的画的作者小时候曾在他父亲这里接受过治疗。档案里有四盘保存了治疗录音的磁带。

他决定听听那些录音。

他翻出B先生的旧随身听，把它带到人工草坪上。他坐在地上，戴上耳机，把第一盘磁带放入随身听中。当他感觉自己准备好的时候，他按下了播放键。

他辨认出了父亲带领小病人进入自己的精神深处的声音，心中有所触动。但最主要的是，他第一次听见了“故事叙述者”真实的声音，尽管在录音时他年仅十二岁。

在这些磁带上刻录着那个食人怪和男孩的故事。

但是，没有了尼科林作为媒介，这个故事听上去更加真实，也更加令人震惊。凭借着这些磁带，格伯通过主角生动的回忆重温了整件事——与他已经听过的差别不大。

噩梦的开端恰好在男孩学期的最后一天。侵入者出现在家中，让他叫他“叔叔”。关于他父母抛下他，开着露营车去度假的谎言。地下室那道关闭的门。消失后又重新出现的狗。由于林区看守人的错误而失败的逃跑计划。父亲那封荒唐的信，信里宣称他和母亲不会再回来了，所以从此刻起，男孩被托付给了那个陌生人。那张宝丽来相片，照片上是酒吧里的红发女人。那个不知道名字的女人和那个食人怪通过信件相识。他们意图组建家庭。她无法生养孩子。他们产生了一个疯狂的计划，想要把这个十二岁男孩带走，做他的父母。

你可以叫她妈妈。

听到第三盘磁带结尾时，格伯观察着他手中的最后一盘磁带，想象着它包含了事情的结局，尤其是，它可以解释，男孩是怎样战胜食人怪和他的同谋，从他们的魔爪中逃离的。

在把最后一盘磁带插入随身听前，他犹豫了几秒。他已经得出了结论，他完全处在“故事叙述者”想要他处于的境地。在那个阿尔巴尼亚男孩的母亲被找到后，在尼科林从“迷失的房间”中出来后，格伯似乎已不再有任何可能了解到事情的真相，尤其是无法探究到底，无法找出那个神秘的催眠师策划这样一件事的原因。然而，他的对手让他在巴尔迪的办公室里找到这幅画，出其不意地将他带回了比赛之中。

谁知道这是不是一开始就策划好的，一切都按照计划周密地进行着，心理师对自己说。现在他不会再对任何事感到惊讶了。

他开始听第四盘磁带。

“今天怎么样，曼格？”巴鲁先生用取自《丛林故事》的名字来称呼他的小病人们，孩子们喜欢这样，这有时也是为了保持录音的匿名性。格伯也会在一些特别微妙的案例中使用绰号。曼格是书里的那只蝙蝠。

“很好。”男孩给出了让人安心的答复，语气彬彬有礼。

“你在机构里交到朋友了吗？”这是格伯第一次听到那个地方：在其他的磁带上，它从来没有被提起过。他猜想那和尼科林被送进去的是同一个地方。

“还没有。”男孩回答道，有些沮丧。

“别担心，你不久就会习惯那里，会和你的同伴们相处得很好。”为什么把他送到那里去？心理师继续疑惑着。这与二十二年后那个阿尔巴尼亚男孩的遭遇如出一辙，相当令人生疑。1999年的那个十二岁男孩做了什么事而遭到监禁？

“如果你准备好了，我们就可以开始了……你觉得怎么样？”

“好的。”

B先生启动唱片机，播放起《紧要的必需品》，格伯等待着唱针被卡住的那一刻。当那一刻到来时，他似乎也感觉到男孩的呼吸放慢了。男孩陷入了恍惚状态。

“那么，曼格，上次你结束你的故事时，讲到照片里的那个女人正在来的路上，将要与你和那个陌生人会合。”

“是的。”男孩确认道，“食人怪正是这么告诉我的，还告诉我应该叫她‘妈妈’。”

“这件事真的发生了吗？宝丽来相片里的那个女人来到农舍，和你们一起生活了？”

小病人似乎激动了起来。

“别着急。”B先生安抚他，“你可以慢慢来，需要多长的时间都行……”

“地下室的门。”男孩不安地说。但他没再补充别的。

“地下室里有什么？”

在之前的治疗中，他们已经谈过这个话题，就像格伯和尼科林一样。但是，在这些二十二年前的磁带中，这个问题也依旧没有解决。也许揭开谜底的时刻到了。

“地下室里……”男孩重复道，但又中断了。“地下室里……”他无论如何努力，都无法继续说下去。他明显很痛苦。

“你到地下室里去了吗？”

沉默。

“如果你现在不愿意告诉我，也没有关系。”B先生安抚他，“我们一步一步来，好吗？”

但男孩继续道：“地下室里有……”

“很好，曼格，下面有什么？”

“煤油。”

42

爸爸在我们的地下室里储备了上千升煤油。他这么做是为冬天做准备。他趁价格最低的时候购入煤油，他这样对我解释。当时油槽车开过来，在农舍的地下室里卸下煤油。

我回想起那天，一条长长的红色管子从卡车里弯弯曲曲地延伸出来，插入地下室，管内汩汩作响。空气里有一种让人感觉刺鼻和头晕的气味。有时候它会让你恶心，但有时候它甚至很好闻。只需要适应它。

当我和开着爸爸的旧沃尔沃汽车的食人怪一起回家时，不知道为什么，这个场景不断浮现在我脑海里。在整段路程中，他不再提到我的逃跑，甚至一次也没有责备我。到家的时候，我本以为至少会受到一次惩罚，他却对我说："你一定累了，你昨晚肯定没有睡够。"

他说得对，但我不理解他为什么关心我。"我想去躺一会儿，谢谢。"我也不知道我为什么还要尽力对这个人保持尊敬。

也许我正在习惯他，就像那天习惯煤油的臭味一样。

我本应该洗个澡，但我累坏了。于是我穿着衣服就扑到了床上。反正不会再有人反对我这么做了。“你明白了吗，妈妈？”我一边把脑袋埋在枕头里，一边喊道，“你儿子真让人恶心，他不洗澡！我让人恶心，没人在乎！”

没人在乎。

这个简单的事实让我感到不安。迄今为止，一直是有人在乎我的。于是我开始哭泣。枕套被温热的泪水浸湿了。鼻涕从我的鼻子里流出来，我用手背擦干了，贝拉凑过来，开始舔我的手。我甚至没有力气赶它走。但实际上，这种痒痒的感觉很令人安心。

就这样，我忘记了一切，睡着了。

我醒来时还是白天。我感觉像睡了一个月。过去了多长时间？我的姿势和我睡着时一样，我坐起来，感到全身都疼：手臂、双腿、脖子、后背。一定是在森林里长时间步行的后果。我看了看时间，刚刚9点。我完全失去了知觉，但最后只睡了三个小时。

我感到喉咙干，于是起床去喝水。

我下了楼，遇见了食人怪，他也起得很早，正穿着他那件脏兮兮的牛仔工装坐在厨房的桌旁。现在我们仿佛在比赛谁身上更臭，但至少今天，我不会像通常那样被迫看着他只穿内裤的样子。奇怪的是，他正在翻阅妈妈的一本旧杂志，这本杂志只讲衣服、鞋子之类的东西。妈妈不是个追求时尚的人，她通常偏爱读小说，但有时候也喜欢用这类杂志消遣。我一直在想，她只是用那些杂志来想象另一种生活，没有我和爸爸的生活。我确信，她从来都不渴望那种生活。但有时候，通过幻想来逃离现实也很美好。我现在疑惑的是，食人怪为什么要读这种杂志。

“我想，我们可以送她一件礼物，你觉得怎么样？”

像往常一样，我没有立刻明白他想表达的意思。

“一件欢迎礼物，向她表示我们迫不及待地想见到她。”他继续道，不顾我疑问的目光。接着，他微笑着补充道：“你的新妈妈会为此感到非常高兴。”

宝丽来相片里的红发女人，我对自己说，惊讶于自己刚才竟没有想到。“她什么时候到？”我急忙问道。

“明天。”他宣布道。

我的天哪，真叫人片刻不得安宁！这个该死的故事什么时候才会结束？没有片刻的停息，事情越来越糟糕。现在又出了这档子事。一个陌生女人会来这儿，谁知道她想从我这里得到什么！

“我在看这本杂志，想从中找点灵感。”食人怪向我解释。

那本杂志中的东西对他来说都太贵了，尽管我确定他拿走了我父母的钱，我却无法想象他会去佛罗伦萨城里，走进一家精品店，买一个手提包或一双昂贵的鞋子。但我还是决定顺着他说。“我觉得这是个好主意，叔叔。”我肯定道，实际上我对此毫不在乎，只想戏弄他。

食人怪来了精神：“真的吗？”

“当然了，女人都疯狂地喜欢礼物。”我说，努力保持严肃的神情，“你已经选好她可能喜欢的东西了吗？”我问，让他以为我真的对此感兴趣。

他从椅子上一跃而起，眼中闪闪发光："来，我给你看看我找到的东西。"

我不知所措。这是什么意思？但这时我也很好奇。我跟在了他身后。

我们上了楼，他把我带到了我父母的房间，现在这已经是他的房间了。跨过门槛后，我无法相信面前的一切。

衣柜大开着，妈妈的衣服散落得到处都是。

他抓起一个挂着一件碎花连衣裙的衣架，展示给我看："我想到了这件，你觉得怎么样？"

我想告诉他，这件连衣裙是爸爸的礼物。妈妈会在夏天穿上它，搭配她祖母的绿松石耳环，参加村里的节庆。当她穿上它时，爸爸会在楼梯尽头等待，看着她走下来。尽管那件裙子没有任何变化，每一次她出现在楼梯顶端时，那个场面都很迷人。妈妈会对我们微笑，点头致意，摆出各种姿势。她会告诉我们，她很幸运能拥有"两位骑士"！我们会感到自己确实很重要，因为我们和如此美丽的她在一起。食人怪对这一切一无所知，我也不认为他会在乎。因此我保持沉默。

"怎么样？"他催促我。

我无法理解，这个浑蛋想要把我母亲的衣服送给一个我从未见过的女人。"你确定这是她的尺码吗？"我哽着喉咙问，希望他会因为这个疑虑而放弃。

"哎呀，"他说，就好像他从未考虑过这一点，"从她寄给我的照片上看不出来。"

"不太看得出。"我重复道。我想起来，食人怪说过，他们通过信件相识，所以从未见过面。“妈妈的胯部很宽。”我继续说道，“如果你暗示一个女人她太胖，她通常会很生气，尤其是，如果你是她的未婚夫的话。”

“这可不好。”他同意道。

我看得出，他马上要放弃了。有时候我觉得，他只是一个头脑幼稚的巨人。但接着，他突然灵光一闪。他把一只手伸进工装中间的大衣袋里，掏出一小叠拆开的、皱巴巴的信，一共六封。

“你帮我看一看，有没有哪个地方能看出她体重多少。”他说着，递给我三封信。

面对这样一个信任的举动，我目瞪口呆。我没有料到能读到这么私密的东西，尤其是，能有机会得知他的真名，因为我不认为那个红发女人会叫他“叔叔”。但在每一个信封上，只有一个姓名缩写和一个数字：C.P.9001。

也许这是他的姓名首字母，我对自己说，但我不明白那个数字有什么含义。接着，我抽出信纸，立刻看向抬头：“亲爱的小熊熊”。写信人的署名是：“小狗狗”。

肉麻得让我想吐。剩下的是一堆甜言蜜语，通篇都是笔误和语法错误。我的老师肯定会用蓝色铅笔在这些纸上标满记号。那女人向食人怪许诺永恒的爱，以及诸如此类的话。她对他说她想他，我疑惑这怎么可能，他们从来没有见过面。她喋喋不休地重复道，她迫不及待地想拥抱他，和他一起开始新的生活，甚至没有任何性暗示，在我看来就像一个小学女生写的东西：哪怕是中学生，都要比这直白得多。但最让我印象深刻的是，那女人坚持想要一个孩子。“遗憾的是，上帝不希望”她怀上她自己的孩子，而且她确信，人们永远不会让他们俩这样的漂泊者收养孩子，她便建议他们直接“弄一个”，因为“周围有很多不幸福的孩子”。无论是尚未断奶的孩子，还是已经长大一些的孩子，只要有一个孩子能让她付出爱意并得到回报，这就够了。她不认为这很奇怪。相反，她坚信这是一种善行。“因为我有很多尚待付出的爱意。”她宣称。她甚至不认为把一个孩子从他的亲生父母那里夺走是一件非常恶劣的事，也没有想过那个孩子大概会变得很不幸福。她相信，随着时间流逝，那个孩子会适应的。“因为我会做个好母亲。”她不断地重复道。她打定了主意要这么做。在最后一封信里，我发现了一句让我的血液都凝固了的话。

“我迫不及待地想要认识你为我们找到的儿子。”

信上正是这么写的。我反复阅读这句话，因为我无法相信。食人怪向我解释过他们的疯狂计划，但直到现在我才确信，我是这一切的根源。这一切都是因为我。妈妈和爸爸一开始根本与此无关，谁知道他们现在遭遇了什么。我有种负罪感，但我做错了什么？我什么坏事也没干。是他们选择了我。因此，那人可能已经除掉了我的父母，却没有像对待他们一样除掉我。

“很抱歉，里面没有任何关于她体重的描述。”我对食人怪说，把信还给他。

看起来，他查看的那几封信里也没有任何线索。于是他噘起嘴，就像一个需求没有被满足的孩子。

“但我认为那件碎花连衣裙还是不错的。”我宣称，反正我现在什么也不在乎了。

他再次激动起来：“那么你帮我再找一双漂亮的鞋子吧。”

几分钟后，我们凑齐了一套衣服。碎花连衣裙，白色低跟鞋，还有一个亮闪闪的黑色手提包。它们搭配起来并不协调，但食人怪似乎没发现这一点。他选择了那个手提包，仅仅是因为“它闪闪发亮”。他把所有东西拿进厨房，把挂着裙子的衣架挂在地下室门上的挂钩上，把鞋子放在下方。这天早上剩余的时间里，我的眼前一直是那条空荡荡的连衣裙。时不时地，一阵风从打开的窗户吹进来，让它飘动。

它就像一个幽灵。

我想起曾经穿着它的那个人，又想起不久后将会穿上它的那个人。看着另一个人把它穿在身上，我会作何感想？我想，恰恰在它挂着的那扇门后，在通往地下室的楼梯底部，我所有的疑问都能找到答案。

那扇门从来没有上锁，也没有钥匙。只有一个门把手。但我太胆怯了，没有去核实。

我回到自己的房间里，躺在床上，看着天花板，问我自己：我们为什么闻不到从地下室传来的臭味？但我也把这个问题当作理由。如果妈妈和爸爸真的在那下面，我们就该嗅到死尸的气味。但是贝拉总是回到那里，用爪子挠门，就像它嗅到了什么东西一样。在食人怪察觉到这一点，再次向我提议给它喂妈妈的安眠药之前，我总是把它从那里拉走。也许我应该再次把那些安眠药喂给他。全部喂给他。把它们混在食物里给他下药。但我担心这一次他会发觉。并不是因为他很狡猾。我一开始是这样认为的，但现在我明白了他很蠢。蠢人的机智在于怀疑，妈妈总是这么对我说。当蠢人不理解一件事的时候，他们会立刻变得多疑起来。因此，你可以捉弄他们，但只能在某个限度之内。过了那个限度，就无法再让他们改变主意，或者说服他们相信你是好意了。最糟糕的是，你永远不知道这种人能做出什么事，不知道他们对待某事的反应是什么。因此，在人类之中，蠢人是最危险的。

“你不能再靠近地下室门了。”我命令贝拉，它正坐在我的床边看着我，垂着脑袋，带着无辜的神情。

众所周知，狗的嗅觉很灵敏，尤其是金毛寻回犬。贝拉被什么东西吸引了？那下面只有煤油，我不断对自己说。但也许尸体浮在井里，尸臭仅仅是被煤油的臭味盖住了。我应该到地下室去，掀开活板门往里面看。但爸爸过去禁止我这么做。因为那气味可能会让我头晕，失去知觉。那样我就会窒息或者掉进去。这也许不是一个坏主意。但愿那样我就能结束那种令我的胃绞痛的恐惧了。求你了，上帝，让一切停止吧。也许不久后事情会变得更糟。

碎花连衣裙挂在门上飘动着。宝丽来相片里的那个红发女人正在来的路上。

从明天起就是二对一了。这不是个积极的前景。如果说我逃离现在这个处境的可能性很小，几小时后可能性就更小了。从前，妈妈和爸爸联合起来对付我的时候，我都无法应付，更不用说现在要应付一个疯子和他的女友了。

我没有胜算。

也许我的确应该去地下室，打开油井的活板门，躺在地板上，进入永恒的梦乡。当那个浑蛋找到我的尸体时，该有多难堪啊。在对她许下了那么多承诺后，“小熊熊”必须编些话来告诉他的“小狗狗”。

这时我停住了。我之前为什么没想到？礼物不是那条连衣裙，也不是那双鞋和那个包。礼物是我。因此他不能伤害我。

他不能。

我不是一个计谋大师，但我认为，这也许让我对他有某种优势，不是吗？

简而言之，他不能伤害我，但我可以伤害自己。如果我伤害了自己，他就会失去那个正要到来的女人的爱。

我越是这样想，就越是告诉自己，这是最好的办法。

我在房间里等待夜晚到来。接着，快7点半的时候，我下楼去给他做了晚餐。用肥肉煎的蛋，淋上番茄酱。妈妈告诉过我，肥肉可以给食物提味，就算煎的是爸爸的鞋子，也会非常美味。于是我把原料混合在煎锅里，毫不考虑分量。同时，妈妈从地下室门那里观察着我。因为，如果我用余光去看，那条连衣裙看上去就像是她。

我确信她赞同我正在做的事。

食人怪跨过门槛，盛着蛋的盘子已经端上桌了。当他出现在我面前时，模样不同了。他的脸刮得相当光洁，咧嘴笑时，露出歪歪扭扭的蛀坏的牙齿。

“我看起来怎么样？”他一边问我，一边用一只手抚摩脸颊。他甚至洗了澡，头发湿漉漉的，梳成偏分。他为了宝丽来相片里的红发女人梳洗打扮了。“我好好洗了个澡。”他对我说，接着睁大眼睛注视着晚餐，“看上去真棒。”他坐下来，大嚼鸡蛋和肥肉。他用叉子就像用铁锹，吃饭时狼吞虎咽。要是他被食物噎住就太好了。但我已经知道那不会发生了，某些好运从来不会降临到像我这样的人身上。当他吃完的时候，他背靠在椅背上，抬起头，摸着肚子，朝天空发出一声巨大的饱嗝声。“真好吃。”他感叹着。

我一言不发。

接着，食人怪站起身，拖着脚步朝沙发上那个他常坐的位置走去。当他看电视的时候，我把盘子放进水池里，仔细清洗它们。洗完盘子之后，我也清洁了炉子和大理石灶台。我把所有东西都擦干。我把贝拉带到门廊下，给它喂食。我拥抱它，给了它一个吻，接着，我把它留在那里，回到了厨房。我关上灯，坐在桌旁。我等待着。伴随着一部动画片的背景音，我观察着那个沉浸在屏幕画面里的男人，疑惑他脑子里在想些什么。与此同时，我已经做出了我的决定。

我知道不久后他又会饿。于是他会走进厨房，会开始翻找冰箱，想找点零食。

在此之前，我有的是时间。

当我准备好的时候，我站起来，走近地下室的门。我把脸埋进妈妈那件碎花连衣裙里，深深地吸气，希望闻到她的香气。衣服深处仍存有她的痕迹。我感到惊讶又感动。

接着，我抓住门把手，最终打开了那扇该死的门。

从地下室传来一阵像是呼吸的气息，闻起来更像湿气而非煤油。那下面没有光线，连一盏小灯也没有。但我还是走下了楼梯。如果我没有记错的话，共有二十来级阶梯。没有我料想的尸臭味。我本该随身带上爸爸的手电筒，但我宁愿摸黑来到这里，免得看见周围的东西。我不想知道周围有什么。我用双脚试探地板，找到了活板门。我弯下身，摸索出了活板门上的门闩，它就像一个小小的方向盘。我抓住它，转动它。一开始需要费些力气，但接着它就打开了。把门板拉起来并不容易。我用脚后跟撬动它，成功地让门板轻轻落在另一侧，没有让它撞击在石质地面上。任何响动都可能招来食人怪，这绝不能发生。

煤油的气味通过那个洞散发到地面上，像一个被困数个世纪的魔灵。那气味立刻在周围弥漫开，四处寻找着出口，想要逃到外面去。好吧，我对自己说。事情就该这样。

几分钟后，食人怪来到了楼梯顶部。

“孩子，你在下面吗？”他喊道，声音里带着一丝绝望。煤油的臭味蔓延至沙发，唤醒了他的知觉，把他吸引来了。

没人回答他。

“我告诉过你不要去地下室。”他发怒道，“孩子，你能听见我说话吗？”他走下楼梯，同时在咳嗽。“从这儿出来，我们离开这儿！”他在黑暗中喊道。

你再也不能让我害怕了，我用意念回应他，闭着眼睛一动不动。

他继续下楼，继续咳嗽，煤油的臭味挠着他的喉咙，进入他的肺里。“你做了什么啊，孩子？”他呜咽道，在黑暗里寻找我。但他找不到我。

如果你想了解真相，你就该来亲眼看看。

“你妈妈不会高兴的。”他说道，就好像我在乎似的，“你在伤害她，你知道吗？”

不，我首先会伤害你。我为此很高兴。

这时，他似乎鼓起了勇气，走到了楼梯底部，因为我听见他的脚步声变了：他正走在地下室的地板上，朝活板门走来。

我睁开眼睛。我知道时候到了。我从冰箱后跳了出来，在走上楼来到厨房之后，我一直藏在那里。这个陷阱起作用了。我走向地下室的门，尽可能用力地把门砰的一声关上。没有锁，也没有钥匙，我对自己重复道。

但黑暗足以把他困在下面。食人怪开始喊叫。

与此同时，我冲到外面，跑到贝拉身边，蹲到地上。我拥抱我的狗，看向屋里。逃跑是没用的，他已经向我证实了这没有效果，我吸取了这个教训。如果食人怪从那里出来，我就完了。尽管他不会碰我的一根头发，以免弄坏送给他的“小狗狗”的礼物，我必定还是会和他们两人共度余生。这相当于去死。

但地下室的门一直关着。

食人怪叫喊着发泄他的愤怒。他终于发怒了，我对自己说，想象着他在黑暗中四处寻找楼梯，想要回到地面上。

但他越是叫嚷，他的肺就越会充满毒气。也许吧。

这个疑惑折磨着我的内心，但如果我的计划奏效，“叔叔”不久后就会失去知觉。接着睡梦就会到来，真正的睡梦，他永远无法再从中醒来。

我藏在贝拉身后，紧紧抱着它。

时间一秒一秒地过去，我试图不去想食人怪，而是想到漂浮在油井里的妈妈和爸爸。当警察发现食人怪后，我应该让他们在那里寻找我的双亲。我恨他。恨意能帮助我远离恐惧。

思绪在一瞬间被扫走了。我感觉自己和贝拉一起从地面升起。我没有意识到爆炸声，因为那声音太响了。我唯一明白的事情是我在飞。

我在飞！

我没有感觉到任何痛苦。但当我伴着沉闷的扑通声落到地上时，我身体的骨头摔碎了，就像我体内是水晶一样。我弓起背，垂着头。我看见了。农舍原先所在的地方有一个洞，像一座小火山，火焰和浓烟喷发出来，升上一片绝美的星空。

我活着？我死了？我不知道。但我手里捧着我的狗的脑袋。它身体的其他部分不在了。我想要叫喊，但肺里吸不上气。大脑中止了运行。我只能告诉自己，当爆炸发生的时候，贝拉在我身前。

是它代替了我第一个受到冲击。

我扔掉它的脑袋，它却仍然注视着我。一阵持续的口哨声在我耳中作响。我的双臂和脸上火辣辣地痛。我看着自己。我赤身裸体，但身上粘着衣服的碎布，和皮肤混杂在一起，皮肤一块黑一块红，仿佛被剥去了外壳。

我无法闭上眼睛。我甚至无法叫喊。我唯一能做的事情是开始哭泣。

我对自己说，当宝丽来相片里的那个红发女人到达时，她什么也不会找到。

43

B先生刚开始对A.D.V.（又名曼格）进行唤醒步骤，彼得罗·格伯就中断了这段录音。

他已经听得够多了，感到心绪不宁。那场爆炸让他想起了农舍的废墟，那天在森林里，当他在黎明时分登上森林防火瞭望塔时，他望见了那片废墟。

是在那里发生的，他对自己说。

他认出了事发地点，这给整个故事增加了令人不安的成分，也使他卷入得更深。心理师意识到他仍然屏着呼吸。最终，他呼出了气，从紧张状态中解脱了出来。

他成功了，格伯告诉自己。那个男孩成功逃离了食人怪，并且杀死了他。

正像童话里发生的那样。只是这一切都是真实的。而且，故事结尾的叙述是如此生动，格伯有一瞬间觉得自己就身处其中。究竟发生了什么？他问自己。地下室里充满了煤油挥发出的毒气，只需要一个火星就能引发爆炸。鞋底在地面上的摩擦，衣服上残留的静电。

事情正是这样发生的，他不断重复道，与此同时，他回溯了一遍整件事，以防漏掉什么东西。一开始，他在黑色本子上做笔记，但接着，他在不知不觉间停下了，因为他过于沉浸在那个十二岁男孩在催眠状态下讲述的故事里。最后一条笔记是：

C.P.9001.

1999年的那个男孩以为，宝丽来相片里那个红发女人寄出的信封上写着食人怪的姓名首字母。他弄错了。

“邮政编码。”格伯重复道，回想起人们还在通过贴邮票的普通信件而不是电子邮件来通信的旧时代。那些信上没有地址，信件有时会落入一只金属箱子中。这种信箱有很多，每一只都标了序号，分布在城里的各个邮局里。任何人都可以租用一只信箱。那些居无定所的人、不希望被追踪到的人和想要保持匿名的人会使用它们。租用信箱的人会定期去收取信件，或者让人帮他们收取。除了持有信箱钥匙的人，任何人都无法打开信箱。

格伯在衣袋里翻找，取出那张照片。照片里的神秘女人看不清面孔，因为那部分已经被烧得无法辨认。是谁租用了9001号信箱来和她通信？儿童催眠师问自己。那个“叔叔”肯定已经死了，他的名字却仍然不为人知。然而，还有另一个使他烦恼的疑问。

A.D.V.为什么在B先生那里接受治疗？

他再一次想起，他没有在网站或者当时的本地报纸数字档案中找到关于这件事的任何报道。为什么这件事一直是个秘密？格伯确信这与父亲的干预有所关联，但他无法捕捉到这个关联。正当他准备合上档案，重新把它放回猴面包树中的时候，他发现了贴在封面后的一张小纸条。他撕下纸条，看见上面写着一条仅有一行的笔记。他惊得脸色苍白。

“他在说谎。”他低声读道，认出了B先生的笔迹。

44

那个食人怪和宝丽来相片里的红发女人意图拐走一个男孩，把他当作自己的儿子，这个计划也许看似疯狂，却是切实可行的。

许多人会认为这种计划并不真实，会反驳说，尽管那对情侣把A.D.V.困在远离外界的环境里，完完全全地保持与世隔绝，他们也有着风险：某个外人可能会察觉到这个反常的情况，被监禁的男孩也可能逃出去报警。当男孩接近长大成人时，第二种可能性肯定会慢慢增大。

但是，格伯知道，事情并不完全是这样。“情感囚禁综合征”的存在使得犯罪计划看似可行。因此，心理师为那个十二岁男孩的行为找到了合理的解释：那个男孩试图避免一种可怕的命运。

尤其是，与B先生不同，他相信男孩的故事。

“情感囚禁综合征”和所谓的“斯德哥尔摩综合征”很相

似，这个名称来自1973年在瑞典发现的第一个病例。当时，一个逃犯试图抢劫一家银行，劫持了三个女人和一个男人作为人质。警察将这座建筑包围了一百三十个小时，在这段时间内，被监禁的人质对劫持者产生了一种休戚与共的情感，尽管他们知道，他为了逃脱会毫不犹豫地伤害他们。这种情感体现在，在被解救出来之后，那四名人质甚至还为罪犯辩护，为他的大部分行为辩解。

精神病医生们认为，那些人的态度转变分为三个阶段。第一个阶段是否认危险，如果我无法逃离危险，那我就把它抹去。第二个阶段是习惯恐惧，因为精神无法长时间忍受焦虑，于是就会躲在一种完全虚假的正向情感中。实际上，人质最后甚至会爱上他们的劫持者。第三个阶段处于第二个阶段之后，顺从或接受新的心理状态，可以用一句格言来概括："我把我的狱卒变成我的拯救者。"

"情感囚禁综合征"以更阴险的方式产生作用，因为它不需要暴力，也不需要恐吓，就能达到目的。

受害者被爱胁迫着。

显然，这是一种病态的情感，完全是单向的，但随后有可能产生双向的情感。最著名的案例是娜塔莎·坎普什的案例，她在孩童时期失踪，八年后又凭空出现。她声称自己被一个男人囚禁，虽然在那段时间里，她多次遇到过逃跑的机会，但直到和绑架者发生了一次争吵后才逃了出来。回归自由后，她不愿意和原生家庭有联系。当囚禁她的人自杀后，她曾经的囚牢所在的房子被拍卖时，她甚至买下了那座房子。

格伯知道这类举动并不反常。这是因为，在监禁中度过几年之后，被绑架的受害者对外界产生了反感，因为外界似乎遗忘了他们。为了生存，在无意识间，他们与把他们从曾经的生活中带走的人联合了起来，尽管他们是被强行带走的。

接着，他们可能会产生一种新的印记。

一名“情感囚禁综合征”的受害者往往会变得和囚禁他的人极其相似。许多人观察到，娜塔莎·坎普什学到了拐走她的男人的一些体态，甚至学到了他说话的方式，即拖长词尾的腔调。

为了实现这个复杂的结果，并不总是需要强迫。举一个更普通的例子，格伯在被收养的孩子身上发现，在长大的过程中，他们之中的一些人会忘记自己的亲生父母。

虽然“故事叙述者”的童年很有可能是真实的，但在那个逃离了食人怪和宝丽来相片中红发女人的十二岁男孩的档案边缘，那条笔记还是引发了许多疑问。

他在说谎。

B先生不相信A.D.V.的故事的哪一部分呢？

为了弄清楚这一点，儿童哄睡师打了两通电话，约了一次见面。在大约晚上7点时，他离开了顶楼诊所，赶往约会地点。

45

在这个糟糕透顶的2月底，浓雾让佛罗伦萨看上去比平常更加阴森。建筑物的正面像尚未建成的大教堂，路灯仿佛蜃景，脚步声落在光亮的街道上，消散在白色的浓雾中，让人无法分辨它来自哪个方向，也无法分辨它是否真是人类的脚步声。

在黑暗的舞台上，阴影在此演出。

在这些阴影中，徘徊着一个人的影子，那个人能够歪曲任何人的意志，使之屈从于自己的目的。“故事叙述者”天性玩世不恭，诡计多端。这个近乎浪漫的称呼没有让格伯忘记他要对付的是一个怪物——他仗着自己的能力介入他人的精神，尤其是，这个篡夺者认为，他的这项权利来源于自己二十二年前的悲痛经历。

在历史中心区空无一人的街道上，唯一的安慰是炉火燃烧散发出的芳香。这一嗅觉记忆自儿童哄睡师孩提时就陪伴着他，现在它护送着他，一直到明斯特曼药房放下一半的金属卷帘门前。

在往日的那层夹楼里，佛罗伦萨催眠师兄弟会剩余的成员进行了一次特殊的聚会。

F先生在这个狭窄的空间里来回踱步，双臂背在身后。“究竟发生什么了？”看见格伯出现在石质楼梯的顶端，他警觉地问道。

他得知了Z先生的遭遇，所以感到不安，这很正常，格伯想。“正如我此前在电话里向你们透露的那样，我们面临着一个敌人的威胁，他用和我们同样的能力作为武器。”他宣告，“因此，我将要告诉你们的内容可能会让你们面临巨大的危险。”

“接着说。”R先生平静地鼓励道，他坐在写字桌旁，裹在一件驼色大衣里，牙间叼着一支雪茄，正在洗一副遗忘牌。

在接下来的一个小时里，心理师向两位催眠师简述情况，从八个月前那对阿尔巴尼亚母子的失踪开始，到“故事叙述者”年仅十二岁时的遭遇。他觉得自己什么也没有遗漏。尽管关于尼科林和米拉的故事章节已经有了一个积极的结果，格伯主要关注的是食人怪的故事，他觉得还是应该把整件事告知两位同行。

“就是因为这些事情，扎卡里亚·阿克尔被拘留了，菲利普被送进了医院？”F先生不安地问道。

“是的。”心理师承认道。“这是我的错。”他补充道，“所以，在揭露真相之前，我想让你们提高警惕。”

“你究竟想从我们这里得知什么？”R先生问。

“当我向巴尔迪揭发我发现的事时，她没有相信我，但我父亲在A.D.V.的档案里留下的笔记让我很惊讶。”

“我想，有人可以在催眠状态下说谎这件事让你很震惊。”F先生推测道。

“我认为这是不可能的。”格伯承认道，“我知道有病人会假装陷入恍惚状态，向治疗师讲述一个虚假的故事。他们这么做是为了满足自己成为故事主角的欲望，或者因为他们是自我中心主义者。通常，我们催眠师能够捕捉到假装的迹象，并且揭发他们。但这种操纵他人的天资是成年人独有的，我从来没有在小孩子身上发现过。”

“小孩子比你想象的能干得多。”R先生立刻否认道。

格伯意识到父亲的这位朋友知道某些事：“他跟你讲过这个病例？”

“是的。”对方确认道。“但你父亲从来没有向我透露过病人的名字。”他马上抢在格伯前面说道，免得他问起那串首字母A.D.V.代表着什么。

“他什么也没对我说过。”F先生抱怨道。

“我想我父亲是要求助于唯一的回溯催眠法专家。”格伯为他辩解道。再说，他当时也没有告知Z先生。“你知道些什么？”

“巴尔迪没有相信你，大概是因为她了解另一个故事。报纸和网上都没有关于这件事的痕迹，因为事情的真相与那个男孩讲述的相去甚远。”R先生继续道，“调查人员从未找到过那个故事的证据。当他们到达爆炸发生地时，面前只有一座被炸毁的农舍，以及一个十二岁的男孩，那男孩全身被烧伤，谈论着食人怪。”

“在爆炸事件发生的几天前，林区警队的一个林区看守人看见了一个男人和一个男孩，他本该至少确认那个陌生人的身份，那人向他自我介绍说是男孩的叔叔。”心理师反驳道。

“然而，林区看守人否认了这件事。”R先生继续道。

“如果他这么做只是为了掩盖自己的过错呢？实际上，他把被监禁的受害者交还给了绑架他的人。”格伯反驳道。

“你先试着把自己放在调查人员的位置上。”对方坚定地说，显得很自信，“在农舍里没有尸体的痕迹，既没有男孩父母的，也没有食人怪的。”

“可能是煤油燃起的火除去了所有的DNA痕迹。”格伯说。

“但是，仅仅几天后，他们就发现了那辆露营车，那家人本应该开着它去北欧度假：它位于一个荒废的山洞中，浸没在地下水里。”

心理师想，那个叔叔处理掉了那辆车。如果需要的话，这可以揭穿父母抛下儿子去度假的谎言。

“露营车上的指纹属于三个人：父亲、母亲和儿子。”R先生解释道，“在家庭轿车上也是这样。如果我没弄错的话，那是一辆旧沃尔沃汽车，仅仅因为爆炸才受损……如果存在一个陌生人，那就该有四组指纹，你不觉得吗？”

这怎么可能？格伯无法理解。

“的确，这个证据很明显与男孩的话冲突。”F先生也指出了这一点，他听得很认真。

“他们传唤你父亲是为了证实男孩在催眠状态下是否会重复同样的说法：因为其他的尝试都失败了，检方希望最终能得知真相。”

“男孩重复了同样的说法，但我父亲还是没有相信他……”

“但你父亲那样做是有原因的。”R先生断言道，语气庄重，“为什么男孩一开始就这么肯定他父母的尸体在地下室里？

他没有公开这么说，但在绑架者叮嘱他不要去地下室后，他就这么暗示了。他在整个故事里一直重复着这一点。”

确实如此，但格伯没有考虑到这一点。

“比如说，他为什么没有想过，他的父母仅仅是在地下室里被捆起来，堵住了嘴？他从来没有产生过疑问。假如是这种情况，他本可以帮助他们，然而他什么也没做。”R先生继续道，“因为男孩知道，这是唯一的答案。他一开始就知道地下室里只有两具死尸。”

心理师感到惊愕。但R先生还没有说完。

“也许爆炸确实是一起意外，也许他只想让他们因为从油井里散发出来的毒气窒息而死。但有可能，他通过他声称用在叔叔身上的计策把他们吸引到了地下室里：谈到食人怪想要送给他未婚妻的那条连衣裙时，男孩明确说过，他明白了自己才是要被送给那女人的‘礼物’。这件事也与他父母的情况相符：实际上他是他们的独生子，他们生命的赠礼。他们以为他处于危险中，于是冲到地下室里想要救他，而他把他们关在了里面。”

这种对事件的还原令人毛骨悚然。

“你父亲告诉我，直到那一刻，A.D.V.都从未显出特殊的精神错乱的迹象，也没有表现出古怪或暴力的态度。他并不腼腆或内向，也没有封闭在自己的世界里。亲戚、朋友和教师都把他描述为一个有教养的孩子，对人尊敬，能与任何人正常相处。”

“所以，这怎么可能呢？”彼得罗·格伯问，他仍然难以置信，“一个人需要怀有很深的仇恨，才能对自己的双亲做出这种事。”

“并非如此。”F先生插话反驳道，“作为临床催眠师，我可以告诉你，我经常遇见这样的病例：一个未成年人对某些情况做出过分的反应，而那些情况对成年人来说只是鸡毛蒜皮的小事。导火索可能是一句难以忍受的斥责，一次因为成绩不好发生的争吵，或者一个不公正的惩罚。”

“想想吧，彼得罗，哪一种情况更可能是真的：是存在一个可恶的食人怪，还是一个男孩做出杀死亲生父母这样可怕的行径？”R先生一边说着，一边从那副遗忘牌中抽出那张Malleus Animi牌，向他展示。

头脑之锤。

那个小个子无眼男人是唯一能够看见真相并结束游戏的人，格伯对自己说。迄今为止，他一直是一场骗局、一个幻象的受害者。他把一只手伸进博柏利风衣的衣袋里，掏出那张宝丽来相片，照片里红发女人的面孔被火焰抹去了。他意识到，这个画面传达出的意思是，这张照片在农舍的爆炸中幸免于难。它完完全全地脱险了。然而，根据一个简单的逻辑推理，如果照片和食人怪的其他东西一起待在那个水手包里，它就应该被烧毁。

我真是太傻了，催眠师对自己说，想到这也是一种欺骗他的方式。这个花招很简单，可他还是上当了。谁知道那个穿着白色背心在吧台前端着一杯啤酒祝酒的女人是谁。

无论您是否相信，世上仅存有两张魔鬼的照片。这是其中之一……它的真实名字毫不重要。但是，当魔鬼披上这个女人的外表时，你得叫它“妈妈”。

格伯撕碎了那张照片，把它扔掉了。

46

没有人愿意相信孩子们的故事。

B先生不是总这么说吗？他指责成年人常常无凭无据地怀疑孩子们，只是因为孩子们年纪小，就对他们产生偏见。但也许也存在一些例外。

因为有时候孩子们藏匿着令人毛骨悚然的真相。

像父亲一样，彼得罗·格伯现在坚信，那个关于食人怪的故事只不过是捏造的。那是一个男孩编造的错综复杂的谎言，他企图掩盖一个与他十二岁的年龄严重不符的行径。但尽管证据确凿，在长大的过程中，“故事叙述者”从不甘心被指为说谎者。

这就是他一开始的目的。他让格伯也体会了他亲身经历的感受。

当心理师声称有一个绑架者囚禁了米拉和尼科林八个月，并且催眠了尼科林，为的是让尼科林向格伯讲述他自己的故事时，阿妮塔·巴尔迪并不相信他的故事，心理师感觉自己受到了极大的羞辱。试图说服法官很困难，当他最终失败的时候，他感到无能为力。

彼得罗·格伯离开明斯特曼药房，准备在漫长的一天后步行回家。他想象着，在B先生让A.D.V.失去可信度，在所有人都把他父母的死归咎于他后，他的命运可能是怎样的。调查人员没有证据，但家庭内部的谋杀更可能是真相。无论如何，因为年纪太小，男孩不能受到控告。他肯定在尼科林也待过几天的拘留机构里待了很久，至少待到成年。

在二十二年后，一切都如镜像一般重演了。

尼科林也被怀疑杀死了自己的母亲。但接着，“故事叙述者”释放了那个女人，为了向调查人员表明他们错怪了孩子。这就是为什么他一开始也抓走了她，心理师对自己说。他想要向格伯表明，宪兵们的调查方法是漏洞百出的，他们的可靠性是值得怀疑的。

这个神秘的催眠师对他小时候不被信任的事情耿耿于怀。

你不能和任何人谈到我。你要把我将要说的话…… 听到底。你不能在外面寻找我。

他提出的这三个条件并不是为了保证自己不受惩罚或保持匿名。他的目的在于，当格伯决定揭露一切时，让格伯更加不可能取得他人的信任。他想要格伯完完全全地独自面对这个故事。

唯一的旁观者。唯一的审判者。

装在风衣衣袋里的手机振动了一下。他取出手机。是一条短信。

我在等你……

句末的省略号看起来既暗示着一种亲密的关系，也暗示着一种同谋关系。这些话就好像是在他耳边低声说出的一样，格伯感觉到一种怪异的柔情，介于不适和惊喜之间，仿佛得到了秘密的激励。因为这条短信来自他的前妻。

生日聚会，他对自己说，想起西尔维娅打电话告诉他菲利普和Z先生的遭遇时，向他提出了去四季酒店的邀请。

他看了看时间。快到11点了，也许她和朋友们的聚会已经接近尾声。那个喝香槟的惯例——她曾经独自保持了几年，又在订婚后决定与他分享——在他们离婚后已经失去了迷人的内涵，变成了某种世俗的东西。这是一个和朋友们见面的机会。自从他俩离婚后，他们就抛弃了他，站在她那一边。此外，他们也是在为他对待她的方式而指责他。要是看见他毫无预兆地出现，谁知道他们会怎么想。

不，最好还是不去。

他加快了脚步，只想好好洗个热水澡，长长地睡一觉。他走到圣母百花大教堂附近，沿着洗礼堂和大教堂前行，走进奥里奥洛大街。他看见一群修女和神父朝他迎面走来，他们有说有笑，就像共度了美好的一个晚上后回到旅馆的普通游客。从他们之间经过的时候，他看见了她。

汉娜·霍尔的身影映照在街对面一家服装店暗淡的玻璃橱窗上。她正注视着他。

格伯停下步伐，他突然感到着急，希望那些修女和神父快点走开，好让他看得更清楚些。但当他的视线终于没有被阻挡时，她已经不在了。

她去了哪里？

他环顾四周，寻找着她映在玻璃上的那个位置。但他无法分辨出来。

然而他确信那正是她。走样的黑色毛衣，扎成马尾的金发，苍白的皮肤，还有忧郁的表情。她目光中令人痛苦的美。

她和他在一年半前最后一次见到她时一模一样，这让他明白了那不可能真的是她。

格伯知道刚才发生了什么。在这个谜团背后没有什么心理游戏。这仅仅是因为怀念过去而产生的幻觉。

于是他意识到只有一种方法能赶走这个幻觉。他确实想要再次见到西尔维娅。

47

平蒂街上的这座豪华建筑始建于15世纪末。四季酒店拥有四公顷半的绿地面积，因此被列入“都市静谧之所”中，这些是城市建筑，因为被大花园环绕着，给人感觉就像在乡村里。在成为德拉·盖拉尔代斯卡家族的产业前（它仍然保留着这个名字），它曾经是美第奇家族的遗产。

彼得罗·格伯走进大门，立刻被文艺复兴时期的华丽包围着。他皱巴巴的风衣与雕像、大理石和高雅的陈设很不协调。但他毫不在意，径直走向中庭酒吧。他和西尔维娅曾经在那里约会，庆祝他们的结婚周年纪念日或其他特殊的日子。有时，仅仅是发生了什么好事，他们也会来这里。事实上，是她坚持要他们来这里的。如果不是因为前妻做着婚姻咨询师的工作，格伯是没钱来这里消费的。她肯定更有雄心，第一次来这里时，她才刚毕业，独自庆祝未来的成功，她很清楚她想要在自己的人生中获得什么。再说，她的病人们愿意为她的咨询付出大笔金钱——在这段时间里，她不得不倾听他们在婚姻中的怨言、背叛、失望与烦恼。

彼得罗·格伯走进宽敞的大厅，大厅里有一个休息室和一个树根吧台，吧台后有几十瓶名贵的烈性酒在闪闪发亮。他立刻认出了一些老熟人的面孔。他曾经与这些人共进晚餐或度假，在他离婚后，他们就从他的生活中消失了。比起他，他们更愿意和西尔维娅交往。他们立刻带着疑惑的目光转向他。他本想傲慢地告诉他们：是的，正是我。但他只是礼貌地微笑了一下。

直到不久之前，他都以为自己迟到了，客人们已经回家了。然而，他们还全都在这里。

他辨认出了背对着他跟人聊天的寿星，她穿着一件露出一半背部的晚礼服。他从她一手端着香槟，一手摆弄着长长的珍珠项链的从容姿态认出了她。但让他确认那是西尔维娅的是她脖子的弧度，那令人无法抗拒的小水湾——他所爱的这个女人只有在扎起头发的时候才会把这个部位露出来。

前妻的身边有一个男人。从他看她的眼神里，格伯猜想那就是讨人厌的卢卡，她的新男友，或者未婚夫，他不记得了。他朝他们走去，想要打个招呼，感谢她的邀请，然后离开，就像他一开始预期的那样。

正当他往前走时，西尔维娅最要好的女友谨慎地靠近她，对她说了些什么。她注意到了他，大概正在告诉西尔维娅他来这儿了。西尔维娅转过头来，格伯立即注意到了她的表情。她看上去很惊讶。

他对自己说，好了，我成功地打动她了。

西尔维娅请她的客人们原谅她的失陪，在他走到这一小群人身边前，朝他走过来。“彼得罗。”她迎接他道，语气犹豫。

显然，她没有告知任何客人她邀请了他，或者他有可能出现在这里。实际上，在场的人注意力都只集中在他们两人身上。就像过去一样，格伯想。“我没有带礼物来。”他道歉说，“我本想给你带些黄色郁金香，但我不知道这个时候上哪儿能找到。”

“彼得罗……”她支支吾吾，不知道该从何说起。她也垂下了头，仿佛在地板上寻找着词句。“发生什么了？”她最终问道，找不到更好的话可以说了。

他很疑惑，打量了一下自己的穿着：“我穿的衣服确实不够得体，但我知道你很看重，所以我还是来了。”

“我很看重？”

“我认为这是一个好机会，可以让大家看到我们能够保持体面。”

西尔维娅打量着他，接着朝他走近一步，低声对他说：“我不知道你为什么要以这种方式让我们所有人和你自己陷入尴尬。”她又继续道：“你以为你在证明什么？”

格伯一瞬间就明白了，她方才的反应不是惊喜，而是惊愕。他没有打动她，而是伤害了她。“那条短信。”他说道，试着为自己辩解。

“哪条短信？”她回应道，没有理解他指的是什么。

“还有那些通话……”他结结巴巴道。

“你在说什么？我们至少两个星期没通过电话了。”她说道，“再说，那和今天的事又有什么关系？”

两个星期？他们至少两个星期没通过电话是什么意思？格伯无法理清自己的思绪，让它们与新的现实相符。他注意到卢卡一直观察着他们，随时准备在西尔维娅需要时进行干预。但她做了个手势，让他明白一切都在她的掌控中。这种默契曾经是他们的特权之一，心理师想，他暂时忘记了现在发生的一切都说不通。他沉默着，但只是因为不知该如何为自己辩解。他感到一阵眩晕。

前妻把一只手放在他的手臂上。“彼得罗，你还好吗？”她担忧地问。

她安抚他的态度比周围刺痛他的目光更让他痛苦。西尔维娅这样对他说话，就像他是一个要人顺从的可怜疯子，这太糟糕了。

“我很好。”他向她保证道，但连他自己都不确信。“请你原谅我。”他对她说。“请你们原谅我。”他对大厅中沉默的众人，甚至对卢卡重复道。

于是他结束了这场可悲的闹剧，快速走向出口。但当他离开大厅的时候，他没有忽略她同情的目光，在过去的人生中，她曾是他的妻子。他想，没有什么比那些曾经爱过我们的人对我们感到失望更糟糕的了。

48

他这段时间以来是在和谁通话?

这个问题纠缠着他，但答案很简单，这是所有骗局中最简单的一个。在他的头脑里，“故事叙述者”的声音变成了西尔维娅的声音。仅此而已。

回到家里，格伯甚至没有脱下风衣，现在他坐在沙发上那个常坐的位置上，在黑暗里，面对着关掉的电视机。

一只手握着手机。

在通讯录里检查过十来次前妻的电话号码后，他最终不得不屈服于证据，不再去触碰手机。

那个号码不一样。

他是什么时候把号码换掉，用另一个号码替代了它的?毫无疑问，是他自己这么做的，但那是因为他的意志被欺骗，被僭越，被回避了。

儿童哄睡师被人哄睡了。

这是何时发生的？怎样发生的？他现在仍然受到那种黑暗力量的影响吗？他在不知不觉中还做了别的什么？他的内心还存有哪些其他指令，随时准备启动？这些疑问互相追逐着，他却无法让其中至少一个停下来，好集中精力去解决它。

“从头开始。”他想到了他总是对小病人们重复的这句格言。

镜子里的小女孩。

彼得罗·格伯第一次尝试进行催眠是在许多年前，他催眠了一个渴望最后一次见到爸爸的垂死的小女孩。B先生向他解释了怎样在小安布拉的想象中把他替换成她父亲。这个奇迹发生了：心理师在小女孩的精神中变成了她父亲的样子。于是，她能够与当时正处于千米高空中飞机上的那个男人交谈，尽管那个男人永远无法及时赶到。

一场完美的幻象。

那一次，格伯得到了一次关于“我们的头脑比我们的意识强大得多”——所有催眠术的学习者都接受过这样的教导——的实战演示，更获得了一次“头脑欺骗自身的能力”的体验。

每一次，当他看见西尔维娅的名字出现在手机屏幕上时，格伯的精神便自动用前妻的声音替代了通话者的声音。他自己并没有意识到这个替换。那只是对一个确切的命令做出的反应。

“故事叙述者”成功做到了，仅仅是因为，在“汉娜·霍尔案”之后，西尔维娅就成了格伯的弱点，成了他意识屏障的突破口。经由这个突破口，他的头脑中钻入了一个寄生虫般的念头，它开始建造一个舒适的巢穴，渐渐地取得了掌控。

我在等你……

你假装成她，能有多大乐趣？

那些天的争吵、紧张的关系与随之而来的和解，以及这段关系终于得以修复的希望——一年半以前，由于格伯对一个凭空出现的女病人产生了一时的迷恋，这段关系便破裂了。一切都是假的。更糟糕的是，为了让这场戏变得可信，他还用了他一生的回忆来给它润色。

你从我的头脑里窃取了多少东西？

然而，暂且不提西尔维娅，回顾一下他负责的这个案例，从发现插在苹果里的针线和第一次在游戏室见到尼科林那天起，格伯发觉自己的一些行为在某种程度上是被直觉引导的。

是被暗示的。

就好像某些答案和解决方法已经在他脑中，用某种秘密代码写了出来。毫无疑问，他跟随着一个剧本行动。他被一个邪恶的木偶师操纵了，也许现在仍然被操纵着。

他是怎样接收指令的？

他两只手按着太阳穴，希望制止像冲锋的骑兵一般突然到来的头痛。他真想躺到沙发上，抱着一只靠垫蜷缩起来，安安稳稳地睡上一觉。但他不能。

在解决掉那最后一个、最重要的谜题前，他不能。

他是否曾遇见过“故事叙述者”，却没有认出他，而后者利用这个机会催眠了他？不可能，他会立刻察觉到催眠术的技巧和把戏。像可怜的菲利普一样通过电话被催眠的可能性也被排除了：格伯的头脑训练有素，不会上这个当。

又一次，解决办法在于小安布拉。但格伯想起来，为了实施在小女孩身上试验过的那种魔咒，需要一面镜子。在自家客厅的黑暗中，他分辨出了用在他身上的镜子。

一面黑色的镜子。

看见自己在镜子表面的映像，他明白他的对手成功地强行打开了他的头脑。电视机的屏幕完美适用于这个目的。心理师的目光落在那台旧家用录像机上。

*我真傻。*指令就在他每晚观看的回忆录像里。

“故事叙述者”只需要进入公寓，把原先的录像带换成伪造的，在假录像带里，西尔维娅、马可和他们一家共同生活的画面中穿插着一些潜意识信息。

这不难做到。只需要一个易受影响的受试者。而格伯每天早晨离家之前都会进行自我催眠，以忘却他独自一人的事实，这样的他是完美的试验品。

他从沙发上起身，走近录像机。他俯身按下按钮，把录像带退出来。他把录像带拿在手里，注视着它。他本应该审查它，验证自己的理论。

但他害怕。

谁知道这段录像里还藏着什么东西。他不能冒险。于是他采取了唯一理智的做法：他打开外壳，平静地展开磁带。接着，他看着自己脚下的那卷带子。他把它从地上捡起来，扔进客厅的壁炉里。他从置物架上取了一支火柴，点燃，毫不犹豫地扔进那堆带子中，让它瞬间燃烧起来。

他转身背对那不停舞动的火焰，回到沙发上。他抓起丢在沙发上的手机，寻找假西尔维娅的电话号码。

是时候谈谈了，他对自己说。他确信他此时腾空了的头脑会认出“故事叙述者”真正的声音，他迫不及待地想要面对他。

他按下拨号键，开启通话。

我在这儿，他在内心宣告，准备认识那个向他提出了挑战，并最终击败了他的人。

手机回铃音在寂静中循环播放着。片刻后，电话接通了，但没有人说话。只能听见远处的一阵音乐声。最后的玩笑：一台旧电唱机，播放着《紧要的必需品》。

“真有趣。”儿童哄睡师评论道，“但我不相信幽灵。”

接着，电话那头的人挂断了电话。

49

看见他们从树林中冒出来时，格伯抬起一只手臂打招呼。

“我觉得这孩子爱好骑马。”养马人在远处议论道，“我们骑得很开心，对吗，马可？”

小男孩满意地点头同意。心理师注意到儿子还紧紧握着矮种马的缰绳。而养马人骑在一匹马雷玛[1]血统的模范老马上，正如她向他解释的那样，她骑着它陪伴游客散步，或者教小孩子骑马。

格伯等待了他们两个小时，在驯马场里四处转悠，享受着这个地方的宁静。考虑到漫长的秋季即将到来，他利用了最后几天的好天气。这段时间以来，他和马可相见的次数越来越频繁了。他去利沃尔诺看望他，向西尔维娅承诺他们每月会在佛罗伦萨的老房子里一起待上至少两个周末。父子俩仍然处于磨合阶段，但他们已经开始养成共同的习惯。格伯决定不时增添些新内容，比

1 Maremma，位于意大利托斯卡纳南部和拉齐奥西部的一片沼泽地，盛产马。

如马术课。这些仅限于他们二人之间的习惯有助于建立起一段新的关系。但是，不要逼得太紧。总而言之，截至目前，格伯觉得事情进展得还算顺利。

“怎么样，你喜欢吗？”他一边问男孩，一边帮助他下马。

“酷毙了！”马可高兴地喊道。

格伯不赞成不到四岁的孩子使用青少年流行语。但是，从另一方面说，这是他为没有持续监督儿子所受的教育付出的代价。无论如何，他还是很满意自己想到的这个主意，并且儿子玩得很开心：又一个可以佩在胸前的“好爸爸”勋章。

“现在我们把罗克和波尔迪诺带回到它们的马厩里。”养马人说，“我们给它们喂水喂食，刷洗一下它们，因为它们也一定很累了，有权利享受宠爱。”

“好的。”马可立刻同意道，很骄傲能被委以重任。

“我会教你用马刷，波尔迪诺下次就会记得你了。”

“真的吗？”小男孩不太相信地问。

“马总是会认出照料它们的人。”女人回答道。“结束之后，我们会美美地吃一顿茶点，吃烤饼，喝新鲜的井水。”她提议道。

马可欣喜若狂。

“我也有资格享用吗？”格伯问。

“到时候再说吧。”养马人回答道，挑了挑眉。

半小时后，结束了马厩里的任务，女人给他们准备了许诺的茶点，为他们端到户外，放在一棵大榆树下的木桌上，那桌子也许有一百多年的历史了。

马可抓起一块烤饼，在咬下去之前，他问父亲："我可以打电话给妈妈和卢卡，给他们讲今天的事吗？"

"当然。"他说着，把自己的手机递给他。他看着马可快乐地走向空地，一只手拿着油乎乎的点心，另一只手拿着手机。

格伯几乎已经接受了这个想法，即当他不在时，会有另一个男人代替他。实际上，在最初的不信任，甚至有点儿嫉妒之后，他明白了卢卡完全不是一个坏人。马可能在他身上找到一个参照点，这也许甚至是一件好事，因为自从西尔维娅正式与她的新男友或未婚夫同居，他们就一直生活在同一个屋檐下。格伯仍然不知道该怎么定义卢卡的身份。

"您有尼科的消息吗？"当他们单独在一起的时候，养马人问他。

心理师记得，自从夜里在森林中闲逛时找到那个男孩，女人一直很关心他。"很遗憾，没有。"他承认道。

"我四处打听了一下，人们说社会救助机构为他和他妈妈找到了一间房子，在卢科镇的一家咖啡馆楼上，也为她在这家咖啡馆里找了个工作。"

"这是很大的进步。"格伯评论道，"事实上，他们之前住在一辆菲亚特熊猫汽车里，过一天算一天。"

"母子俩重聚是很重要的。"女人说，"我只希望那男孩过得好。"

"我给您布置的那些练习做得怎么样了？"格伯问道，把话题转移到了她的身体状况上。

她叹了口气："我一直在做练习，但情况没怎么改变。"

"请您解释清楚一些。"

"好吧，我不再精确地在3点47分醒来了，也不再觉得我'不得不'每晚前往地狱谷遛狗了，但还是和往常一样失眠，并且不时会出现记忆的'空洞'。一瞬之前，我还在厨房里洗杯子或者在浴室里刷牙，一瞬之后，我就来到了马厩里，不知道自己是怎么来的。"

几个月以来，他试图让她摆脱"故事叙述者"在她头脑中植入的无意识指令留下的痕迹——正是基于这个催眠指令，她才看似偶然地在2月23日在地狱谷的树林里遇见了尼科林。

"马厩后什么也没有，但不知道为什么，我却总是回到那里。"女人焦虑地解释道，"这真的不是一种和年龄相关的疾病吗？"

"您的身体状况非常好。"心理师安慰她道。"我们会做几次催眠治疗。"他对她说，想显得自己确信能够解决问题。

实际上，他完全没有信心。

格伯也患有与观看那段该死的录像相关的毛病——偏头痛和小小的"记忆空洞"，就像养马人提到那些空白时所说的那样。那些空白是恍惚状态（即便很轻微）的典型后遗症。幸运的是，他不会从一个地方瞬移到另一个地方，而是会像陷入沉思一样停下手中的动作。这可能发生在他给手表上弦的时候，或者站在打开的衣柜前的时候，或者在冲澡的时候，或者在家门口把钥匙插入门里的时候。当他意识到这一点时，他会醒来。令人担忧的是，这些暂停持续的时间越来越长了，从几秒钟延长到了差不多一分钟。这很少发生，而且通常发生在晚上。实际上，他已经不再在日落之后开车了。如果他找不到办法从“故事叙述者”制造的催眠状态中完全醒来，他不知道接下来会发生什么。这些时间仿佛停止的间隔可能会延长至几小时，随着岁月流逝，甚至可能延长至几天。

他甚至没有向自己坦白这一点，但他害怕。

要打破这个魔咒，需要进一步的指令。一句话、一个词、一个声音、一次触碰，或者一种气味，让这个精神陷阱停止运作。当然，“故事叙述者”想要格伯为B先生的行径付出代价，因为二十二年前，他父亲没有相信那个关于食人怪的故事。因此，可能不存在任何方法能让他摆脱他深陷的这种魔咒。

尽管他认为不太有可能追溯到藏在A.D.V.这个缩写背后的身份，从2月起，彼得罗・格伯还是从未停止过寻找。他的调查几乎将半个世界的同行都卷进来了，他向他们发送了一条备忘录，里面描述了他搜寻之人的能力。鼓舞人心的是，在他们窄小的圈子里，一个具有如此才能的催眠师不会无人注意。然而，调查尚未得出期望的结果。

马可打完了电话，现在正在玩一根在附近捡到的小树枝，一面用它在地上画线，一面哼着歌。

“是时候回佛罗伦萨了。”格伯对养马人说，他看着儿子，注意到光线变化了，在这个9月的周末，太阳已经开始落山。

“我下周等你们来。”女人说道。

“是下下周。”他纠正道。

“你们也可以在这里待上一两晚，这儿有一个带浴室的空房间，是我丈夫为我们的孩子准备的，方便他们带着孙子来看我们。但他们不喜欢回到这里。所以，在我丈夫去世后，我想过把它变成提供住宿加早餐服务的客房，但我一直在推迟……说实话，我不希望家里有陌生人，但如果是你们就不一样了。”

心理师微笑：“感谢您的邀请，我们肯定会接受的。”

“太好了。”年迈的养马人高兴地说道。

格伯从他的杯子里喝了最后一口水，从桌旁站起身，想走过去告诉马可准备回家。正当他靠近的时候，他听见马可一直在哼歌。他远远地看见，儿子用树枝尖端在空地的尘土上画出了一些人像简笔画：一个小孩、一个女人和两个成年男人。他想象那两个男人代表着他和卢卡。*我至少还是这个家的一分子*，他安慰自己。离马可两步远时，男孩的声音听得更清楚了，他只哼唱着一个词。

“Mamae...mamae...mamae...”小男孩一遍遍地重复道。

格伯僵住了。这是尼科林在睡觉时呼唤母亲的方式。这发生在他们的最后一次治疗中。当时他依照Z先生的建议，试图和处于“迷失的房间”中的尼科林取得联系，给他服下安定，促使他在梦中说话。

他抓住马可的肩，强迫他转身面向他。“你从哪儿听来的这个词？”他有些粗暴地问。

小男孩惊恐地往后缩了缩。他看着格伯，不知道自己做错了什么事。

没有时间保持和善或者循循善诱了。格伯惊恐地想到，“故事叙述者”可能伤害了他的儿子，未经允许便进入了他的头脑，植入了一个敌对的念头，仅仅是为了继续打击他。“所以，”他粗暴地继续问道，“你从哪儿听来的？”

小男孩睁大盈满泪水的眼睛。他抬起手臂，伸出一只手指：“它写在马厩后面的墙上……”

格伯向他所指的方向看了片刻。“好吧。”他说道，平静下来，抚摩着儿子的头，“我马上就回来。”

当他绕着这座有着瓦盖屋顶和木质横梁的马厩走的时候，他的心跳得很厉害，但他还是很欣慰，没有人伤害马可。正如儿子所说，在宽敞的马厩后面——养马人刚才说过，她常常不知为何就走到了这里——墙上用印刷体写着一串大大的字母。这串字母被刻在石头上，事实上，在格伯脚下，有一个用旧的钻头被扔在草丛里。在一段时间里，那些字母被反复刻画过，为的是强调那唯一的词。

Mamae。

他的第一个念头是，在顶楼诊所里，当他们单独在一起时，尼科林秘密地说出过这个词。在那一刻，说话的是那个阿尔巴尼亚男孩，而不是那个二十二年前被食人怪监禁的十二岁男孩的分身。

那么，“故事叙述者”是怎么知道这个词的？

50

回到佛罗伦萨后，像他们约定的那样，他陪马可来到西尔维娅的事务所。小男孩对格伯那个周日下午对待他的方式有点儿愤恨，在车里，格伯试着道歉，但儿子显然像他母亲一样骄傲，他只能屈服。格伯不认为这是一个缺点，相反，他真想变得像他们一样。

“我们会再去驯马场的。”当他们在前妻面前告别时，他向儿子许诺道。

出乎意料地，小男孩伸出手臂环住了他的脖子。

“我觉得你看上去不错。”西尔维娅说，评价着他的外表。

实际上，在2月的那些事件后，他一直在努力规律用餐，穿干净衣服，早早上床睡觉。但那只是表象，因为“故事叙述者”对他造成的影响仍然存在于他体内。但他不能把这告诉这个他曾经爱过，已不再爱他的女人，以免唤起旧日的幽灵，尤其是“霍尔案”。

“谢谢。”他简短地回应道，向他们告别。

已经是晚上了，格伯没有回家，而是决定去一趟他的顶楼诊所。那个刻在墙上的词仍然在他脑中回响，他想要验证在几个月前，他是否偶然遗漏了什么东西。驯马场的马厩后面的词不是新近刻上的。那些被强调的字母和那个用旧的钻头表示，这串字母在一段时间中被反复刻画过。与3点47分准时醒来和总是想去地狱谷的冲动一样，这是“故事叙述者”引诱养马人做出的强迫行为。

只是，在那一刻之前，没有人注意到。

看起来，那个神秘的催眠师知道尼科林在格伯面前说出的那个词，那时他们没有和任何人在一起。不仅如此，他认为这是一个重要的要素。否则，他为什么命令那位老太太刻下这个词？也许这甚至是一个新的触发器。

那个词为什么如此重要？

儿童催眠师注意到了一种感觉，这种感觉一段时间以来一直折磨着他，尽管他无法给它起一个名字。那是一种不完整的感觉。尽管食人怪的故事以农舍的爆炸告终了，他还是觉得故事里缺少了什么东西。特别是，有一个问题纠缠着他。

为什么是现在？

“故事叙述者”为什么等待了二十二年，才从B先生开始下手，报复人们对他做的事？在此之前，他不能绑架和训练一个孩子吗，就像他对尼科林所做的那样？

这些疑问有上千种答案。比如，可能是那个神秘的催眠师觉得自己还没准备好，还不确信自己的能力达到了能实施这种计划的程度。或者，他试过拐走其他的孩子，但此前的尝试都失败了。

但格伯有一种感觉，尼科林及其母亲对他而言必不可少。

他来到诊所，甚至没有费心打开灯，他有手机的光线就够了。在他的扶手椅上坐下后，他开始在网上搜索阿尔巴尼亚语里的“妈妈”。他确认了那个词是mami。事实上，在巴尔迪给他看的尼科林和米拉母子重聚的视频里，男孩正是这样称呼她的。

那么mamae是什么？

阿尔巴尼亚语词典里不存在他搜索的这个词。他在谷歌上输入这个词，也没有出现任何让人满意的结果，除了唯一一个值得注意的词——这个词和那个神秘的词在外形上相似，但它是个葡萄牙语词。只不过在葡萄牙语里，它书写时带着一个奇怪的重音符号：Mamãe。

一个阿尔巴尼亚男孩为什么会用葡萄牙语称呼他的母亲？这说不通。

心理师起身去拿那个专用于记录尼科林案例的黑色笔记本，他把它放在档案柜中已经有一段时间了。他把笔记本带回他的座位，打开扶手椅旁的台灯，开始翻阅笔记本，寻找着什么东西，一个迹象或一个想法。在他自己的笔记中，他找不到任何值得注意或者被他忽略的东西。他在最后一页最后一行的那条笔记处停下了。

C.P.9001.

调查人员和B先生都认为，食人怪和神秘的红发女人只是A.D.V.幻想出来的产物，这是两个捏造出来的人物，为的是掩盖一个十二岁男孩伤害亲生父母的可怕罪行。从男孩的故事看，这对情侣通过信件相识，相互写信交流。特别是，“叔叔”通过信箱接收这位渴望成为母亲的未婚妻的信件。

那只信箱，格伯对自己说。

这是一个过于精确的细节，不会是捏造出来的。在此之前，格伯都没有充分考虑过这一点。二十二年前，宪兵和警察肯定核实过这只信箱是记在谁名下的，或者是谁租用的，心理师想。肯定没有查出任何与A.D.V.的说法相符的名字或结果。

但如果他们没有核实过呢？如果没有任何人查验过呢？

这个疑问令人烦恼地钻入了他的脑中。他确信存在着一种解释，负责验证事实的人不会漏掉这样一条过于明显的信息，B先生也不会把它漏掉。

然而，有什么东西在召唤着他亲自去查验。

51

在佛罗伦萨，可供租赁的信箱都标注着序号，它们集中在一个地方。

宏伟的邮政大楼位于城里的19世纪建筑区，那是佩利切利亚大街、波尔塔罗萨大街和达万扎蒂广场交汇处的一整座建筑。但是，彼得罗·格伯必须等到周一早上7点半才能去那里，找人帮他查询在遥远的1999年租用9001号信箱的人。心理师没有任何询问这种信息的权利，他打算依靠口才和一笔丰厚的小费。

他走进这座八角形建筑的大门，来到前厅，穹顶覆盖着马约里卡瓷砖，这里通往一楼的明亮走廊。格伯的脚步声在大理石地面上回响，在他的头顶上是用拉毛粉饰装饰的天花板。片刻后，他来到了一个宽敞的大厅，这里像一个文艺复兴时期的庭院，被柱廊包围着，上方是一个钢制结构，镶嵌着彩色玻璃，夏末清晨的明亮光线穿过玻璃，柔和地落在下方的每一个物体上。

接待公众的窗口就设在这里。但这时候，除了工作人员，只有他一个人。

格伯一向喜欢邮局。邮局给他一种整齐干净的感觉。这个看似静止的地方朝世界上的其他地方辐射出了成千上万条联系。无数的人生和故事以信件、包裹或电报的形式，以汇票和丰厚利息的形式，从这里经过。更不用说数百万游客源源不断地寄出的明信片了，这些明信片可以向朋友和亲戚表明，他们确实来过世人公认的最美的城市之一。

尤其是，在这座大楼里可以呼吸到一种古老而富有魅力的气息。

格伯环顾四周，因为他发觉自己在这里产生了一种奇怪的感觉，就像某种黑暗力量要求他来这里，就像一双无形的眼睛在观察着他。但这道目光的主人在远处。或者，尽管隔得很远，他也能在事情发生的那一刻就知道发生了什么。回形针从一个女人手中掉下来，撒落在地板上的声音。一名工作人员用舌头舔湿手指肚，翻动一摞表格的窸窣声。电脑键盘打字时的噼里啪啦声。盖戳时干脆而有节奏的咚咚声。

心理师在一张表格前停下，那上面标明了各个部门及相应的职能。他记下了路线的方向，沿着一条走廊前进。沿着一排科林斯柱子，他来到了一个带有一面高高的金属墙壁的大厅。

墙上密密麻麻地排布着像蜂箱一样的信箱。

许多信箱是打开的，表明无人租用，使得这个地方看起来像一个远古时代的考古遗迹。最高处的信箱要用梯子才能接近，每一只信箱都标注着编号。格伯立刻开始寻找他关心的那个号码。他用目光从左到右扫视着，同时无意识地微动嘴唇计数。但数到墙壁尽头的时候，他无比失望地发现最后一个数字是9000。

“这不可能。”他情不自禁地高声说道。这句惊讶的话在宽阔的大厅里回响着。

这在他看来像是第无数个玩笑。他的希望和他的耐心一样变得粉碎。他想要咒骂。他环顾四周，拦下了一名中年工作人员，对方正坐在办公桌前专心填着一张表格。

“不好意思。”他一边走近，一边说道，吸引对方的注意。

“您请讲。”工作人员回答道，从文件上抬起目光，摘下阅读时用的眼镜。

“所有的信箱都集中在这个大厅里了吗，还是有其他的信箱，可能分布在城里的其他邮局里？”

“据我所知，全都在这里。”

“我在找9001号。”于是他决定开门见山，说道，“但我没有找到。”

“实际上没有9001号。”工作人员向他确认道。

“它是被废弃了，还是怎么回事？”

“从来就没有过。”对方说。接着，他用钢笔指了指那些信箱：“一直以来都只有您眼前的这些。”

格伯再次转向那面金属墙壁。他叹了口气。他的努力都是徒劳。他真是天真得难以置信。二十二年前调查A.D.V.案件的人肯定来这里验证过那个男孩关于食人怪的话，肯定也得到了同样的答案——不存在什么9001号信箱，也不存在一个可以追溯的身份。因此，那个十二岁男孩确实像B先生宣称的那样说了谎。

“还是谢谢您。”他对工作人员说，告了别。于是他动身离开。他会回到顶楼诊所，会尽力忘记这个插曲，专注于治疗他的小病人们。

“但在20世纪90年代有一家婚介公司叫这个名字。”那人突然在他身后说道。

格伯停了下来，注视着他：“抱歉，您说什么？”

工作人员回想了片刻：“当时，佛罗伦萨对信箱有大量需求。所有人都知道只有9000只信箱可用，于是，一家婚介公司就取了‘9001号信箱’这个名字，博取知名度，仿佛是想说，还有另一种方式可以交换信息……尤其是和感情相关的信息。”

格伯无法相信。“非常感谢。”他仅仅这么说道，什么也没再补充就离开了。

52

“怎么会这样，这家婚介公司的老板在2003年停止经营之后，这个地方就没有再租出去？”格伯向那位抱着暹罗猫的女人问道，他们正走上波尔特诺维大街上那座灰色大楼的楼梯。

这座大楼的看门人六十岁，穿着印有花朵的粉色晨衣，唇间叼着一支香烟，卷发棒艰难地夹在一头蓬松的红发上，她扶着锻铁栏杆爬上楼梯：“这套公寓是一位去世多年的伯爵的遗产，继承人们还在互相打官司，在他们达成协议之前，没有人能碰这些房产。”

抱着猫的女人住在一楼，格伯仅仅用二十欧元就买通了她，让她允许他参观这座荒废的房子。格伯在一卷旧电话簿上找到了“C.P.9001”公司的地址，那电话簿是20世纪90年代的，仍然保存在他的诊所里。尽管有了互联网和手机，B先生还是固执地没有清除掉那些电话簿。在父亲去世后，他也不想扔掉那些东西：与伯爵的那些继承人不同，他不愿意再和父亲的东西扯上关系。

事实上，在来波尔特诺维大街的路上，格伯希望的是收集到有关那家公司经营活动的信息，而不是发现公司的所在地仍然完好无损。

“您能告诉我一些关于公司老板的事吗？”他们开始上楼梯的时候，他问道。

“我什么也不知道，只知道他们一夜之间消失了，留下了一大笔债，包括拖欠的好几个月房租。”女人说道。

“但您告诉我，他们的东西还在这里……”

“是的。”女人确认道，走到了四楼的楼梯平台，“他们什么也没带走，一切都保持着他们将近二十年前离开时的样子。”

门上仍然挂着一张招牌，上面是公司的名字，周围是红色的小爱心。

看门人在丝绸晨衣的衣袋里翻找，掏出一串沉重的钥匙。“请您抱着利洛。”她说着，把暹罗猫移交到他的怀里。

格伯接过猫，让她空出手来开锁。在开锁的短暂铿锵声后，女人开始推门。门上的合页阻力很强，门板刮着地面。心理师用一只肩膀抵着门框，帮助她开门。最终，他们成功把门打开了一条刚好容人通过的空隙。

一股发霉的灰尘和滞留的垃圾所产生的臭味扑面而来。屋内沉浸在黑暗里，从空隙里不太看得清楚。

格伯把猫还给她，准备从空隙里钻进门。

“您介意我不陪您进去吗？”这位六十岁的女人拦住他道，“我把染发蜡留在燃气灶上了。”

“没问题。”他对她说。实际上，如果他在查看时身边没有人，那就更好了。

看门人把钥匙交给了他：“您结束的时候，请把门关好，把钥匙放在门前的垫子上。”

“好的。”格伯向她保证，“感谢您的帮助。”

他等着她走下一段楼梯，然后走进了漆黑的房子。

53

他在墙壁上摸索，寻找开关。他找到了，但它没起作用。显然，没有灯光，因为多年以来没人再付电费了。百叶窗也都放下来了。有些没有完全放下来，从缝隙里透进来一束雾蒙蒙的光。

格伯让双眼适应这片微弱的光线。

这套公寓的中央是一条长长的走廊，从走廊分岔出数个房间。心理师穿过走廊，目光越过门槛投向房间里。大部分是办公室，里面有办公桌、电话和文具。旧电脑、传真机和打印机这些20世纪90年代的通信设备如今已经废弃不用了。这里的时间仿佛凝固了，等待着另一个人前来探索这个暂停的世界。

到处都是爱心和丘比特：海报上、窗玻璃和格子间隔板的贴纸上、小摆件上。还有一些带着公司商标的小玩意儿：便签、日程本、钥匙扣。格伯感到好奇，在一张桌子旁停下，拿起一支标着“C.P.9001”的钢笔，观察着它，看见它透明的上部包含着一种浓稠的液体，里面漂着银色的闪粉：如果斜着拿笔，笔尖朝下，那些闪粉会组成一个词“爱”（Love）。

他来到了一个什么样的地方？那些物件证实了一种已经消亡的，建立在爱情和媚俗之上的文明。

他跨进一个隔音房间的门，房间里有一台摄像机被放置在三脚架上，对准一个凳子，凳子后面是绿幕。格伯推测它用于拍摄征婚者的视频，通过这种方式，征婚者们向理想的伴侣展示自己，进行初步接触，也许这种初步接触会发展成真正的恋爱关系。

在一面墙边堆着数包尚未处理的信件。这是公司突然停止经营的后果之一，心理师对自己说。互联网的兴起对这家婚介公司的业务产生了原子弹爆炸一般的影响，也同样影响了数十名男女对寻找共度一生的伴侣的期望。看着这堆信件，格伯猜想这些写满了浪漫情话的信从未被拆开，因此，一颗颗孤独的心在徒劳的等待中日渐绝望。他觉得这一切很滑稽。但事实上，他拿这件事开玩笑，是想以此消除他走进这个地方时产生的不祥预感。

某种邪恶的东西栖身在这些房间中，在这些年里，它取代了所有的希望和爱的心跳。那个东西藏身在寂静中，它因为不被信任而心怀怨恨。

而它正等待着他。

他最终来到了他最感兴趣的房间门口。这是一个没有窗户的储藏室，里面放着几个铁皮文件柜。

带有婚庆公司客户姓名的档案。

格伯从衣袋里掏出手机，打开手机内置的手电筒。接着，他随意打开了一个抽屉。幸运的是，那些个人档案按时间顺序分开了。

他立刻寻找1999年的档案。

这一年收录在册的情侣有将近百人，被分在两个抽屉里。格伯抽出了所有的档案册，放在地面上，然后盘腿坐在地板上开始查阅。事实上，他不知道食人怪的名字和对其外貌的准确描述，也不知道宝丽来相片里的红发女人长什么样，他不知道该找些什么。他的方法实在是欠考虑。

翻阅的时候，他认为，如果这里面有证据表明“叔叔”真实存在，而不是一个杀死亲生父母的十二岁男孩的虚构，那么这证据隐藏得非常好。

格伯继续翻阅档案，扔掉已经读过的档案。通常，在第一页会有征婚者的照片，旁边是年龄、身高、体重和星座，接着是一段简短的个人介绍。第二页是征婚者填写的问卷，包括爱好、习惯和各种兴趣。心理师得出结论，在这种测试的基础上，婚介公司会根据看似捉摸不透的评判标准，把不同的单身人士的档案匹配在一起。

如果这种匹配得到了好结果，在最后的第四页上就会出现婚介对象的照片。

但是，并不是所有档案都能配成对，最后一页常常是空白的。他注意到，求助于婚介公司的男人数量比女人多得多，因此对他们中的不少人来说，这个尝试从一开始就注定了徒劳无功。

他在这里待了差不多半小时，打开了无数份档案，突然遇到一张熟悉的脸，他停下来仔细观察。

这是一个脖子粗壮的男人。胡子刮得干干净净，乌黑的头发梳成偏分，多毛的胸部从一件敞开领口的黄色衬衫里露出来。拍照的时候，他骄傲地露出两排歪歪扭扭的牙齿，部分牙齿缺失了或染黑了。从他微笑的方式看，他似乎不甚注重外表。像其他人一样，他为了征婚梳妆打扮过，想要展示出自己最好的样子。

“鲁道夫·佩里尼。”他读出名字。三十九岁。身高一米八二，体重90公斤。无业。摩羯座。是他，心理师对自己说，不知道这种确信从何而来。

就好像有人在他脑中播下了这个念头。

他立刻想到，这不是证据，这只是外界影响的结果。就像电话里西尔维娅的声音：“故事叙述者”在我的脑中印下了这张面孔，现在他想让我相信这就是那个恶贯满盈的“叔叔”。不，这一次我不会上当。

实际上，这与他从尼科林那里听来的故事没有任何关联，与调查人员对二十二年前农舍爆炸事件的调查也没有关联。

这只是又一个骗局。

那个“鲁道夫”可能是任何人，他可能不知道有人在利用他的面孔和身体证实一个旧谎言，一个长成大人的小杀人犯编造出来的谎言。

格伯正要合上档案时，突然感到好奇，想要看看最后一页上有什么内容，看看婚介公司会给这个档案的主人匹配什么样的伴侣。他快速翻过这薄薄的几页，发现面前是另一张红发女人的宝丽来相片。她也摆着姿势，想要找到一个丈夫。她在一个酒吧里，手里端着啤酒，身穿白色背心，凸显出她的身材。这张照片是在格伯撕碎扔掉的那张照片的前一秒或后一秒拍摄的，因为在这张照片里，那女人没有在祝酒，端着酒杯的手放了下来。

您相信魔鬼吗，医生？在治疗时，“故事叙述者”曾用尼科的声音说过。无论您是否相信，世上仅存有两张魔鬼的照片。这是其中之一……它的真实名字毫不重要。但是，当魔鬼披上这个女人的外表时，你得叫它“妈妈”。

面对档案里的这张宝丽来相片，彼得罗·格伯的第一个念头是，他找到了魔鬼的第二张照片。

但这一次，照片上的人脸没有被烧毁。

心理师感觉他的心跳漏了一拍。第二个划过脑海的念头是，1999年的那个男孩在食人怪的事上说了真话，这就是证明。第三个念头是，这个红发女人实现了她做母亲的愿望，尽管她不得不等上数年才能拥有一个完全属于自己的儿子。第四个念头是一个词。

Mamãe。

别名“米拉”的米尔芭娜·朱丽叶塔·拉齐现在有一头白色的短发，但她曾经是红发。食人怪对还是孩子的“故事叙述者”说，她没有生育能力，但非常渴望拥有一个家庭。

她下身有毛病，卵子和其他方面都有问题。

“叔叔”向A.D.V.保证说，随着时间流逝，他会习惯于拥有新的父母，忘记他真正的父母——他们抛下了他一个人，留他和“叔叔”在一起。那个女人正在来农舍和他们相聚的路上，她准备好了给予他这个年龄的男孩需要的所有爱意。

你可以叫她妈妈。

格伯曾经疑惑过，“故事叙述者”为什么等待了二十二年才实施自己的报复。现在他知道了。在这段时间里，他一直在寻找宝丽来相片里的红发女人。

最终，他找到了。

神秘催眠师在十二岁时逃脱的命运降临到了尼科林身上，无论他的真名是什么。他甚至不能肯定男孩和那个自称是他母亲的女人一样是阿尔巴尼亚人。相反，他很可能是葡萄牙人。但在“情感囚禁综合征”的作用下，他忘记了自己的真实国籍和真实身份。只有在睡梦中，他被强行带离的过去生活的残余才会浮现出来。

“Mamãe。”格伯重复道，意识到在把男孩交还给拐走他的女人这件事上，他也起到了作用。正像那个林区看守人对还是孩子的“故事叙述者”所做的那样，当男孩尝试逃跑的时候，他把他交还给了食人怪。

没有人愿意相信孩子们的故事。

八个月前，“故事叙述者”拐走男孩，不是为了向我讲述他的故事。他这么做是为了让我拯救男孩，彼得罗·格伯想道，他终于看清了整个计划。他还绑架了那个母亲，为的是让她受到应得的惩罚，但我们放她走了。我们没有意识到，这个小小的困难家庭藏着一个秘密。未成年人法院、社会救助机构，还有宪兵，全都没有注意到。连我也不明白。他却知道。

对所有人而言，他们只是两个过一天算一天的穷人。但是，在光天化日之下，正发生着一件可怕的罪行。这件罪行每天都在重复发生，持续了数年。

格伯突然从冰凉的地板上站起身来。也许还有办法阻止这件可怕的事。

54

养马人说过，社会救助机构把这对母子安置到了卢科。格伯开着路虎卫士，油门几乎踩到底，想要尽快赶到穆杰洛地区的那个镇子。

来到目的地后，他立刻开始寻找米拉工作的咖啡馆。在这样一个小地方能有多少咖啡馆？他询问一些路人是否认识那个女人，其中一人想起了她，向他指出了主干道尽头的那家咖啡馆。

到达之后，格伯只看见一道放下来的金属卷帘门，招牌上写着“暂停营业”。

但他回想起来，养马人说过，这对母子住在咖啡馆楼上。他绕着这座二层小楼转，寻找着入口。他找到了一道小门。在内部通话机上没有任何名字，但他还是坚持按响了。

没人给他开门。

被一阵突然的求知欲推动着，或许是走火入魔了，彼得罗·格伯开始捶门。街上空无一人，于是他决定在门锁的高度上猛踢几脚。

尝试过两次后，门被踢开了，露出一段楼梯。

心理师开始爬楼梯，一步爬上两级。同时他喊道："尼科！尼科！你在哪里？"

他的声音回响着，当他走到楼梯顶端时，眼前的凄凉景象令他不得不往后退去。厨房里的几把椅子或是扔在地上，或是堆在角落里，和一张摆满玻璃瓶和脏盘子的桌子放在一起。一个关掉电源的冰箱开着门，里面是空的，还散发出腐臭味。炉灶上结满油垢，洗碗池上只有一个水龙头，正在滴水。他走到旁边的房间，那是一个客厅，一张破旧的沙发摆在屏幕积满灰尘的电视机前。从没有窗户的浴室传来有故障的下水道汩汩的水流声。最后，在卧室里，衣柜里只剩下两只不同的衣架。还有两张床架，上面是两床裸露着的床垫。

他这时才想到，他们离开了。他只能屈从于这个明显的事实。然而更正确的说法是，他没能及时阻止他们。

他本该早点来这儿的。从这套公寓的状态来看，他迟了几个月。

格伯背靠着墙，感到晕头转向。他任由自己滑到地面上。他一动不动，努力喘过气来。B先生出现在他眼前。他曾指责父亲不相信那个二十二年前来到他面前的男孩的说法。父亲没有帮助那个小男孩，反而判处他永远承担发生在他身上的事情的后果，而那并非他的过错。

但我做得更糟，他想。我想要不惜一切代价解救出尼科林，为了证明自己比"故事叙述者"更强。

真相一直在他眼前。但他的自负让他没能看见真相。

儿童哄睡师再一次听见了当他向尼科林保证他会和米拉重聚时男孩发出的尖叫声。那尖叫声将永远纠缠着他。这是他判断失误的代价。困住了尼科林的“迷失的房间”并非在他脑中。那房间是整个世界。

55

那个8月的周日早晨，埃莉萨·马丁斯一大早就被笼罩着里斯本的热浪唤醒了。她的睡衣贴在背上，黑如鸦羽的头发被汗水浸湿。她朝透进了苍白阳光的百叶窗看去，猜想天空中布满了昏暗而纤薄的云翳。

在她身边，达里奥仰面沉睡着，嘴巴张开，一只小手抓着她从敞开的领口露出的一只乳房。尽管已经满三岁了，她的儿子还是没有摆脱对母乳的依赖，尤其是在晚上。埃莉萨的身体继续满足着他的需求。但实际上，她也自私地希望这种独有的联系再持续得久些。再说，小达里奥在世上只有她一个人。她也只有他一个人。然而，他们看上去如此不同。

小男孩有着一头金发和一双几近透明的眼睛。

埃莉萨缓缓起身，以免吵醒他。她检查了儿子穿着的蓝色裤衩和他身下的床单，确保它们是干的。至少她让他养成了不尿床的习惯，这样她便可以省下一大笔购买尿布的花销。

在离开房间前，她整理好了他周围的被子，因为她总是担心，儿子在睡梦中寻找她的拥抱时会掉到地板上。这种事从未发生过，但她只要想到就会担心。

她本想给他一个吻，但他睡得那么安详。她不情不愿放弃的这个吻撕扯着她的心。她知道这很荒谬，但只有一名母亲知道，抑制住一个哪怕再微小的爱的举动有多么痛苦。

掩好门之后，她去了洗手间。为了避免发出声响，她没有用水箱里的水冲马桶。她洗了脸和手，赤脚走到厨房。把头发扎成一束之后，她泡了一杯速溶咖啡，打开窗户让新鲜空气进来。她想起来，她应该把前一晚晾在阳台上的衣服收进来，否则那些已经定居在大楼庭院中的鸽子会用鸟粪把干净的衣服弄脏。

在那之前，她坐下来喝咖啡。与此同时，她向外面望去。

她从小就梦想着住在一套能看见美丽风光的顶楼公寓里，然而她看见的却是庭院里外层脱落的大楼外墙。在达里奥出生之前，他们就定居在了莫拉里亚街区的这套小公寓里。埃莉萨的父母与她断绝了一切关系，把她赶出了家门，因为他们不接受她与她腹中无辜小生命的父亲的关系。这个街区肯定不是养育儿子的最好地点，但那个发誓爱她，供养她和孩子的男人已经消失了。曾经，也许是她在幻想，那个五十岁的男人会抛下妻子和已经长大的三个孩子，和他的新家庭在一起。

怀着孩子又身无分文，埃莉萨·马丁斯不得不过上一种新的生活。

这不是她想象中二十二岁时的生活，但她为此不遗余力地付出。她把一套废弃的公寓收拾得整洁体面——这套公寓的前租客是个进了监狱的毒贩，她还找到了一份给一位律师做秘书的兼职。在她工作的时间里，达里奥会和一位女邻居在一起。但在其他时间里，他只属于她。尽管两人相依为命很艰难，但她的儿子是她从生活中想要得到的一切，她不需要别的。

每一次，当达里奥伸出双臂唤她Mamãe时，她都能确认这一点。

喝完咖啡后，埃莉萨把空杯子放在水池里，走到阳台上收衣服。她家周围的房子要么窗户紧闭，要么放下了百叶窗。除了在上空互相追逐的鸟儿，四周一片寂静。时间才7点，但在平时，这个时候已经能听见邻居的动静了。她想，在这个炎热非常的盛夏，所有人都趁着周日去了海边。她没钱去海边，但她肯定能找到和达里奥一起消遣时光的办法。比如去公园里游玩。他们可以乘电车，沿着布拉西利亚大道和港口，来到埃斯特雷拉花园，带上一些三明治在湖边吃午餐，湖里有达里奥很喜欢的天鹅和鸭子。她已经预先感受到了小男孩听到这个提议时的兴奋反应。幸运的是，她的儿子学会了为微小之事而高兴。然而，当她从晾衣夹上取下一件红色衬衫时，这个幸福的念头消散了，取而代之的是一幅不寻常的画面。在楼下空无一人的庭院里，四周环绕的柱子拖出长长的影子。

但是，埃莉萨可以发誓，她在其中一根柱子后面隐约看见了一个人的轮廓。

那人在那儿一动不动，她有一瞬间疑惑自己是否看错了。但接着，那身影动了。仿佛察觉到了她的目光，那身影往后退去，消失不见。

这幅画面让埃莉萨产生了一阵短暂而无法解释的不安。她没有深究原因，但为了在儿子醒来之前结束她的家务，她很快便忘记了那个人影。

像预料的一样，达里奥很高兴能去游玩。小男孩用短短几分钟吃完了早餐，10点时，两人已经做好了出门的准备。埃莉萨穿着一条橙色连衣裙和一双软木底的绳编凉鞋，达里奥穿着一条红色短裤、一双皮凉鞋和一件蓝白条纹背心。在出门前，母亲问他想不想随身带上他的一个玩具。

儿子选择了那个可以亮灯和发出声音的玩具手机。

“你确定要带这个吗？”她问他。她给他买了这个玩具手机，是为了当她在工作而把他交给女邻居的时候，他可以假装给她打电话，感觉到妈妈一直在他身边。

“是的。”小男孩回答道。

母亲没有回答，而是用带子把玩具手机系在儿童车上，拿起她的布包，包里装了一块用来铺在草地上的桌布，然后在身后关上了家门。在乘电车之前，他们必须经过街角的一家微型超市，去买做三明治所需的东西。他们运气很好，超市开着。埃莉萨本来对此几乎不抱希望。显然，她和儿子是仅有的顾客。

店主是一位七十岁的老先生，他站在柜台后面，一直放在身边的那台不可或缺的旧收音机调到了一个流行歌曲频道。老人对达里奥一直很亲切，不时会送给他一根棒棒糖。不过，埃莉萨不喜欢他对小男孩说话的方式，他的语气里总是透露出同情的意味。她明白，达里奥相对于同龄人而言发育有点儿滞后，但这不代表某些人的态度是可取的。达里奥会弥补这个差距，会长成一个很棒的小伙子，她对此很确信。

几分钟后，埃莉萨拿了三明治面包和做馅料的烤火腿和奶酪片，在入口处没有提供小推车，于是她临时把东西塞进布包里。当她朝收银台走去时，她想起了蛋黄酱，因为达里奥讨厌过干的面包。调味品放在隔了两条过道的地方，为了加快速度，她把达里奥独自留在通道处，走过去拿蛋黄酱。

“我马上回来。”她说道，为了让他安心。

她没花多久就找到了正确的货架。当她检查罐子上的价格，寻找最便宜的牌子时，她被达里奥的笑声分了心，他的笑声夹杂在从打开的收音机里传出的一首阿玛利娅·罗德里格斯[1]的老法朵[2]歌曲里。她困惑地停住了。

是谁在逗她的儿子发笑?

她以为那是微型超市的店主，但抬起视线时，她隐约看见他仍然坐在自己的位置上。于是，埃莉萨随手抓起一瓶蛋黄酱，立刻回到小男孩身边，以为会看见他和某位刚刚进店的顾客在一起。

但达里奥独自一人。

她不自在地环顾四周。“亲爱的，刚才有人和你在一起吗?”她微笑着问儿子，让这个问题听上去不像一句指责。

“我的玩具手机掉到了地上，一位女士捡起来还给了我。”他解释道，向她展示了回到自己手里的玩具手机作为证据。“我

1 Amália Rodrigues（1920—1999），葡萄牙著名女歌手、女演员。

2 Fado，一种葡萄牙民间音乐。

因为你还没回来有点儿难过，她就挠了我痒痒。但现在她已经走了。”他说着，指着那位陌生女人离开的方向。

埃莉萨朝过道尽头走去，想要感谢她，也想要看看和她儿子说过话的陌生女人是谁。但当她转过拐角时，她没有看见任何“女士”。她往前走去，在走道间寻找她，但走道中空无一人。

她回到达里奥身边，注意到一扇通向小超市后部的员工通道门虚掩着。

埃莉萨·马丁斯推测，那个和她儿子说过话的女人是个小偷，她从侧门潜了进来，粗心地让门开着。考虑到她对达里奥很友好，帮他从地板上捡起了他最喜欢的玩具，又是个和埃莉萨一样有时候没钱买食物的可怜人，埃莉萨决定什么也不告诉店主。

当母子俩最终到达埃斯特雷拉花园时，差不多11点了，气温已经升高了许多。每一次来到这座宽广的公园时，埃莉萨都会回想起她小时候，祖父会带她去看派瓦·拉波索的那头老狮子，那头狮子被关在佩德罗·阿尔瓦雷斯·卡布拉尔大道入口处的一只笼子里。如果她集中注意力，在多年之后，她仍然能感觉到她的小手被握在她身边那个善良男人的手中。她的祖父身上有古龙水和发油的香气。但是，正像那头老狮子一样，他在她来得及让他认识达里奥之前就去世了。

花园里人很少。那些人肯定是从城里的各个地方来的，为的是在这个闷热的日子里寻找一个清凉之处。埃莉萨推着儿童车沿着林荫道走，时不时地，她不得不停下来整理布包的带子，因为它不断地从她肩上滑下来。他们经过音乐凉亭，那是一座铸铁建成的凉亭，在夏季的某些夜晚，小交响乐队会在这里开音乐会。他们又经过赛马场，它此刻是关闭的。

母子俩向湖边走去。

经过一处小喷泉时，埃莉萨往一只从家里带来的空瓶子里灌满了水，把手浸湿，抚摸达里奥晒热了的后颈，小男孩对这阵意外的冰凉的爱抚表示抗议。

他们选择了一棵百年树龄的悬铃木下的树荫。在把儿子从儿童车里抱出来后，她看着他在树木间快乐地奔跑。同时，她把桌布铺在草地上，开始用火腿、奶酪片和蛋黄酱做三明治，因为午餐时间很快就要到了。

他们吃光了带来的所有食物，喝光了所有的水。他们把一些面包屑送给了那些被食物吸引靠近的鸭子和天鹅。

这天上午剩余的时光过得很快，下午时，他们在草地上紧挨着对方睡着了。当他们醒来时，刚过下午4点。四周一个人也没有，空气仿佛静止了，如果没有蝉鸣声，埃莉萨甚至会怀疑时间在漫长而静默的一瞬间停止了。

“看，妈妈！”达里奥说道，指向草地上离他们十来米远的某样东西。

那是一只蓝色的皮球，值不了多少钱的那种。有人把它遗忘在了那里。

“我可以玩它吗？”小男孩问。

埃莉萨环顾四周，想看看把球留在那里的人是否还在附近，好把他弄丢的球还给他。但她没看见任何人。“我们一起玩。”于是她宣布，起身穿上凉鞋，“我向你发起挑战。”

因为缺少同伴，尤其是缺少一个陪伴达里奥的男性伙伴，她有时不得不尝试做一些她总是看见父亲会带儿子做的事，比如踢球，时不时地扮演这个或那个著名球员。

埃莉萨·马丁斯从未感觉自己不如男人，实际上，她在很多事情上都证明了她比那个让她怀了孕又逃跑了的懦夫更强。那人现在大概在塞图巴尔的别墅游泳池里享受这个晴朗的日子。但作为母亲，她也明白，儿子大概更愿意和父亲一起活动。

幸运的是，达里奥年纪太小，还不明白这种区别。但有一天她发现他在用玩具手机给想象中的爸爸打电话。

“那么，你准备好了吗？”她问儿子，站到两棵树之间，“我来当杰出的守门员维托尔·拜亚，你想当谁？”

“克里斯蒂亚诺·罗纳尔多。”达里奥不假思索地回答道，他把玩具手机装进红色短裤背面的裤兜里。

埃莉萨正要告诉他，至少在比赛的时间里，他应该和玩具手机分开，但这一次她没有像母亲一样说教，没有向他提出这个建议。

小男孩踢球时不太协调，球常常被踢到想象中的球门之外。但他用尽全力去踢。他一绺一绺的金发滴着汗水。尽管筋疲力尽，他喜悦的笑容却表明他一点儿也不想停下。

埃莉萨·马丁斯在心里感谢和祝福把这个廉价的皮球留在这里的人，无论那人是谁，因为她很久没有看见儿子这般快乐了。

“克里斯蒂亚诺·罗纳尔多”准备主罚点球，以此决定埃斯特雷拉花园杯的胜利归属。埃莉萨注视着达里奥把球放定，开始一段长长的助跑。显而易见，无论球被踢向哪个方向，“维托尔·拜亚”都会让它进入球门。

达里奥突然加速，朝蓝色的皮球奔去。他抬起右脚，用脚尖踢中了球。球飞起来，以一道优雅而精准的抛物线飞向埃莉萨的左侧。她伸出手臂，装出努力扑救的样子，但哪怕她是认真尝试的，她也不会成功，这使得她满心自豪，因为她的儿子刚刚展示了一脚完美的射门。

达里奥开始欢呼雀跃，喊道："球进了！！！"她也模仿着他的样子为他喝彩。

当两人结束庆祝后，她回过头，看见球落在了离她五六米远的地方，离湖岸很近。她走过去捡球。走过那短短的一段路时，她想，这真是美好的一天，也许她会永远记住这天，她和达里奥在很长一段时间里还会谈起这天，也许在他长大成人，她垂垂老矣的时候也会谈起。捡起蓝色的球后，埃莉萨·马丁斯一边往回走，一边向儿子提问道："你想不想……"但那句话消散在了她的喉咙里，她立刻忘记了自己正要问他什么。

达里奥不见了。

"达里奥！"她高声呼唤他。没有回应。"达里奥！"她再次喊道。但这一次也没有任何回应。

他能去哪里？

她往回走，开始寻找儿子，但她周围只有一片点缀着树木的开阔绿地。她感到不对劲，他竟能如此快速地走远，让她看不见他。她背对着他有多久？十秒钟？

"好吧，你赢了。"她说，以为他藏在了某棵树干后，但绝望的情绪悄然从她心中升起。

小男孩没有从树干后冒出来。

“如果这是一个玩笑，这可不好笑。”她说道，但她听起来并不严厉，这句话说出来时带着焦急的尖厉语调，她的焦急马上就要变为恐惧。

他从来没有做过这种事，她一边巡查四周，一边对自己说。我的达里奥从来没有过这样的举动。他是个听话的孩子。

唯一的解释是，地面以某种方式把他吸进去了。于是，她假设发生了一个意外，开始检查草地，确信能够找到一个打开了的活板门或者下水道盖子。然而草地上没有这些东西。

“达里奥！”她用尽全力喊道，再次朝湖边走去，担心儿子落进了湖里。与此同时，泪水从她的眼眶中溢出，她感觉自己失去了力气。

她对自己说，这不是真的，这没有真正发生，尤其是，这没有发生在我身上。

在某一瞬间，她觉得在这一刻之前，她只是在想象自己是一个漂亮的金发男孩的母亲，男孩三岁，名叫达里奥。因为她眼前的现实比她一直以来都在发疯的可能性更加糟糕。但埃莉萨·马丁斯清楚，她不会这么容易就找到一个能安慰到自己的理由。尽管她无法预知未来，她也立刻明白了，她的痛苦才刚刚开始。

当朝她袭来的惊恐夺走她的呼吸和她活下去的愿望时，她突然想起了今早她家楼下庭院里的身影和微型超市里的神秘女人。于是她低头看向那个蓝色的皮球，她仍然荒唐地把它抓在手里。

那个把球留在那里的人，一定是有意为之的。那人把它带到埃斯特雷拉花园里，正是为了达里奥。

埃莉萨·马丁斯仿佛在一瞬间变老，走完了她余生的年头，她明白，是谁带走了她的儿子和他的玩具手机。

因为那个蓝色的皮球是魔鬼的礼物。

年轻的母亲还没有意识到，但她很快就会明白，儿子失踪要比儿子死去糟糕得多。因为至少可以确定，没人可以伤害已经死去的人。

她也不知道，此刻最艰难的事情是推着一辆空荡荡的儿童车独自回到莫拉里亚的小公寓里。一个凭空消失的儿子将会判处她在一个失忆的家中度过余生。

过去的记忆令人痛苦。未来的记忆毫无意义。

她从吉利咖啡馆的玻璃后看着他从街上经过。他像往常一样头发凌乱，步履匆匆，穿着皱巴巴的博柏利风衣。他沉浸在自己的思绪里，如此心不在焉，几乎没有注意到周围的世界。

也没有注意到她。

汉娜·霍尔已经知道，彼得罗·格伯会不时进入她的视野。她点了一杯卡布奇诺，坐在一张小桌旁等待着他。她从2月起就回到了佛罗伦萨，但还没有找到出现在他面前的勇气。一年半以前，她留下了太多悬而未决的事情，太多未经探索的情感。在那段时间里，她多次问过自己，她真实的感受是怎样的。尤其是，他是否也有同样的感受。

她在他最需要她，需要答案的时刻消失了。

但她不愿意以这种方式继续下去，她问自己是否应该完全放下他们二人对彼此产生的感觉。在她向他揭露真相之后，不能这样继续下去。

在幽灵之家事件后，不能这样继续下去……

她明白自己打乱了他的生活，让他的婚姻烟消云散，让他的家庭支离破碎。但她还能怎么做？也许她本应该永远保守这个秘密，但他与B先生之间还有没算清的账，因为他父亲在他小时候曾对他说过谎。

故事永远不应该中断，汉娜·霍尔总这样对自己说。如果中断了，它们就会在我们脚下的影子中潜行。它们会发炎。没有讲完的故事会随着时间流逝而产生毒性。它们会毒害一切。

但她没有预见到，向他讲述关于他们共有的过去的故事，会使他们爱上彼此。她恰恰没有预见到这一点。

于是她回来了，为了弄明白那方面的事情，把话讲清楚。她订了一个酒店房间，告诉自己要等到合适的时机，不要勉强。如果她没有产生那种感觉，她就会离开，而他永远不会知道。

再次见到他会对她产生什么影响？

一开始，她满足于远远地看着他。第一次看见他走在去诊所的路上时，她感到迷惘。突然间，她好像耗尽了所有的力量。不知不觉地，她开始哭起来。她感到幸福。但是，当她内心的声音告诉她去与他见面时，发生了一件事。她在他身上注意到了一个变化。这个变化毫无预兆地发生，与一个新病人到来的时间相吻合。

新病人穿着一件白色的制服，手腕上戴着手铐，身穿制服的警卫护送着他。是一个男孩。

从那时起，彼得罗·格伯就变了，他越来越不安，焦虑和担忧。她试图弄明白发生了什么。她想过靠近他，问他出了什么事。但接着，在无数的内心冲突下，她放弃了，重新回到了阴影里。但有天晚上，在圣母百花大教堂附近，他注意到了她。

他们的视线在一扇玻璃橱窗映出的影像中交汇了。

一小群神父和修女碰巧经过，避免了他们的相遇，在他意识到刚刚偶然发生的事情之前，汉娜便消失了。

故事永远不应该中断，汉娜·霍尔再次对自己重复道。但阻止她现身的还有另一个原因。

她不是唯一跟踪彼得罗·格伯的人。还有一个男人。

她是偶然发现他的。在至少三个不同的场合遇见他之后，她对自己说，这不可能仅仅是一个巧合。并且，她和那个陌生人一定有某种共同的目的。

儿童哄睡师。

那个神秘男人身着优雅的西装，一向无可挑剔。他也许只是试图让人们不去注意他身上的旧伤疤，那些伤疤完全覆盖了他的双手、脖子和部分脸庞。烧伤，汉娜立刻想到。就好像多年前，他从一场火灾或爆炸中逃了出来。

实际上，当格伯走在路上，从他身边经过，或者赶往某个地方的时候，也遇见过他数十次。格伯在不同的场合遇见他，却没有认出他，也没有疑惑出现在面前的陌生人是谁。但接着，汉娜明白了，那人这么做并非为了消遣。

那个带有伤疤的男人似乎找到了某种办法，把自己从心理师的视野中永远地消除了。

但汉娜注意到了他。

现在她也在观察他，而他并不知道。他坐在离她两张桌子远的地方，同样忙于观察从吉利咖啡馆外经过的格伯。

汉娜决定利用自己不引人注目的优势来查探他是谁，正像他悄悄跟踪彼得罗·格伯一样。目前，她唯一掌握的信息是他的姓名首字母，那几个字母绣在那人完美熨烫过的衬衫上。

A.D.V.。

他有一个癖好，就是摆弄一张奇怪的纸牌。当他沉思的时候，会在手指间翻动那张牌，像魔术师一样。

一个没有眼睛的小个子男人，观赏着一片星空。

格伯转过街角，像往常一样浑然不觉。看完了这个场面，陌生人站起身，往桌上扔下一张二十欧元的钞票，用于支付他在这段时间里的消费。朝咖啡馆的出口走去时，他从汉娜·霍尔的面前经过。她将目光落到空了的卡布奇诺杯子上，用手捧着杯子，假装在喝。

他甚至不屑于看她一眼。

她不知道将会发生什么，也不知道她怎么做才是对的。她只知道一件事。

故事永远不应该中断，她最后一次对自己说道。

作者注

故事中出现的催眠手法是在治疗中真实使用的，产生的效果与描述的完全相同。在为小说进行的研究中，我受益于R.V.医生和G.F.医生的贡献和帮助（因为他们的明确要求，我只引用他们的姓名首字母）。得益于他们的讲述和丰富的从业经历，故事中的儿童哄睡师成了一个真实的人物。

致谢

斯特凡诺·毛里，我的出版人和朋友。以及在全世界出版我的作品的所有出版人。

法布里齐奥·科科、朱塞佩·斯特拉泽里、拉法艾拉·龙卡托、埃莱娜·帕瓦内托、朱塞佩·索门齐、格拉齐埃拉·切鲁蒂、阿莱西娅·乌戈洛蒂、帕特里齐娅·斯皮纳托、埃内斯托·范范尼、黛安娜·沃伦特、朱莉娅·托内利、贾科莫·拉纳罗、朱莉娅·佛萨蒂和我亲爱的克里斯蒂娜·福斯基尼。

西蒙娜·拉里，为她的微笑、热情和关爱。

我的团队。安德鲁·尼恩贝格、萨拉·农迪、芭芭拉·巴尔别里，以及伦敦分社的各位杰出合作者。

蒂法尼·加苏克、阿内斯·巴科布扎。

维托、奥塔维奥、阿基列、安东尼奥·帕多瓦诺。

詹尼·安东南杰利。

众教派之教派[1]。

安东尼奥和菲耶蒂娜，我的父母。

基娅拉，我的妹妹。

萨拉，我的“现今的永恒”。

1 La Setta delle Sette，本书作者在互联网上的书迷团体。